MEMOIREN EINES WÜRGERS

DIE GEHEIMNISSE DES NEVERMORE BOOKSHOP, 4

STEFFANIE HOLMES

Memoiren eines Würgers

Mord ist schlecht fürs Geschäft, besonders wenn der angesagte lokale Krimiautor zwischen den Regalen erdrosselt wird!

Mit Heathcliffs widerwilliger Erlaubnis hat Mina Wilde den Nevermore Bookshop umgestaltet. Sie veranstaltet Autorenlesungen, richtet Quoths Kunstausstellung aus und nutzt ihr kreatives Gespür, um mehr Kunden anzulocken. Doch als der Krimiautor Danny Sledge kurz vor seinem Schreibworkshop ermordet wird, verwandelt sich der Buchladen von einem florierenden Geschäft in eine Pleite-Bude.

Niemand im Dorf möchte noch einen Fuß in die Buchhandlung Nevermore setzen. Was, wenn der Mörder es auf die Buchhandlung abgesehen hat? Was, wenn es eine Verbindung zu Minas Vater und dem geheimnisvollen Raum gibt? Alles, was Mina weiß, ist, dass sie sich von ihrem Lebensunterhalt verabschieden kann, wenn sie das Verbrechen nicht bald aufklärt.

Wenn man dann noch eine Heuschreckenplage, einen emotionalen Schulbesuch und einen magischen Besucher aus der Vergangenheit hinzufügt, hat die arme Mina alle Hände voll zu tun. Zum Glück hat sie Heathcliff, Morrie und Quoth, die ihr helfen ... das heißt, wenn sie die Finger von ihr lassen können, oder voneinander ...

Die Geheimnisse des Nevermore Bookshops sind das, was man bekommt, wenn alle deine Book Boyfriends zum Leben erwachen. Neu von der USA Today-Bestsellerautorin Steffanie Holmes. Lies nur weiter, wenn du glaubst, dass ein heißer Buchheld nicht genug ist!

 Erstellt mit Vellum

ABONNIERE DEN NEWSLETTER FÜR UPDATES

Möchtest du eine kostenlose Bonusszene aus Quoths Sicht oder Heathcliffs Ladenregeln haben? Dann hole dir das *Cabinet of Curiosities* für Bonusszenen und zusätzliches Material, ein Steffanie Holmes-Kompendium mit Kurzgeschichten und Bonusszenen, indem du dich für den Steffanie Holmes-Newsletter anmeldest.

http://www.steffanieholmes.com/newsletterdeutsch

In meinem Newsletter erzähle ich jede Woche von wahren Begebenheiten, seltsamen Ereignissen, verfallenen Ruinen und gruseligen Fakten, die meine Geschichten inspirieren. Du erhältst außerdem exklusive Bonusszenen und Updates. Ich liebe es, mit meinen Lesern zu sprechen, also komm zu mir und erleb gruseligen Spaß :)

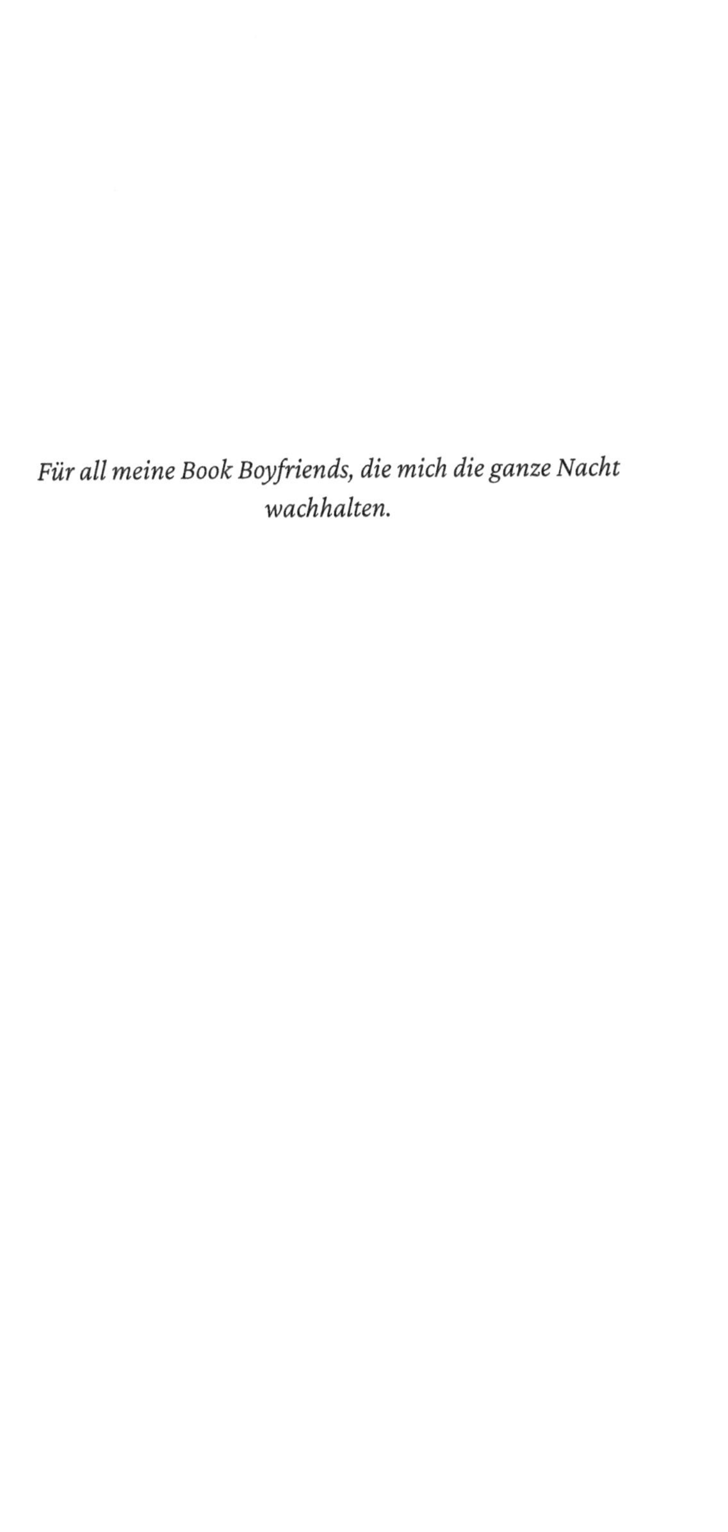

*Für all meine Book Boyfriends, die mich die ganze Nacht
wachhalten.*

I

»Oh, Scheiße, oh, Scheiße ...«

KRACH.

»Kommt sofort zurück, ihr Mistkerle!«

Ich stöhnte auf, kroch tiefer unter meine Decken und hielt mir das Kissen über den Kopf. *Was ist denn jetzt schon wieder los?*

Seit sechs Wochen wohnte ich mit meiner neuen besten Freundin, Jo Southcombe, zusammen. Bis jetzt war es überwiegend großartig gewesen. Im Gegensatz zu der schmuddeligen Wohnung, in der ich aufgewachsen war, hatte Jos Wohnung edwardianische Elemente wie hohe Decken, Bilderleisten und schöne Kamine sowie eine anständige Heizung, bequeme Möbel, die nicht nach Müllhalde rochen, und eine Kaffeemaschine, die ich heiraten würde, wenn Menschen und leblose Gegenstände heiraten dürften.

Es war auch ziemlich cool, am Ende des Tages zu einem freundlichen Gesicht und einem Glas Wein nach Hause zu kommen. Vor allem nach all der zusätzlichen Arbeit, die ich im Nevermore Bookshop geleistet hatte. Damit meinte ich nicht, dass die liebevolle Zuwendung meiner drei Freunde Heathcliff, Morrie und Quoth ein Vollzeitjob war, sondern weil ich auch beschlossen hatte, ein Veranstaltungsprogramm auf die Beine zu stellen, um mehr Umsatz in den Laden zu bringen. Ich hatte für die nächsten drei Monate Besuche von Autoren, Kunstausstellungen, Vorträge zur lokalen Geschichte und sogar eine Geisterjagd geplant. Das war superaufregend und hatte mir viel Spaß gemacht, aber auch eine Menge zusätzlicher Arbeit verursacht. Jo war großartig darin, sich meine Leidensgeschichten anzuhören und mir Ratschläge zu geben.

Aber Jo war auch ... *einzigartig*. Sie war die Gerichtsmedizinerin des Bezirks, was bedeutete, dass sie a) rund um die Uhr arbeitete, so dass sie manchmal um drei Uhr nachts eine Flasche Wein mit mir teilen wollte, und b) ihr Haus mit den seltsamsten und makabersten Dingen gefüllt war. Neulich öffnete ich den Kühlschrank, um etwas zu essen, und fand drei Petrischalen mit Bakterien im unteren Fach. Dann gab es da noch das anatomische Skelett hinter dem Duschvorhang. Als ich »Barry« das erste Mal begegnete, hatte ich mich so erschrocken, dass ich über den Badewannenrand stolperte und die Flasche Britney Spears-Parfüm zerbrochen hatte, die ich »ironischerweise« gekauft, aber insgeheim geliebt hatte; und die Türklingel, die Monty Pythons »Always Look on the Bright Side of Life« spielte, wenn jemand vorbeikam. Letzte Woche hatte sie ein Projekt über forensische Entomologie begonnen und im Wohnzimmer ein Regal mit mehreren Gläsern aufgestellt, die mit toten Mäusen und verschiedenen lebenden und sehr ekligen Fliegen, Ameisen, Wespen, Käfern und Heuschrecken gefüllt waren.

Ein weiteres Krachen ertönte im Flur. Seufzend schlug ich die Decke zurück, zog mir einen übergroßen Iron Maiden-Kapuzenpulli über und steckte meinen Kopf aus dem Zimmer.

»Jo, was ist los?«

Meine Mitbewohnerin tanzte im Wohnzimmer herum und

klatschte in die Luft. Ich blinzelte in das schummrige Licht. *Was machte sie da?*

»Lernst du schon wieder so eine Art Jäger- und Sammlertanz von Youtube, denn ich glaube, das muss noch besser werden ...« Meine Worte erstarben auf meinen Lippen, als ich kleine Objekte bemerkte, die um Jos Kopf herumflogen. *Waren das Insekten? Sagt mir nicht, dass ihr ein wissenschaftliches Experiment entkommen war ...*

Mein Blick fiel auf den Boden zu Jos Füßen, wo Glasscherben über den Teppich verstreut waren. *Bitte lass das nicht die südamerikanischen Feuerameisen sein.*

»Argh!« Ich schrie auf und sprang zurück, als sich etwas Großes und Schwarzes auf mein Gesicht stürzte. Das Insekt sauste an mir vorbei und knallte gegen die Tür, wo es herumhing, und die Aussicht bewunderte. »Töte es! Töte es!«, schrie Jo.

Ich schnappte mir den nächstgelegenen Gegenstand, eine Nachbildung eines ägyptischen Kanopengefäßes, und schlug zu. Das Keramikgefäß zersplitterte in Stücke, während das schwarze Insekt völlig unversehrt den Flur entlangflitzte.

»Was war das?«, fragte ich und sah zu, wie es über das Porträt von Sir Bernard Spilsbury huschte. Er war der Vater der Forensik, wie ich in einer fünfundvierzigminütigen Vorlesung aus dem Stegreif erfahren hatte, nachdem ich Jo neulich in meiner unschuldigen Unwissenheit danach gefragt hatte.

»Es ist eine Heuschrecke! Ich habe aus Versehen das Glas umgestoßen und es ist zerbrochen und jetzt sind sie überall in der Wohnung.« Jo schlug mit einem Anatomie-Lehrbuch gegen die Wand. Sie ließ ein zufriedenes »Ja!« hören, als sie ihr Ziel traf und einen hässlichen braunen Fleck auf der Wand hinterließ, bevor sie noch mal ausholte und erneut zuschlug.

»Willst du mir sagen, dass es in der Wohnung von

Heuschrecken nur so wimmelt?« Ich duckte mich, als sich ein weiteres wütendes Insekt auf meinen Kopf stürzte.

»Es ist weniger ein Gewimmel als vielmehr ein Schwärmen!«

Ich bedeckte meinen Kopf mit meinen Armen und duckte mich in die Küche. Heuschrecken flogen wie ein Wirbelwind durch den Raum, prallten an den Fenstern ab und stürzten sich auf das schmutzige Geschirr, das sich in der Spüle stapelte. In Sekundenschnelle verwandelten sie den Kräutergarten auf der Fensterbank in einen nackten Schmutzfleck.

Ich fummelte unter der Spüle herum, kaum fähig, die Etiketten auf den Reinigungsmitteln zu lesen. Meine Finger schlossen sich um eine Spraydose. *Fliegenspray.*

Bei allen Göttinnen, lass das funktionieren.

»Geht zurück nach Ägypten, ihr Scheißkerle!«, brüllte ich, zielte mit der Dose auf die wimmelnden Insekten und drückte meinen Finger durch.

Ein Strahl weißer Flüssigkeit schoss aus der Düse. Ich schwang meinen Arm herum und lachte, wie verrückt, als ich die Insekten damit einsprühte. *Nehmt das, ihr miesen kleinen Wichser!*

»Oh nein, das ist Ölspray!«, schrie Jo.

Was? Scheiße!

Ich ließ meinen Arm sinken, als ein riesiger Strahl aus der Düse schoss und die Wand hinter dem Herd traf. Ölige Blasen explodierten in der ganzen Küche und bedeckten den Boden, die Wände, Jos viktorianisches Apothekerset und auch mich mit einer Schicht aus glitschigem, klebrigem Öl.

»Das tut mir so leid«, stöhnte ich und drehte die Dose um, um das Etikett zu lesen. Wie konnte ich nur das Wort »Antihaft-Ölspray« in großen Buchstaben übersehen?

Wahrscheinlich, weil ich blind werde, deshalb.

»Wir haben sie nur noch wütender gemacht.« Jo duckte

sich, als ein dunkler Schwarm auf ihren Kopf zuraste. Sie kroch über den Boden und griff nach dem Knauf der Haustür. »Beeil dich, Mina!«

Ich rannte hinter Jo her, als sie die Tür aufriss und die Treppe hinuntersprang. Ich knallte die Tür hinter uns zu und zuckte zusammen, als die Heuschrecken gegen das Buntglasfenster prallten.

Ein eisiger Wind peitschte um meine nackten Beine. Meine Füße sanken in den eiskalten Schnee. Ich drückte meinen Kapuzenpullover an meine Brust. »Es tut mir leid. Ich dachte, es wäre Insektenspray.«

»Nein.« Jo wischte sich einen Ölfleck von der Wange. »Definitiv kein Insektenspray. Falls es dich tröstet: Es tut mir leid, dass ich das Glas zerbrochen und einen Heuschreckenschwarm in unserer Wohnung losgelassen habe.«

Ich winkte ab. »Ich bin sicher, das passiert ständig. Was sollen wir jetzt tun?«

Jo hob eine Augenbraue. »Ich dachte daran, ihnen einfach das Haus zu überlassen?«

Ich konnte meine Füße nicht mehr spüren. »Oder wir könnten einen Kammerjäger anrufen?«

»Ja, das ist auch eine gute Idee.« Jo schaute auf ihre Uhr. »Oh, scheiße. Ich muss los. Ich komme zu spät zur Arbeit. Cal wird schon auf mich warten, um die Leiche vorzubereiten.« Sie kramte in ihrer Tasche nach ihren Autoschlüsseln.

»Du kannst jetzt nicht einfach gehen. Was ist, wenn die Heuschrecken rauskommen? Wie soll ich in mein Zimmer kommen? Ich brauche Kleidung.« Ich deutete auf meine nackten Beine, die jetzt einen kräftigen Blauton annahmen.

Jo zuckte mit den Schultern. »Ich habe keine Ahnung. Ich habe ein paar alte Klamotten hinten im Auto. Du kannst dich umziehen, während ich dich zum Buchladen fahre, wenn du willst. Es ist ja nicht so, dass die Jungs nicht daran gewöhnt wären, dich ohne Kleidung zu sehen.«

»Aber unsere ganzen Sachen ...«

Sie riss die Autotür auf und kletterte hinter das Lenkrad. »Vergiss die Wohnung. Wir machen sie dem Erdboden gleich, streuen Salz in die Erde und suchen uns eine neue. Mit einem Whirlpool und einer dieser Mehrkopfduschen. Komm schon, Mina. Ich habe eine Leiche zu zerlegen und du hast drei heiße Typen, die dir mit Palmwedeln Luft zufächeln und dir geschälte Trauben servieren. Was darf's also sein?«

Seufzend zog ich den Saum meines Kapuzenpullis über meinen Hintern und kletterte neben Jo ins Auto. »Ich dachte, das Zusammenleben mit dir würde mich vor Chaos bewahren, statt es herauszufordern.«

»Du kannst nicht immer richtig liegen«, sagte Jo, als sie losfuhr. »Sieh es doch mal positiv. Wenigstens waren es Heuschrecken und nicht noch eine Leiche.«

Ich stöhnte auf. Sie hatte keine Ahnung, wie recht sie hatte. Kurz vor Weihnachten war ich zu Gast bei der Argleton Jane Austen Experience gewesen, wo zwei Menschen getötet worden waren. Dazu kamen noch die anderen Morde, in die ich verwickelt war: den meiner ehemaligen besten Freundin Ashley und den eines Mitglieds des Clubs der verbotenen Bücher in Argleton. Wenn ich nie wieder eine Leiche zu Gesicht bekommen würde, würde es noch zu früh sein.

Entspann dich, sagte ich mir, als ich in dem Gerümpel hinter Jos Sitz nach ein paar Klamotten kramte, die ich anziehen konnte. *Alles, was mich diese Woche erwartet, ist eine Buchsignierung, ein Autorenworkshop und ein paar sexy Stunden mit den Jungs. Es ist ja nicht so, als ob irgendwelche Mörder anwesend sein werden.*

Oder?

2

»Du siehst müde aus«, sagte Morrie, als er mir die Tür des Nevermore Bookshops aufhielt. »Ärger mit deiner lesbischen Geliebten?«

Ich würdigte ihn nicht einmal einer Antwort. Morrie und Jo waren schon seit einiger Zeit befreundet. Sie teilten beide ein berufliches Interesse an der kriminellen Unterwelt; Jo als Angestellte der örtlichen Polizei, Morrie als Mitglied der bereits erwähnten Unterwelt. Seit ich kurz vor Weihnachten bei ihr eingezogen war, zog er mich damit auf, dass ich mit Jo eine lesbische Beziehung führen würde. Ich fand es ziemlich unverschämt, wo er doch wusste, dass Jo tatsächlich lesbisch war, aber so war Morrie nun mal.

Ich persönlich glaubte, dass Morrie ein bisschen beleidigt war, dass ich nicht mit ihm und meinen beiden anderen Liebhabern Quoth und Heathcliff zusammengezogen war. So verlockend es auch war, ich wusste, dass es ein Albtraum wäre, das einzige Mädchen in einem Haus voller fiktiver Kerle zu sein. Schon der Geruch aus ihrem Badezimmer bestätigte mir, dass ich die richtige Entscheidung getroffen hatte.

»Komm schon, meine Hübsche. Gib mir mehr. Wie ist die neue Bude?«

»Derzeit von einer biblischen Plage befallen«, antwortete ich, schob mich an ihm vorbei, warf meine Tasche in die Ecke und ließ mich in den Samtstuhl hinter Heathcliffs Schreibtisch fallen. Quoth flatterte vom Kronleuchter herab und ließ sich auf der alten Kasse nieder. Er musterte mich mit seinen tiefbraunen Augen.

Du siehst anders aus, sagte er in meinem Kopf und neigte den Kopf zur Seite.

»Das liegt daran, dass ich Jos Klamotten trage. Meine werden gerade von Heuschrecken gefressen«, murmelte ich laut und zog an dem Stoff ihrer roten Schottenkaro-Hose. Jo war kurviger als ich, sodass ihre Kleidung etwas locker saß, aber ich musste zugeben, dass sie einen guten Geschmack hatte. »Zum Glück habe ich einen meiner BHs unter dem Sitz ihres Autos gefunden, sonst würde ich heute schlaff aussehen.«

Grimalkin schoss aus dem Schatten hervor und sprang auf meinen Schoß, wo sie sich schnurrend zu einem festen Ball zusammenrollte. Ich streichelte ihren Rücken und entspannte mich bei ihrem lauten Schnurren und ließ mich von ihr an einen glücklichen Ort bringen. Umgeben von den Regalen des Nevermore Bookshops und in Gegenwart der drei Männer, die bei mir alle möglichen angenehmen Gefühle verursachten, konnte keine schlechte Laune standhalten, selbst solche, die durch eine Heuschreckenplage verursacht worden war.

Als könnte er meine Gedanken lesen, schritt Morrie durch den Raum. Er legte eine Hand auf die Armlehne des Sessels, sein Gesicht nur wenige Zentimeter von meinem entfernt. Eine Welle von Grapefruit und Vanille überkam mich: Morries unverwechselbares und teures Shampoo und ein Duft, der mein Herz jedes Mal höherschlagen ließ.

Sein eisblauer Blick traf auf meinen. Volle Lippen formten

sich zu einem besitzergreifenden Lächeln. Hitze sammelte sich zwischen meinen Beinen. *Wie kann dieser Mann nur mir gehören?* Ich konnte es immer noch nicht glauben.

Und er war nicht einmal mein einziger Mann, denn anscheinend erlaubte das Universum einem glücklichen Mädchen, *mir*, alle heißen Typen für sich zu beanspruchen. Natürlich stammten meine fiktiven Typen aus Büchern, also sollten sie eigentlich gar nicht existieren. Das könnte erklären, warum sie so besonders waren.

»Ich gehe davon aus, dass du nicht in der Stimmung bist, über die biblische Plage zu sprechen. Erlaube mir, deine Gedanken auf andere Dinge zu lenken. *Frevelhafte* Dinge.« Morrie beugte sich vor und berührte mit seinen Lippen, die meinen. Alle Gedanken an Jos Heuschreckenexperimente schwanden aus meinem Kopf, als seine Zunge ihren Weg in meinen Mund fand und eine Hitze entfachte, die meinen ganzen Körper erleuchtete.

»Miau!«, meldete sich Grimalkin von meinem Schoß aus zu Wort, verärgert darüber, dass sie nicht diejenige war, die verehrt wurde.

Morrie zog sich zurück. »Ich glaube, deine Muschi braucht etwas Aufmerksamkeit«, knurrte er, und seine kalten Augen machten mir klar, dass er nicht von Grimalkin sprach.

»Miau!« Sie stieß seinen Arm.

»Entschuldige, Kätzchen.« Ich schob sie von meinem Schoß. »Diese Umarmung ist nicht für dich.«

Grimalkins Krallen klackerten auf dem Holzboden, als sie davontrottete und über die Ungerechtigkeit des Ganzen heulte.

Morrie strich mit seinen Fingern über meinen Kiefer, zog meinen Kopf zu sich und eroberte meinen Mund mit einem langen, trägen Kuss. Ich vergaß Grimalkin völlig und verlor mich in Morries gekonnter Berührung. Dieser Typ war ein Experte im Küssen. Mit ihm die Lippen zu verschmelzen war ein

Akt der Hingabe, der Verzicht auf rationales Denken und ein Eintauchen in seine Psyche. Morrie zu küssen war wie ein Sprung vom Sprungbrett, wie der erste schwindelerregende Rausch.

Langsam wickelte Morrie meinen Schal von meinem Hals und warf ihn auf den Boden. Einen nach dem anderen öffnete er die Knöpfe an Jos Hemd, wobei seine Fingerspitzen kaum die Haut darunter berührten. Mein Atem stockte, als er den Stoff fallen ließ und seine Arme um meine Taille glitten, um meinen BH zu öffnen.

»Was ist mit den Kunden ...?«, murmelte ich.

Entspann dich. Ich habe das Schild an der Tür auf »Geschlossen« gedreht.

Mein Blick schweifte von Morrie zu der Büste über der Tür, wo Quoth still wie eine Statue saß und mich mit seinen dunklen Augen durchbohrte. Er neigte den Kopf zur Seite und bat um Erlaubnis, bleiben und zusehen zu dürfen, und ich nickte. Mir gefiel es, dass er zusah; dass er *gerne* zusah.

Morrie öffnete den Verschluss meines BHs und schob mir mit quälender Langsamkeit die Träger von den Schultern, zog den BH und den Stoff meines Hemdes meine Arme hinunter und hielt so meine Hände an meinen Seiten fest. Ein kalter Luftzug wehte über meine nackten Brustwarzen, die bereits fest und keck standen und verzweifelt nach seiner Berührung verlangten.

Aber Morrie liebte es so sehr, mit mir zu spielen. Er beugte sich vor und küsste meinen Hals, mein Schlüsselbein und meine Unterarme entlang. Überall, nur nicht meine Brüste. Ich knurrte ihn an und er grinste.

»Du solltest inzwischen wissen, dass du nur fragen musst«, säuselte er. »Ich liebe es, wenn du bettelst.«

Ich knurrte erneut. Mein ganzer Körper vibrierte vor

elektrischer Energie. »Morrie, wärst du so freundlich, an meinen Brustwarzen zu saugen, bis ich um Gnade flehe?«

»Aber, Frau Wilde, ich dachte schon, Sie würden nie fragen.«

Morries Lippen schlossen sich um meine Brustwarze. Ich reckte meinen Hals, als das Feuer wie eine Lunte durch meinen Körper raste. Mit seiner Zunge rollte er meine Brustwarze zwischen seinen Lippen. Morries Finger glitten über den Hosenbund der Schottenhose und zogen langsam am Kordelzug, bis ich vor Frustration stöhnte und ihn selbst öffnete. Morrie schob meine Hände weg, während sein melodisches Lachen eine weitere Hitzewelle durch meinen Körper schickte.

Mit seinen Lippen immer noch um meine Brustwarze schob Morrie seine Hand zwischen meine Beine und umfasste meinen Hügel. Hitze sammelte sich in mir. Ich schob meine Hüften nach vorne, sehnte mich verzweifelt nach mehr.

Morrie zog meine Hose herunter und warf sie hinter sich. Sie verfing sich am ausgestopften Gürteltier, sodass sein Kopf gerade noch darunter hervorlugte. Quoth flatterte herunter und setzte sich darauf. Sein Blick traf meinen.

Ich legte meine Beine auf Morries Schultern, während er zwischen sie glitt. Sein Gesicht leuchtete auf, als würde er ein Weihnachtsgeschenk auspacken. Morrie presste seine Lippen auf meine pochende Klitoris und mein ganzer Körper erbebte. Seine Zunge bewegte sich in langsamen Kreisen, sodass ich jede winzige Bewegung in meinen Adern spüren konnte. Meine Finger krallten sich um die Lehnen des Stuhls, während ich darum kämpfte, nicht zu einer Pfütze auf dem Boden zu zerfließen.

Überall um mich herum starrten Bücherstapel in stummer Missbilligung auf mich herab. Aber das war mir egal. In mir breitete sich ein Gefühl der Lust aus, als Morrie meine Klitoris in seinen Mund zog und leicht daran saugte. Der Druck war so stark, dass ich aufschrie. Meine Fingernägel gruben sich in den Stuhl. Morrie ließ mich los und reizte meine Klitoris mit kleinen, leichten Kreisen.

Und die ganze Zeit über blieben Quoths braune Augen auf meine gerichtet. An den Rändern erschienen goldene Flecken. Irgendetwas an seinem Blick war so intim, fast mehr als das, was Morrie mit mir machte.

Mina, sagte Quoth in meinem Kopf. *Du bist so schön. Ich liebe dich.*

Morrie saugte meine Klitoris tief in seinen Mund und ich war weg, weg, weg. Mein Körper zitterte vor Wonne. Mein Kopf neigte sich zur Seite und suchte Quoths Blick, während blaue Neonlichter über meine Augen tanzten.

Morrie erhob sich. »Jetzt weniger mürrisch?«

»Sehr.« Ich streckte meine Hand aus und Morrie half mir auf die Beine. Sein eisiger Blick glitt über meinen Körper, während ich mein Höschen und Jos Hose anzog und mich hinter Heathcliffs Schreibtisch fallen ließ. Ich wusste, was er wollte; mich gegen das Bücherregal drücken und sich in mir vergraben. Aber Morrie mochte seine Spiele mehr, und im Moment spielte er eines. Er wollte, dass ich ihn darum anflehte. Ich wollte es, oh, wie sehr ich wollte, aber ich hatte vor der Veranstaltung heute Abend noch so viel zu tun. »Wo ist Heathcliff? Ich möchte mit ihm die Details für die Woche durchgehen.«

Morrie verzog das Gesicht. »Sein Herr Gereiztheit liegt immer noch im Bett. Er sagte, er gehe nicht nach unten, solange der Laden voller *Schriftsteller* ist. Seiner Meinung nach sind sie schlimmer als Kunden.«

Ich stöhnte. Heathcliff war der einzige Buchhändler, den ich je getroffen hatte, der mürrisch wurde, wenn sein Laden gut besucht war. Und dank mir lief es im Nevermore Bookshop besser als je zuvor.

Vor einem Monat hatte ich Heathcliff die Freiheit abgetrotzt, den Laden so zu führen, wie ich wollte. Ich hatte keine Zeit verschwendet, um den Nevermore Bookshop zu einem Hotspot für Buchliebhaber zu machen. Ich hatte neue Fotos für unsere Website gemacht, einen Instagram-Account erstellt und meine erste Buchladenveranstaltung organisiert. Der berühmte lokale Krimiautor Danny Sledge würde an diesem Abend eine Lesung über seinen neuesten Roman *Der Somerset Würger* halten. Und morgen würde er einen ganztägigen Workshop für Krimiautoren leiten. Wir hatten Teilnehmer aus dem ganzen Land, die von diesem Meistererzähler lernen wollten.

Mein Magen flatterte vor Aufregung, als ich an den Workshop dachte. Obwohl ich noch nie ein Buch geschrieben hatte, würde ich zusammen mit den echten Autoren daran teilnehmen. Aus irgendeinem Grund war das für mich aufregender als alles andere an der Veranstaltung. Ich hatte mein ganzes Leben mit Büchern gefüllt, und es würde interessant sein, hinter die Kulissen zu schauen und zu sehen, wie Handlungen und Charaktere wirklich entstanden.

Oder es könnte daran liegen, dass ich in den letzten Monaten viel zu viele Morde gesehen habe, was mir genug Handlungsstränge für eine ganze Reihe von Kriminalromanen bot. *Danny Sledge sollte sich besser in Acht nehmen, sonst könnte ich ihn von der Bestsellerliste verdrängen!*

Aber die Veranstaltung würde nicht stattfinden, wenn ich den Laden nicht vorbereiten würde. Ich holte die Liste heraus, die ich in großen Buchstaben ausgedruckt hatte, und überprüfte alles, was ich zu tun hatte. Wir mussten den Veranstaltungsraum aufräumen. Dannys Verleger Brian Letterman würde mit einem Karton Bücher ankommen, die

Danny signieren sollte, und ich musste sie in das neue digitale Inventarsystem eingeben, das Morrie und ich, gegen Heathcliffs Proteste eingerichtet hatten, damit wir sie zum Verkauf anbieten konnten.

Meine Hand flog zu meiner Handtasche. Dort bewahrte ich den Brief meines Vaters auf und ich ertappte mich dabei, wie ich jedes Mal daran herumfummelte, wenn ich gestresst oder verärgert war. Im Moment war ich wegen der Veranstaltung heute Abend total gestresst. Ich hatte immer noch keine Antworten darauf, wer mein Vater war oder warum er mich und Mama verlassen hatte, aber allein das Wissen, dass er irgendwo noch existierte und immer noch an mich dachte, beruhigte mich.

»Also dann.« Ich zeigte auf Quoth. »Du, zieh deinen Menschenanzug an. Du musst Möbel verschieben, Stühle aufstellen und deine Kunstwerke an jede freie Wand im Veranstaltungsraum hängen.«

Quoth flatterte hinüber und ließ sich auf der Schreibtischkante nieder. Einen Moment später beugte sich ein sehr nackter und gehetzt aussehender Mann über den Schreibtisch und wischte sich eine Strähne seines perfekten schwarzen Haars, das aus einer Shampoowerbung stammen könnte, aus den Augen. »Du willst meine Kunstwerke ...«

»An den Wänden, ja. Wir werden mehr Leute als je zuvor im Laden haben. Ich möchte, dass deine Werke vorne und in der Mitte hängen.« Quoths verängstigter Gesichtsausdruck ließ mich innehalten. Ich beugte mich vor und berührte mit meinen Lippen die seinen, um ihm zu versichern, dass alles in Ordnung sein würde. Ich zeigte auf Morrie. »Du ... du hast Kundendienst. Ich habe keine Zeit, auch nur eine einzige Frage zu beantworten, wie man die Geschichtsabteilung findet, oder mich auf eine Diskussion darüber einzulassen, ob J. K. Rowlings bestes Buch *Herr der Ringe* war. Ich habe zu viel zu tun ...«

»Apropos Zeitverschwendung«, sagte Morrie lächelnd und blickte zum Fenster. »Ich sehe gerade jemanden kommen, der einen so entschlossenen Gesichtsausdruck hat, dass er unser *Geschlossen*-Schild wohl gründlich ignoriert wird.«

Quoths heißer und nackter menschlicher Körper verschwand in einer Federwolke, gerade als die Glocke läutete. Einen Moment später erschien meine alte Englischlehrerin Frau Ellis vor dem Schreibtisch. Ohne ein Wort der Begrüßung kippte sie ihre Handtasche auf den Schreibtisch und verschüttete einen Stapel bunter Reiseprospekte auf meinem Ordner.

»Mina, hilf mir!«, klagte sie. »Ich kann mich nicht entscheiden, was ich tun soll!«

3

»Es tut mir leid, Frau Ellis. Sie wissen, dass ich immer gerne bei Ihren Bastelprojekten helfe, aber heute habe ich einfach keine Zeit. Ich habe noch so viel zu tun vor der Veranstaltung heute Abend.« Schuldgefühle stiegen in mir auf, aber ich unterdrückte sie, als ich mich vorbeugte, um Morrie in den Arm zu kneifen. »Herr Moriarty wird Ihnen bei allem helfen, was Sie brauchen.«

»Ja, ich kann helfen.« Morrie nahm eine der Broschüren in die Hand und bewunderte das Bild eines gebräunten Mannes aus dem Mittelmeerraum, der ein breites Grinsen und eine weiße Badehose trug und mit etwa zehn Liter Babyöl eingeschmiert war. »Machen Sie Ihren eigenen Bademodenkalender? Ich habe dieses Computerprogramm, das Fotomanipulationen durchführen kann. Wir könnten diese hier einscannen und die Badehosen entfernen, das ist kein Problem ...«

»Führen Sie mich nicht in Versuchung, junger Mann.« Frau Ellis riss ihm die Broschüre aus den Fingern. »Ich kann mich nicht von dem Gedanken ablenken lassen, was unter seiner

Badehose ist. Ich habe ein zeitkritisches Problem und es erfordert den Input einer Frau. Mina, du musst mir helfen! Es gibt niemanden in meinem Leben mit deinem Niveau an anspruchsvollem Geschmack.«

Ich seufzte. Offensichtlich würde ich Frau Ellis nicht loswerden, bis ich ihr bei ihrem Problem geholfen hatte. Ich nahm eine Broschüre in die Hand und bewunderte ein weiteres Bild eines muskulösen Griechen in einer Badehose, der auf dem Deck eines riesigen Kreuzfahrtschiffes stand. In der Broschüre wurden Reisen zu den griechischen Inseln beworben.

»Fahren Sie in den Urlaub, Frau Ellis?«

»Aber hallo! Ich wollte schon immer mal eine Kreuzfahrt machen, und es gibt keine bessere Zeit als jetzt, wo es in England noch kalt und ungemütlich ist. Das einzige Problem ist, dass ich heute eine Anzahlung im Reisebüro leisten muss und mich nicht entscheiden kann, wohin ich fahren soll!«

»Woher haben Sie das Geld für eine solche Kreuzfahrt?«, fragte Morrie. »Betreiben Sie einen illegalen Glücksspielring oder ein internationales Schneeballsystem, von dem wir nichts wissen?«

»Nicht jeder ist ein kriminelles Superhirn«, schoss ich zurück. »Frau Ellis hat ihr Geld wahrscheinlich wie ein normaler Mensch gespart ...«

»Himmel, nein«, gackerte Frau Ellis, als sie ein ganzseitiges Poster eines Kreuzfahrtschiffes aufklappte, das über das überlagerte Bild eines hemdlosen Mannes segelte. »Ich habe in meinem ganzen Leben noch nie ein Pfund gespart. Ich habe jeden letzten Schilling für Wein, Schuhe und Geschenke für zuvorkommende junge Männer ausgegeben. Aber gerade diese Woche hatte ich einen schönen Glücksfall! Der nette Herr Lachlan ist letzte Woche zu mir gekommen und hat mir eine riesige Summe für meine winzige Wohnung angeboten. Ich habe beschlossen, sein Angebot anzunehmen. Ich werde meine Kreuzfahrt machen können, und es wird genug Geld übrigbleiben, um ein kleineres Haus auf der anderen Seite des Dorfes zu kaufen, und danach noch etwas, das ich in den Slip eines glücklichen jungen Herrn stopfen kann.«

Morrie und ich wechselten einen Blick. Vor sechs Wochen hatte der Bauunternehmer Grey Lachlan den Laden besucht. Er hatte Heathcliff ein Angebot für Nevermore gemacht, das mindestens das Vierfache dessen war, was die Buchhandlung tatsächlich wert war. Natürlich konnte Heathcliff den Laden mit einem Zeitreiseraum im dritten Stock und einer Reihe ungelöster Rätsel und der Möglichkeit, dass jederzeit fiktive Charaktere auftauchen könnten, auf keinen Fall verkaufen, also hatte er abgelehnt. Das ganze Gespräch war tatsächlich etwas seltsam gewesen. Grey hatte es nicht gefallen, dass man sein Angebot abgelehnt hatte. Er hatte immer mehr Geld geboten und die seltsamsten Dinge gesagt. Es hatte fast so geklungen, als ob er uns drohen würde.

Grey war seitdem nicht mehr in den Laden zurückgekehrt, aber es beunruhigte mich, dass er die Wohnung von Frau Ellis auf der anderen Straßenseite gekauft hatte. Was hatte er *wirklich* mit Argleton vor und wie passte Nevermore da hinein?

»Seit wann ist Herr Lachlan ein ›netter junger Mann‹?«, fragte ich. »Ihrer Meinung und der von Frau Scarlett nach hat er dieses Dorf mit seinem King's Cross-Bauprojekt ruiniert.«

»Oh, Mina«, winkte Frau Ellis ab. »Was für eine altmodische Einstellung. Wir können uns nun mal nicht dem Fortschritt in den Weg stellen, oder?«

Natürlich können wir das nicht. Nicht, wenn wir alle einen schönen dicken Scheck und einen Urlaub in Griechenland dabei herausholen können, dachte ich, sagte es aber nicht.

»Sind Sie sicher, dass Sie nicht darüber nachdenken wollen?

Sie haben lange in dieser Wohnung gelebt. Was würde Ihr verstorbener Mann davon halten, wenn Sie sie verkaufen?«

»Natürlich will ich nicht darüber nachdenken«, spottete Frau Ellis. »Und mir ist Ronalds Meinung egal, nicht, nachdem er mich im Stich gelassen hat und gestorben ist, sodass ich keinen Mann mehr habe, der Spinnen aus der Dusche entfernt oder mich nachts warmhält. Das Einzige, worüber ich nachdenken möchte, ist, ob ich mit strammen Crocodile Dundee-Typen durch Australien reisen oder mit eingeölten griechischen Göttern an der Amalfiküste herumstolzieren sollte?«

»Okay ... nun ...« Ich blätterte in den Broschüren, bis ich auf einen besonders gutaussehenden Griechen stieß. Ich hielt die Broschüre unter die Schreibtischlampe und blinzelte, bis ich das Kleingedruckte unter der Überschrift erkennen konnte, indem ausdrücklich darauf hingewiesen wurde, dass die Kreuzfahrt ideal für Senioren sei. Ich hielt sie ihr hin. »Das sieht nach dem richtigen Mann für Sie aus.«

»Ooooh, hallo, Hübscher.« Frau Ellis küsste die Broschüre und hinterließ einen Fleck leuchtend blauen Lippenstifts im Gesicht des griechischen Gottes. »Ja, ich glaube, du hast es gelöst. Ich wusste, dass ich auf dich zählen kann.«

»Gern geschehen. Kommen Sie heute Abend zur Lesung?«

»Ich komme mit den Damen aus meinem Strickclub vorbei.« Frau Ellis eilte zur Tür. »Ich werde aber vielleicht früher gehen müssen. Ich muss meine Koffer packen. Ich reise in ein paar Tagen ab. Oh, und einen Badeanzug kaufen. Und Griechisch für ›Reich mir einen Drink, Hübscher‹ lernen.«

Als die Eingangstür zuschlug, erschien Heathcliffs grüblerisches Gesicht auf der Treppe. »Ich weiß, dass du denkst, dass du jetzt diesen Laden leitest, aber das bedeutet nicht, dass du früher öffnen kannst.«

»Wir haben noch nicht geöffnet. Das war Frau Ellis. Du weißt, wie wenig sie auf die Beschilderung gibt.«

Heathcliff grunzte und wandte sich dann Morrie zu, der auf dem Ledersessel saß, während Quoth auf der Armlehne saß und eifrig versuchte, mit seinem Schnabel eine Packung getrocknete Cranberrys zu zerreißen. »Kann ich mit Mina alleine sprechen?«

Morrie stand auf. »Na schön. Ich gehe einkaufen, denn wir haben nichts außer Vogelfutter. Braucht sonst noch jemand was?«

»Krächz!« Quoth schüttelte seine Cranberry-Packung.

»Nur Kaffee. Viel, viel Kaffee.« Ich streckte meinen leeren Mehrwegbecher aus. Morrie steckte ihn in seine teure Ledertasche und ging zur Tür.

»Ich will meinen friedlichen Laden zurück«, knurrte Heathcliff. »Wenn das nicht geht, einen Käsescone.«

»Ein Käsescone, kommt sofort. Willst du auch einen, Vögelchen?« Morrie hatte diesen Spitznamen früher benutzt, um Quoth zu erniedrigen, aber jetzt sagte er ihn mit solcher Sanftheit und Zuneigung, dass ich ihn nicht länger bat, damit aufzuhören.

»Krächz!« Quoth flatterte Morrie hinterher, wobei er immer noch seine Packung Cranberries in den Krallen hielt.

Neugierig beobachtete ich Heathcliff, wie er den Raum betrat, gefolgt von einer Welle seines schmerzhaft schönen Gewürz- und Moosduftes. Mein Puls raste, als der Blick aus seinen schwarzen Augen sich in meine brannten. Er musste gerade aus der Dusche gekommen sein, denn sein Haar war noch feucht und seine Kleidung war nur kunstvoll zerknittert, im Gegensatz zu ihrem üblichen Zustand, der der Oberfläche des Mondes ähnelte. Er trug ein schweres ledernes Buch bei sich, das er auf dem Samtstuhl ablegte, als er vorbeiging. Er stemmte die Hände auf den Schreibtisch und baute sich über mir auf, wobei eine zerzauste dunkle Locke über seine durchdringenden Augen fiel. Ich wusste, dass Heathcliff darauf wartete, dass ich von seinem Stuhl aufstand. Nun, er mochte die Dinge auf Sturmhöhe wieder in Gang gebracht haben, aber er war nicht derjenige, der heute eine Million Dinge zu erledigen hatte. Ich blieb, wo ich war, und tippte mit dem Stiftende auf meine To-do-Liste.

Heathcliff drehte den Block zu sich herum, und sein Stirnrunzeln vertiefte sich, als er die Punkte las. »Du hast deine Meinung zu dieser blöden Veranstaltung also nicht geändert?«

»Nein. Sie findet statt.« Ich versuchte, meinen Block zurückzuholen, aber Heathcliff schob ihn außer Reichweite. Er deutete mit dem Finger auf eine der Zeilen.

»Ihr werdet keine Frage-Antwort-Runde veranstalten.«

»Natürlich werden wir das. Die Leute werden dem Autor Fragen stellen wollen.«

»Das willst du nicht wirklich.«

»Warum nicht?«

»Nicht einmal der Hieb von Hindleys Peitsche ist schmerzhafter als eine Frage-Antwort-Runde bei einer Autorenveranstaltung«, erklärte Heathcliff und wedelte mit dem Block herum. »Es gibt keine wirklichen Fragen. Die meisten sind kaum verhüllte Ausreden, um über ihre eigene Arbeit zu schwärmen, schwachsinnige Anschuldigungen, die den Autor dazu zwingen, seine Arbeit vor unerträglichen Plebs zu verteidigen, überschwängliches Lob, das niemanden interessiert, oder etwas so völlig Unoriginelles wie ›Woher nehmen Sie Ihre Ideen?‹, dass es ein Wunder ist, dass Schriftsteller nicht sofort vor Langeweile sterben.«

Ich schaffte es, ihm meine Liste aus der Hand zu schlagen. »Nun, du bist keine große Hilfe, also verstehe ich nicht, warum dich das etwas angeht.«

»Vielleicht nicht.« Heathcliff nahm das Buch und knallte es

auf den Schreibtisch zwischen uns. »Aber ich habe etwas über Herrn Simson herausgefunden.«

»Oh?« Meine Hand flog wieder zu meiner Handtasche und ich berührte den Rand des Briefes meines Vaters. Wir hatten herausgefunden, dass mein Vater und Herr Simson, der Ladenbesitzer vor Heathcliff, sich wahrscheinlich gekannt hatten. Mein Vater schien sich irgendwo in der Zeit zu verstecken, aber wenn wir Herrn Simson ausfindig machen könnten, könnten wir ihn vielleicht dazu bringen, uns zu sagen, wer mein Vater war und wo wir ihn finden könnten.

Ich wusste, dass es sehr unwahrscheinlich war. Herr Simson war ein alter Mann, der schon fast vollkommen blind gewesen war, als ich ihn als Kind gekannt hatte. Er könnte tot sein oder in einem schäbigen Dorf irgendwo dahinvegetieren. Aber sobald Heathcliff seinen Namen aussprach, begann mein Herz schneller zu schlagen. Ich hatte keine andere Wahl, als zu hoffen.

Eine Staubwolke stieg auf, als Heathcliff das Buch aufschlug und durch die Seiten blätterte. »Ich habe Simsons alte Ordner, Rechnungen, Quittungen und andere Dokumente durchforstet, in der Hoffnung, Informationen darüber zu finden, wohin er gegangen sein könnte. Ich hatte kein Glück, aber ich habe das hier gefunden.«

Er drehte das Buch zu mir und zeigte mit dem Finger auf die Seite. Ich beugte mich vor, um sie mir anzusehen. Es war eine Rechnung eines anderen Büchersammlers für eine kleine Sammlung okkulter Bände, ausgestellt auf Herrn Simson. Diesmal war sein Vorname vollständig abgedruckt:

Homer.

»Sein Name ist Homer. Na und?« Ich runzelte die Stirn und sah Heathcliff fragend an. »Wie soll uns das weiterhelfen?«

»Erinnerst du dich an das Buch, das auf dem Boden

erschienen war, nachdem wir den Schrecken von Argleton gefunden hatten?«

Ich lächelte bei dem Namen, den die Argleton-Zeitungen einer winzigen Maus gegeben hatten, die in den örtlichen Geschäften für Chaos gesorgt hatte, bis ihr vorzeitiger Tod uns den entscheidenden Hinweis gegeben hatte, den wir brauchten, um einen Mord aufzuklären. »Ja, das mit dem unaussprechlichen Titel über den Krieg zwischen Fröschen und Mäusen.«

»Richtig. Herr Simsons Vorname ist derselbe wie der des Autors dieses Textes, und es sind auch dieselben Initialen wie bei Herman Strepel, von dem wir ziemlich sicher sind, dass er dein Vater ist.« Heathcliff stieß mit dem Finger in den Ordner. »Wir hatten angenommen, dass Strepel die Buchhandlung benutzt hat, um uns mit diesem Buch einen Hinweis auf den Mörder von Frau Scarlett zu geben, aber vielleicht war das Buch selbst der Hinweis.«

»Was willst du damit sagen?«, fragte ich langsam, da ich nicht verstand, worauf er hinauswollte.

Heathcliffs Lippen verzogen sich zu einem seltenen Lächeln. »Ich will damit sagen, dass ich glaube, dass unser Buchhändler und Herr Strepel, der mittelalterliche Buchbinder, ein und dieselbe Person sind, und diese Person ist dein Vater.«

Meine Gedanken überschlugen sich. Ich lehnte mich im Stuhl zurück. Mein Blick huschte vom Ordner zu Heathcliffs Gesicht, während ich die Bedeutung dessen, was er sagte, verdaute. Grimalkin sprang auf den Schreibtisch und ließ sich auf das Buch fallen. Sie starrte Heathcliff mit einem trotzigen »miau« an, bevor sie ihr Bein in die Luft hob und sich in aller Ruhe den Hintern rieb.

»Okay. Für eine Sekunde dachte ich, du würdest mir sagen wollen, dass mein Vater ein toter epischer Dichter war, und dann müssten wir deinen Kopf untersuchen lassen.« Ich rieb mir die Schläfe und streckte die Hand aus, um Grimalkin zu tätscheln. »Du hast recht. Das ergibt absolut Sinn. Herr Simson war blind. Ich habe meine Retinitis pigmentosa von meinem Vater geerbt. Herr Simson hat dir gesagt, dass du mich beschützen sollst, was laut seinem Brief voll nach meinem Vater klingt. Ich meine, ich kann mir nur schwer vorstellen, dass meine Mama mit einem tattrigen alten Buchhändler ins Bett gegangen ist, aber ...«

»... der Zeitreise-Raum würde bedeuten, dass der Mann, der deine Mutter geschwängert hat, von jedem Punkt seiner eigenen Zeitachse hätte kommen können«, beendete Heathcliff meinen Satz für mich. Das tat er in letzter Zeit oft, als ob seine Gedanken in jedem Moment mit meinen übereinstimmten. Es war ein wenig unheimlich, aber auch wunderschön.

»Miau«, fügte Grimalkin hinzu und rieb sich die Nase.

»Genau.« Mein Verstand raste, als alle Teile an ihren Platz fielen. »Vielleicht ist mein Vater als jüngerer Mann in diese Zeit gekommen und hat damals meine Mutter verführt. Das würde auch erklären, warum sie mir nie erzählt hat, dass er blind ist – wenn er Retinitis pigmentosa hatte, dann könnte es sein, dass es bei ihm noch nicht ausgebrochen war – und auch, warum sie ihn nicht erkannt hat, als sie in den Laden kam, um mich abzuholen. Ich kann, ehrlich gesagt, nicht glauben, dass ich nicht schon früher daran gedacht habe.«

»Zumindest haben wir es vor Morrie herausgefunden.« Heathcliffs Augen funkelten vor Freude. »Er wird *stinksauer* sein.«

»Versuche, nicht ganz so fröhlich auszusehen, wenn du es ihm sagst«, neckte ich ihn. »Das ist zwar großartig, aber es bringt uns unserem Ziel, meinen Vater zu finden, kein Stück näher. Mit dem, was wir jetzt wissen, ist es mehr als wahrscheinlich, dass er die Buchhandlung durch den Raum oben verlassen hat, was es noch unwahrscheinlicher macht, dass wir ihn je finden werden.«

Meine Gedanken schweiften zu dem Brief, der mich vor Gefahr warnte, und zu den Worten, die Victoria Bainbridge an mich gerichtet hatte, als ich das letzte Mal den Zeitreiseraum betreten hatte. »Wenn ich dich das nächste Mal sehe, wirst du voller Blut sein.«

Aber wessen Blut? Wessen? Meines Vaters? Mein Eigenes? Einer der Jungs ... bitte lass es nicht einen der Jungs sein.

»Du denkst schon wieder an den Brief«, knurrte Heathcliff.

Ich nickte.

»Und an das Blut.«

»Vor allem an das Blut.«

»Offensichtlich meinte sie das Blut deiner Feinde.«

Ich schnaubte, vor allem, weil Heathcliff diesen grimmigen Gesichtsausdruck hatte, als ob er wirklich glaubte, dass ich mit dem Blut meiner Feinde bedeckt herumlaufen würde. »Das glaube ich zwar nicht, aber das ist ja das Problem. Ich *weiß* es nicht, und das macht mich verrückt. Was ist, wenn es dein Blut ist? Was ist, wenn es Morries oder Quoths oder Mamas oder Jos oder ...«

»Erlaube mir, dich von dieser Last zu befreien.« Mit einem Stoß seiner dicken Hand schob Heathcliff den Ordner vom Schreibtisch, zusammen mit meiner Liste und all unserer Post und unseren Stiften und Briefmarken. Grimalkin heulte auf und sprang zur Seite, als das Buch auf den Boden klapperte. Sie warf Heathcliff einen finsteren Blick zu, drehte sich auf ihren eleganten Beinen um und schlich davon.

Ich werde heute nie etwas erledigt bekommen, wenn sie weiter ... Oh, bei Isis ...

Heathcliffs Mund traf meinen, heiß vor Verlangen. Feuer raste durch meine Adern. Ich zerrte an seinem Kragen, zog ihn näher und presste unsere Körper aneinander. Unsere uralte

Metalltruhe drückte in meine Hüfte, während Heathcliff mich auf den Schreibtisch legte und mit seinen Händen den Kordelzug von Jos Hose öffnete. Dunkler Hunger loderte in seinen Augen, die Art von Hunger, die Frauen in Büchern in Ohnmacht fallen ließ.

»Aber ich habe noch so viel zu tun ...«

Meine schwachen Proteste verstummten, als der größte Gothic-Held der Literatur mich in seine Arme nahm und mich mit Körper, Herz und Seele verschlang.

4

»Vielen Dank, Mina. Wir wissen es wirklich zu schätzen, dass Sie diese Veranstaltung für Danny organisiert haben.« Brian Letterman hielt meine Hand zwischen seinen Händen. Seine grauen Augen funkelten, als er mit scharfem Blick den Raum betrachtete.

»Danke, dass Sie sich bereit erklärt haben, meine Versuchskaninchen zu sein. Ich bin wirklich begeistert von dem Potenzial dieses Raums.« Ich strahlte den Verleger an, während ich mein Werk begutachtete. Wir hatten wirklich ein Wunder vollbracht.

Vor einer Woche hatte ich die Entscheidung getroffen, die Bücherregale aus dem Raum für Weltgeschichte dauerhaft zu entfernen und sie in einer kleinen Nische im hinteren Teil des Ladens zu verstauen. Jetzt war der helle, luftige Raum mit seinem fünfeckigen Erkerfenster unser neuer Veranstaltungsraum. Ich hatte eine Wand gereinigt und in antikem Weiß gestrichen und einen Projektor gekauft, mit dem man Folien oder Filme an die Wand projizieren konnte. Quoth und ich hatten jeden Trödelladen in Argleton nach genügend nicht zusammenpassenden Stühlen abgesucht, um einen

29

kleinen Kreis um das Rednerpult zu bilden. Morrie hatte den Laden-Dessen-Name-Nicht-Genannt-Werden-Darf nach Produktbewertungen durchforstet und auf der Grundlage der Empfehlungen aus dem Internet ein hochmodernes Soundsystem zusammengestellt, das in diesem Moment gedämpften Jazz abspielte, während unsere Gäste hereinströmten.

Unter dem Fenster stand ein Buffet mit lokal hergestelltem Käse, Crackern, Obstkonserven von Frau Ellis und hausgemachter Salami. Ich hatte sogar Richard McGreer, den Wirt des Rose & Wimple Pubs, der vor kurzem eine kleine Apfelweinbrennerei eröffnet hatte, davon überzeugen können, eine kleine Bar aufzustellen.

An der Tür befand sich eine Auslage mit Dannys Büchern, gemischt mit ein paar Kunstwerken von Quoth und einigen Requisiten, die ich in Morries Schlafzimmer gefunden hatte – eine Lupe, ein paar Handschellen, von denen ich die schwarze Polsterung hatte abreißen müssen, und ein langer schwarzer Seidenschal, der um den Ständer geknotet war. Dannys neuestes Buch, *Der Somerset Würger*, handelte von einem Serienmörder, der seine Opfer erwürgte. Ich hoffte, dass ich die Botschaft vermitteln konnte, ohne dass zu morbide war.

Unsere geladenen Gäste aus lokalen Reportern, Barchester-Literaten und Mitgliedern von Dannys Fanclub wuselte herum und ergoss sich in den Hauptraum im Erdgeschoss der Buchhandlung, wo sie die Regale mit anerkennendem Blick durchsuchten. Ich bemerkte, dass eine Frau in der Ecke bereits einen beeindruckenden Stapel Bände auf dem Tresen zum Kauf angehäuft hatte.

Heute Abend werden wir einen Riesengewinn machen.

Das war auch gut so, denn wir brauchten so viel Geld wie möglich. All diese Anstrengungen dienten nicht nur dazu, dem Ort etwas Leben einzuhauchen. Heathcliff hatte mich endlich in seinen Ordner schauen lassen. Die Lage war schlimmer, als mir bewusst gewesen war. Vor acht Jahren war das Dach bei einem schweren Sturm beschädigt worden, und Herr Simson, der offenbar nicht an Versicherungen geglaubt hatte, hatte eine Hypothek auf das Geschäft aufgenommen, um die Reparaturen zu finanzieren. Und diese Hypothek war im Laufe der Jahre verlängert worden, da die sinkenden Margen und die Dominanz des Ladens-Dessen-Name-Nicht-Genannt-Werden-Darf, die ohnehin schon mageren Gewinne des Geschäfts geschmälert hatten. Heathcliff hatte die Sache nicht besser gemacht. Er führte den Laden so, wie alle gestrandeten Männer seiner Zeit ihre Anwesen führten: Sie weigerten sich hartnäckig, zu akzeptieren, dass der Wandel der Zeit einen neuen Ansatz erforderte. Wir mussten unsere Hypothekenrückstände bald begleichen, sonst würden wir wirklich in Schwierigkeiten geraten.

Danach brauchte ich Geld, um den Laden ernsthaft zu verbessern. Wenn ich hier weiterarbeiten wollte, nachdem ich erblindet war, musste ich einen Weg finden, die Bücher auseinanderzuhalten, wenn ich die Titel nicht mehr sehen konnte. Der abwesende Herr Simson war dabei keine Hilfe. Soweit ich mich an meine Kindheit erinnern konnte, hatte sein System darin bestanden, den Leuten völlig zufällig ausgewählte Bücher zu präsentieren, die sie einfach akzeptierten, weil es unhöflich gewesen wäre, etwas dagegen zu sagen. Ein Brite zahlt lieber achtundvierzig Pfund für ein Buch über die Geschichte der Londoner Kanalisation, als nach dem zu fragen, was er eigentlich wollte.

Ich hatte verschiedene Optionen recherchiert. Braille-Etiketten wären am kostengünstigsten, aber die Umsetzung wäre ein wahnsinniger Aufwand. Außerdem würde ich, obwohl ich bereits angefangen hatte, Braille zu lernen, ein paar Jahre brauchen, um es zu beherrschen. Es gab jedoch dieses praktische elektronische, sprechende Etikettiersystem, das ich von meinem Handy aus steuern konnte ...

»Es ist toll, zu sehen, dass diese Buchhandlung ihr Potenzial ausschöpft«, sagte Brian. »Ich war vor etwa einem Jahr schon einmal hier und hatte versucht, den Besitzer dazu zu bringen, meine Autoren ins Sortiment aufzunehmen oder eine Veranstaltung durchzuführen. Er war ziemlich unhöflich. Er hat mir gesagt, ich solle eine Ziege vögeln ...«

»Oh ja, nun, sagen wir einfach, er hat sich gebessert.« Ich warf einen Blick auf Heathcliff, der hinter der Theke stand und widerwillig die Einkäufe abkassierte. Ich hatte ihn den ganzen Abend noch niemanden als Idioten beschimpft hören, was immerhin ein Anfang war.

»Das ist schön zu hören. Wissen Sie, Sie haben ein echtes Gespür für die geschäftliche Seite dieser Branche. Ich gebe drüben in Barchester einen Verlagskurs und ich kann Ihnen sagen, dass zu viele naive Studenten mit der Vorstellung ankommen, dass es beim Verlegen nur darum geht, ihren Traum zu verwirklichen, ein Bestseller-Dichter zu werden oder zukünftigen Generationen die Freude am Lesen zu vermitteln, oder so ein Unsinn. Sie könnten viel von einer Frau wie Ihnen lernen ... Oh, ich werde Sie Danny vorstellen. Er wird sich auch bei Ihnen bedanken wollen.« Brian schnippte mit den Fingern. »Danny, komm und lerne Mina kennen. Sie hat diese ganze Veranstaltung auf die Beine gestellt.«

Eine große, gutaussehende Gestalt mit leuchtend roten Haaren löste sich aus dem Kreis der Bewunderer, die ihn umringten, und schlenderte auf uns zu. Ein kleinerer Mann mit einem gut geschnittenen Anzug und dünnem schwarzem Haar folgte ihm. Ich erkannte den Rotschopf von der Buchumschlagseite wieder. Danny Sledge höchstpersönlich.

Als er uns erreichte, reichte Danny mir die Hand, schüttelte sie herzlich und lächelte mich charmant an. Er rieb sich die

Bartstoppeln am Kinn und deutete auf den Raum. »Fabelhafte Veranstaltung, Mina. Herzlichen Glückwunsch dazu, dass Sie diesen Herrn Earnshaw endlich zur Vernunft gebracht haben und diese Buchhandlung zum Erfolg führen.«

Ich spürte, wie sich meine Wangen bei seinem Lob erwärmten. »Ich bin mir noch nicht sicher, ob es ein Erfolg ist. Aber ich arbeite definitiv daran.«

Über Dannys Schulter hinweg bemerkte ich, wie Jo den Raum betrat. Sie trug ein rotes Kleid, das ihre Kurven an den richtigen Stellen betonte. Ich vermutete, dass sie einkaufen gegangen war, anstatt sich in unserer von Heuschrecken befallenen Wohnung aufzuhalten. Ich winkte meiner Mitbewohnerin zu, und sie machte sich auf den Weg zu unserer Gruppe, wobei sie sich auf dem Weg an der Bar zwei Gläser Apfelwein schnappte.

»Es ist so wichtig, diese kleinen unabhängigen Buchläden zu unterstützen«, sagte Danny aufrichtig, », sonst werden sie wie die Dinosaurier aussterben. Natürlich ziehen es die Leser heutzutage vor, auf einen Bildschirm zu starren, statt in ein echtes Buch zu schauen. Ich verdiene den größten Teil meiner Tantiemen bei A ...«

Ich hob eine Hand, als Heathcliffs Kopf hochfuhr. Seine schwarzen Augen glühten vor Wut. *Hat er übersinnliche Kräfte oder so etwas? Wie kann er das aus dem Nachbarraum hören?* »Ähm, ich empfehle Ihnen dringend, dieses Wort in diesem Geschäft nicht zu verwenden.«

Heathcliff schob sich in den Raum.

»Welches Wort? Am ...«

»Krächz?« Quoth flatterte herab und ließ sich auf Dannys Schulter nieder. Danny streckte sofort die Hand aus und tätschelte ihm den Kopf, seinen vorherigen Fauxpas hatte er sofort vergessen.

»Du bist ein braves Vögelchen, nicht wahr? Ich habe vorhin

auch eine Katze herumlungern sehen. Dieser Ort ist eine regelrechte Menagerie. Hey!« Danny grinste Quoth an. »Jetzt verstehe ich. Du bist das Maskottchen des Ladens. Sie müssen diesen Ort Nevermore nach dir benannt haben. ›Einst zur Nachtzeit, trüb und schaurig, als ich schmerzensmüd und traurig ...‹ «

Panik durchfuhr mich. Ich wusste, was normalerweise geschah, wenn jemand dieses Gedicht in Quoths Gegenwart rezitierte. Ich kniff die Augen zusammen und wartete auf den unvermeidlichen Moment, in dem mein sorgfältig geplantes Ereignis zu einer Katastrophe wurde ...

Keine Sorge, ich werde ihn nicht ankacken, ertönte Quoths Stimme in meinem Kopf. *Ich habe mehr Selbstbeherrschung. Ich dachte nur, wenn ich hierherfliege, könnte ich ihn davon ablenken, das Wort zu sagen, das Heathcliff zum Super-Saiyajin macht.*

Du bist mein Held, dachte ich im Gegenzug, während sich mein ganzer Körper entspannte.

» ›... Flackernd warf ein wunderbares Licht das Feuer rings umher ...‹ «

Ich wusste nicht, dass es möglich war, aber der Rabe strahlte. *Gerne geschehen. Übrigens, wenn du ihn dazu bringen könntest, dieses höllische Gedicht nicht mehr zu rezitieren, wäre ich dir sehr verbunden.*

Danny kam so richtig in Fahrt. » › ... für die seltene und strahlende Jungfrau, die die Engel Lenore nennen ...‹ «

»Danny, ähm, also ...« Ich suchte verzweifelt nach einer Frage. »Machen Sie viele Autorenveranstaltungen?«

»Nicht mehr so viel wie früher. Es ist schwer, die Leute dazu zu bringen, ihr Zuhause zu verlassen und zu kommen. Heutzutage konzentriere ich mich bei der Werbung ganz auf die sozialen Medien. Das ist schade, denn es ist immer toll, Fans persönlich zu treffen und ihre Geschichten zu hören. Auf diese

Weise bekomme ich viele Ideen. Sagen Sie mir, Mina, welches meiner Bücher war Ihr Favorit?«

»Oh, ähm ...« Ich zerbrach mir den Kopf, um einen Titel zu finden. Die Wahrheit war, dass ich noch nie eines von Danny Sledges Büchern gelesen hatte. Kommerzielle Kriminalliteratur war nicht wirklich mein Ding. Ich hatte ihn für diese Veranstaltung ausgewählt, weil Frau Ellis mir erzählt hatte, dass er berühmt und teuflisch gutaussehend war, sodass sie ihren gesamten Strickzirkel davon überzeugen können würde, teilzunehmen. Ich hatte mindestens zwanzig Eintrittskarten an kleine alte Damen verkauft, die jetzt in einer Gruppe um die Bar herumstanden und jedes Mal kicherten, wenn sie einen Blick auf Dannys Hintern erhaschten. Ich warf einen Blick auf den Tisch und las den Titel seines neuesten Buches. »Ich habe den *Somerset Würger* wirklich genossen. Ich finde, das ist Ihr bisher bestes Werk.«

»Gute Antwort. Das ist auch eines meiner Favoriten.« Danny schien nicht zu bemerken, wohin ich schaute. »Es ist immer wieder faszinierend, sich in die Gedankenwelt eines Kriminellen hineinzuversetzen. Wie Sie wissen, habe ich diesen Kerl besonders bösartig gemacht. Er mag es, seinen Opfern nahezukommen, damit er zusehen kann, wie das Leben aus ihren Gesichtern weicht ...«

»Oh ja, ja.« Ich nickte und hörte nur mit halbem Ohr zu, als ich bemerkte, wie eine bekannte Gestalt den Raum betrat. Sie war gekleidet in ein ausgefallenes Kleid, das aussah, als hätte ein Weihnachtspulli Sex mit einem Waschbären gehabt. Ich warf einen Blick auf Quoth. *Was macht Mama hier?*

Du hast sie eingeladen, erinnerst du dich?

Ja, aber ich habe nicht erwartet, dass sie kommt. Ich zuckte zusammen, als Mama sich umdrehte und ich einen riesigen silbernen Fleck an ihrem Oberarm bemerkte. *Was ist das an ihrem Arm?*

Keine Ahnung, aber ich kann einen Stapel davon aus ihrer Handtasche ragen sehen. Ich vermute, sie hat ein aufregendes neues Produkt zu verkaufen.

Zing. Panik durchfuhr mich erneut.

»Ich habe Ihr Buch noch nicht gelesen. Welche Methoden wendet Ihr Mörder an?«, fragte Jo Danny. »Erdrosselung? Ausweiden? Fleischhaken?«

»Tod durch Heuschrecken?«, fügte ich hinzu, woraufhin Jo ein Lachen unterdrücken musste.

»Dannys Mörder bevorzugt die Garrotte als Waffe«, meldete sich der zweite Mann zu Wort. »Erdrosseln ist eine so ungewöhnliche Mordmethode. Sie wurde von den Chinesen als eine frühe Form der Hinrichtung entwickelt und war auch als Todesstrafe bei den Spaniern bis 1978 beliebt. Dass Danny diese Methode benutzt hat, ist einer der Gründe, warum *Der Somerset Würger* so erfolgreich ist. Er unterscheidet sich ein wenig von den üblichen kannibalischen Serienmördern.«

Danny blickte über seine Schulter, als hätte er sich gerade erst daran erinnert, dass der Typ da war. »Oh, wie unhöflich von mir. Mina, das ist Angus, mein engster Freund und erster Leser. Er ist früher in der Strafverfolgung in Argleton tätig gewesen. Er hat mich in meiner wilden Jugend öfter mal verhaftet. Er ist vorzeitig in den Ruhestand getreten, und sein professioneller Ratschlag hat mir schon mehr als einmal den Hintern gerettet. Angus, das ist Mina, die Frau, die dieses ganze Event auf die Beine gestellt hat. Ist sie nicht toll?«

Angus´ Händedruck war angenehm fest. Er lächelte offenherzig und hatte eines dieser weichen Gesichter, denen man sofort vertrauen wollte. *Ich wette, er war total heiß, als er jünger war.* »Schön, Sie kennenzulernen, Mina. Danke, dass Sie Danny promotet haben. Er hat sich Sorgen gemacht, wie *Der Somerset Würger* aufgenommen werden würde. Es ist viel blutrünstiger als seine anderen Bücher, denn der Tod durch

Erdrosseln kann ein grausamer Tod sein, besonders wenn er mit der Detailgenauigkeit beschrieben wird, die Danny gerne seinen Opfern widmet.«

»Wem sagen Sie das?«, sagte Jo und nippte an ihrem Drink. »Nein, im Ernst, erzählen Sie mir davon. Ich hatte noch nie einen Erdrosselungsfall. Was für Nachforschungen haben Sie angestellt, Danny?«

»Keine Sorge, meine Dame. Ich gehe nicht da raus und bringe Leute um, nur um die Details richtig hinzubekommen«, grinste Danny. »Angus hier versorgt mich mit vielen realistischen Details aus seinen alten Fällen, und natürlich gibt es ja auch noch das Internet, nicht wahr? Lassen Sie mich Ihnen von dieser Erdrosselung erzählen, über die ich neulich gelesen habe, ...«

Mein Blick schweifte wieder zur Tür. Mama war in der Menge verschwunden. Panik stieg in meiner Brust auf, als ich die schattigen Gesichter absuchte. *Bitte lass sie mich nicht in Verlegenheit bringen ...*

Danny klopfte Angus auf die Schulter. »... daher wissen wir, dass unser Mörder eine Textilschlinge anstelle von Draht verwendet hat. Wenn es um realistische Details geht, mache ich mir um nichts Sorgen. Angus übernimmt das für mich. Er denkt, dass sein beruflicher Ruf mit jedem Buch, das ich veröffentliche, auf dem Spiel steht. Er hat damals, als er Kommissar war, an einem hochkarätigen Erdrosselungsfall gearbeitet, aber sie haben den Mörder nie fassen können.«

Jo schlang ihren Arm um den von Angus. »Ihr Drink scheint leer zu sein, guter Herr. Ich bringe Sie zur Bar, damit Sie sich nachschenken können. Dabei können Sie mir mehr über die Geschichte des Erdrosselns erzählen ...«

Angus nickte und begleitete Jo. Danny beugte sich vor und zwinkerte mir zu. »Sie sollten Ihre Freundin lieber warnen. Angus ist ein ziemlicher Schürzenjäger. Der einzige Grund, warum er mit mir auf Partys geht, ist, um ein paar Frauen aufzureißen.«

»Das mag ja sein, aber er ist nicht Jos Typ.«

»Steht sie nicht auf ergraute Ex-Polizisten?«

»Ich bin sicher, Ex-Polizisten sind in Ordnung. Es ist eher die Tatsache, dass er ein Er ist.«

Dannys Augenbrauen wanderten nach oben und der Ausdruck auf seinem Gesicht verriet mir, dass ihn die Vorstellung, Jo sei lesbisch, anmachte. Er beugte sich vor und stupste mich mit dem Arm an. »Und Sie? Sind Sie ...?«

»Ich habe einen Freund«, sagte ich. Plötzlich fühlte ich mich unwohl. Es war so bescheuert, dass Jungs *immer noch* so reagierten, wenn sie hörten, dass ein Mädchen nicht auf Jungs stand. Denn natürlich ging es bei Jos sexuellen Vorlieben nur um *sein* Vergnügen. Eine Frau tippte Danny gegen den Arm, um ihm eine Frage zu stellen, und ich schaffte es, mich wieder unter die Leute zu mischen. Ich musste Mama finden, bevor sie mit einem Verkaufsgespräch anfing und ...

»... alles, was ich tun muss, ist, das Flourish-Pflaster zu tragen. Seine transdermale Vitamintechnologie überträgt lebenswichtige Nährstoffe und kalorienverbrennende Stimulanzien direkt in meinen Blutkreislauf und hilft mir, überschüssiges Fett zu verbrennen.« Mamas Stimme stach aus der Menge heraus. »Gerade jetzt, während ich diesen kostenlosen Champagner trinke und diese köstlichen Wurstbrötchen esse, verbrenne ich fünfzig Kalorien pro Minute ...«

Verdammt, ich bin zu spät.

»Entschuldigung, Entschuldigung.« Ich drängte mich durch Gruppen von Schriftstellern und Journalisten. Endlich sah ich sie. Mama hatte drei Frauen in die Enge getrieben und war damit beschäftigt, auf das silberne Pflaster auf ihrem Arm zu tippen und ihnen ihre neueste Rede zu halten.

»... als Flourish-Beraterin werden Sie diese erstaunliche neue Technologie verbreiten und Hunderten von Menschen helfen, ihre Träume von Gesundheit und Gewichtsverlust zu verwirklichen. Nicht nur das, Sie werden auch Ihr eigenes Schicksal in die Hand nehmen, indem Sie Ihr eigenes Geschäft aufbauen und finanzielle Freiheit erlangen. Schauen Sie mich an! Vor einem Monat habe ich noch in einer Sozialwohnung gelebt, jetzt bekomme ich bald die Schlüssel für meinen eigenen silbernen Mercedes ausgehändigt.«

Oh nein, was hat es mit dem Mercedes auf sich?

»Mama, du hast es geschafft!« Ich warf meine Arme um sie und hoffte, den Strom von Unsinn, der aus ihrem Mund strömte, zu stoppen.

»Mina, Liebes. Du siehst bezaubernd aus, obwohl ich wette, dass du mit einer kompletten Vitamintherapie noch schöner aussehen würdest. Ich habe deinen Freundinnen hier gerade von einer aufregenden Geschäftsmöglichkeit erzählt.« Mama drehte sich um, um mir ihr Pflaster zu zeigen. »Ist es nicht erstaunlich? Gerade jetzt verbrenne ich Kalorien, während ich eine Dosis gesunder Nährstoffe über seine bemerkenswerte transdermale ...«

»Ich bin sicher, dass es wunderbar ist, Mama, aber du musst es hier nicht tragen. Die Leute sind heute Abend gekommen, um über Bücher zu sprechen, nicht über Gewichtsverlust, äh, Pflaster ...« Ich warf den Frauen einen entschuldigenden Blick über die Schulter zu.

»Oh, es hilft nicht nur beim Abnehmen. Das Flourish-Pflaster heilt auch Blähungen, verbessert die Energie und unterdrückt den Appetit, sodass man nicht ständig Heißhunger bekommt ... oh, schau mal, kleine Cupcakes.« Mama nahm sich zwei von einem Tablett auf dem Tisch. »Du solltest es wirklich probieren, Mina. Es ist bemerkenswert. Ich trage meins erst seit zwei Tagen und habe schon abgenommen!«

»Für mich siehst du kein Stück anders aus.« Ich beobachtete, wie Mama sich einen Cupcake in den Mund schob.

»Natürlich sehe ich nicht anders aus! Das liegt an diesem Licht. Es ist furchtbar unvorteilhaft. Vielleicht sollte ich mal mit Morrie über einen Lampenwechsel reden.« Mama drehte sich um, ging durch den Raum zurück und schob sich den zweiten Cupcake in den Mund. »Schön, dich zu sehen, Liebes!«

»Es tut mir wirklich leid ihretwegen«, sagte ich zu den Frauen. »Sie lässt sich immer wieder auf diese Schnellreich-Systeme ein. Sie ist eigentlich harmlos.«

»Das ist schon in Ordnung. Wir alle hatten schon Freundinnen, die Opfer solcher Systeme geworden sind. Es ist wirklich kriminell, wie sie die Leute hereinlegen. Ich bin überrascht, dass mein Mann noch nicht in einem seiner Bücher darüber geschrieben hat, aber ich schätze, es ist nicht so sexy wie *Mord*«, spottete die Frau in der Mitte. Sie hatte rotblondes Haar, das zu einem kurzen, feschen Bob geschnitten war, und trug ein Designerkleid, das ein paar Jahre alt und mindestens zwei Nummern zu klein war. Sie streckte mir die Hand entgegen. »Ich bin Penny Sledge, Dannys Frau.«

»Ich wusste gar nicht, dass Danny verheiratet ist.« Ich schüttelte ihr die Hand.

»Er spricht nicht gerne darüber, vor allem nicht mit hübschen jungen Frauen wie Ihnen.« Pennys zwei Freundinnen wechselten einen Blick und schlurften leise davon. »Ich habe gehört, dass Sie die Organisatorin dieser Veranstaltung sind. Sie haben wirklich gute Arbeit geleistet. Eine bewundernswerte Leistung, aber wenn ich ein paar Vorschläge machen dürfte ...«

»Klar doch!« Ich strahlte sie an.

»Ich glaube nicht, dass es gut ist, all diese Leute auf so engem Raum zusammenzupferchen. Und keiner der Stühle passt zusammen! Das Essen ist etwas *rustikal*, und Apfelwein statt echtem Wein?« Sie schnalzte mit der Zunge. »Das geht so nicht. Dieser Laden ist furchtbar staubig, oder? Es wäre viel besser, den Ballsaal auf dem Anwesen meiner Freundin Cynthia Lachlan zu mieten. Oder vielleicht einen der literarischen Salons in London ...«

»Ich werde es mir notieren«, sagte ich. *Literarische Salons? Was für Bücher glaubte Penny, dass ihr Mann schrieb?* Während sie mir die Ohren vollquatschte über die richtige Temperatur, um Wein zu servieren, und warum Cupcakes und Wurstbrötchen als Hors d'oeuvres unangemessen waren, ließ ich meinen Blick durch den Raum schweifen, in der Hoffnung, jemanden zu entdecken, der mich aus dem langweiligen Gespräch retten könnte.

In einem Punkt hatte Penny recht: Der Andrang war größer, als ich zu hoffen gewagt hatte. Immer mehr Leute tröpfelten herein und strömten aus dem Veranstaltungsraum in den Laden, und jeder von ihnen schien ein oder zwei Bücher in der Hand zu halten. Frau Ellis kam mit ihren Freundinnen aus dem Strickzirkel herüber, die sich um mich scharten und Penny zur Seite schoben, *wie schade*, während sie über die Verwandlung des Ladens schwärmten.

»Du bist eine frische Brise für diesen Ort, Mina!«, sagte Hazel Barrowly. »Ich weiß jetzt schon, dass der Nevermore Bookshop zu einem echten Gewinn für das Dorf wird.«

»Ich würde gerne mit dir über eine gemeinsame Veranstaltung sprechen«, fügte Sylvia Blume hinzu. Sylvia leitete den örtlichen Kristall- und Heilungsladen, in dem meine Mama manchmal als Tarot-Legerin arbeitete. »Ich sehe, dass ihr eine recht anständige Okkultismus-Abteilung habt. Wir könnten einen berühmten metaphysischen Denker für einen Vortrag einladen und dann in der Ecke einen Stand aufbauen. Deine Mutter könnte sogar ihre Lesungen halten. Es wäre *transformativ*.«

»Das klingt nach Spaß.« Ich rang um ein Lächeln, während

Panik in meiner Brust pochte. Ich hatte vor, meine Mutter so weit wie möglich von der finanziellen Seite des Ladens fernzuhalten, vor allem, wenn sie weiterhin versuchte, meinen Kunden ein Pflaster zur Gewichtsreduktion anzudrehen. *Es ist an der Zeit für einen Themenwechsel.* »Frau Ellis, haben Sie schon Ihren Urlaub gebucht?«

»Ja!« Sie nahm ein zweites Glas Apfelwein von der Bar und führte es an ihre Lippen. »Ich fahre bereits in zwei Tagen los. Es ist alles sehr aufregend. Ich habe den Mädchen hier gerade erzählt, dass ...«

»Oh, ich *liebe* Ihr Kleid« gurrte eine Frau, trat in die Mitte unseres Kreises, griff nach meinem Rock und breitete ihn aus.

»Danke. Ich habe ihn selbst gemacht.« Ich strahlte. Da ich nicht in unsere Wohnung gehen wollte, um mich umzuziehen, hatte ich meine Ex-Modedesignerin-Künste aufgefrischt und das Kleid heute Nachmittag selbst geschneidert, indem ich ein altes lila Ballkleid, das ich im Trödelladen im Dorf gefunden hatte, in Fetzen gerissen hatte. Ich hatte den Rock zerschnitten, schwarze Spitzeneinsätze hinzugefügt und das Mieder mit schwarzem Band eingefasst. Dazu trug ich meine bewährten Doc Martens und etwas Goldschmuck, was es wie das Bühnenoutfit der Sängerin einer Punkband aussehen ließ, und genau deshalb gefiel es mir so gut.

»Sie sind talentiert. Nehmen Sie Aufträge an?« Die Frau schob die Hüfte vor, streckte die Unterlippe heraus und deutete auf ihr teures schwarzes Cocktailkleid aus Samt, das mit silbernen Fäden durchzogen war, die das Licht einfingen und ihre beneidenswerten Kurven betonten. Sie strich sich mit der Hand durch ihr aschblondes Haar, das perfekt im Marilyn-Monroe-Stil frisiert war, und schmollte mit kirschroten, schmalen Lippen. »Mein Mann schleppt mich immer zu diesen langweiligen Buchveranstaltungen mit. Ihre ist besser als die anderen, da es hier immerhin kostenlosen Alkohol gibt.«

»Wer ist denn Ihr Mann?«

»Brian, der Verleger.« Sie zeigte auf die andere Seite des Raumes, wo Brian tief in ein Gespräch mit Morrie vertieft war. Wenn ich mir seinen zerknitterten Anzug und seine Speckröllchen ansah, konnte ich mir ihn kaum mit diesem heißen Feger vorstellen, aber ich schätze, für die Liebe gibt es keine Erklärung. Mit meinen drei Freunden war ich nicht gerade jemand, der über andere urteilen konnte. »Ich bin Amanda Letterman. Sie haben mich vielleicht schon auf YouTube gesehen. Ich habe meinen eigenen Make-up-Kanal mit hunderttausend Abonnenten. Normalerweise würde ich mich nicht dazu herablassen, an einer Veranstaltung in der *Provinz* teilzunehmen, aber Brian meint, wir müssten uns für das Geschäft von unserer besten Seite in der Öffentlichkeit zeigen. Natürlich bin ich nur wegen des Talents hier.« Sie befeuchtete ihre Unterlippe, während ihre Augen Danny verfolgten. Ihr Blick verweilte nicht lange, während er über Angus hinwegfegte, und dann auf Heathcliff haften blieb. »Mhmmm, und was für ein Talent. Wer ist dieser raubeinige Fuchs in der Tür? Ich möchte mich auf sein Gesicht setzen und ...«

»Ich habe noch nie darüber nachgedacht, Kleidung für andere Leute zu entwerfen«, sagte ich, teils um sie zum Schweigen zu bringen, teils weil sich in meinem Kopf bereits eine Idee regte. Wenn eine Influencerin wie Amanda, die an allen möglichen Branchenpartys teilnahm und einen Influencer-Kanal im Internet hatte, eines meiner Designs tragen würde, könnte ich vielleicht Arbeit bekommen. Es wäre nicht dasselbe wie auf der New York Fashion Week zu arbeiten, aber zumindest könnte ich meine Designfähigkeiten einsetzen, bevor sie sich in Luft auflösten ...

Nein. Ich werde nicht weiter darüber nachdenken. Entschlossen verdrängte ich die Angst, die in mir aufzusteigen drohte, immer wenn ich daran dachte, mein Augenlicht zu verlieren. Meine Ärztin glaubte, dass es innerhalb der nächsten achtzehn Monate passieren würde. Letztes Jahr hatte mich der Gedanke daran, was ich nicht mehr tun könnte, noch wütend und traurig gemacht, aber seit die Jungs in mein Leben getreten waren, blickte ich positiver in die Zukunft. Und als ich realisiert hatte, dass ich mit der richtigen Technologie immer noch fast alles, was mir Spaß machte, tun konnte, ist mir klar geworden, dass mein Leben noch lange nicht vorbei war. Tatsächlich war mein Leben manchmal sogar etwas *zu* interessant.

Obwohl ich mich mit meinen Augen wohler fühlte, gab es immer noch Momente, in denen mich die Unsicherheit und Ungerechtigkeit des Ganzen beschäftigten. Aber ich wollte mir dieses Wochenende nicht verderben lassen, indem ich darüber nachdachte, nicht, wenn Dannys Veranstaltung dazu beitragen könnte, die Technologie zu bezahlen, die es mir ermöglichen würde, weiterhin im Geschäft zu arbeiten.

»Nun, ich werde Sie auf jeden Fall engagieren.« Amanda befühlte den Stoff des Kleides. »Ich muss Sie jedoch warnen, es ist schwierig, mit mir zu arbeiten. Mein Mann nennt mich eine richtige Kuh. Aber was weiß er schon, oder? Er verkauft nur verstaubte alte Bücher.«

Das ist ... warum musste ich das wissen? Ich lächelte brav weiter. »Ich habe keine Karte oder so etwas. Aber wenn Sie etwas haben, worauf ich herumkritzeln kann, gebe ich Ihnen meine Nummer.«

Amanda nahm eines von Dannys Büchern vom Tisch und bedeutete mir, dass ich meine Daten hineinschreiben sollte. Danny kam vorbei und zog die Augenbrauen hoch. »Sollte es nicht der Autor sein, der seine Bücher signiert?«, sagte er lachend und tätschelte Amanda auf eine Art und Weise die Hüfte, die für die Frau seines Geschäftskollegen zu vertraut wirkte.

»Oh, Danny!«, kicherte sie und strich mit ihren Fingernägeln über seine Schulter. »Ich schreibe mir nur ein paar Daten von diesem süßen Mädchen auf. Sie wird mir ein neues Kleid machen. Ich komme später zu dir. Ich möchte eine *persönliche* Signatur.«

»Ich freue mich darauf«, sagte er grinsend und warf ihr einen Blick zu, als würde er sie am liebsten verschlingen. Amanda klimperte mit den Wimpern und ließ ihre Finger über seinen Arm gleiten. Ich trat einen Schritt zurück und mir lief es kalt den Rücken herunter. *Bilde ich mir das ein oder geht Danny mit der Frau seines Verlegers schrecklich vertraut um? Oder sind Schriftsteller einfach so?*

Du bildest dir das nicht ein, sagte eine vertraute Stimme in meinem Kopf.

Ich schaute zur Decke, wo Quoth saß und die Party von oben beobachtete. Ich winkte ihm heimlich zu, was er mit einem Kopfnicken erwiderte.

Mir und den meisten anderen hier ist das klar, vor allem Penny Sledge, die ihren Mann von der anderen Seite des Raumes aus mit giftigen Blicken anstarrt. Oh, und deine Mutter klebt Frau Ellis und ihren Freundinnen »Flourish«-Pflaster auf. Sie hat ein Anmeldeformular aus ihrem BH gezogen.

Ich verdrehte die Augen. *Natürlich hat sie das. Kannst du rübergehen und versuchen, sie aufzuhalten? Scheiß auf sie, wenn es sein muss.*

Mina, ich liebe dich und würde alles für dich tun, aber ich werde nicht auf deine Mutter kacken.

Bitte. Ich wäre dir ewig dankbar ...

»Ich bin überrascht, dass so ein Vogel domestiziert werden kann«, sagte eine Stimme neben mir. »Ich hätte erwartet, dass er überall hinscheißen würde.«

Erschrocken drehte ich mich zu Dannys Freund Angus um. Er hielt ein Glas Apfelwein in der einen und einen Teller mit

Essen in der anderen Hand. Er hielt mir den Teller hin und ich nahm mir ein Würstchenbrötchen.

»Raben sind tatsächlich unglaublich schlau«, sagte ich und beobachtete, wie Quoth davonflog, um den Strickclub zu retten. »Forscher haben sie komplexe Rätsel lösen lassen und können ihnen sogar einfache Vokabeln beibringen. Quoth ist der klügste Rabe von allen. Er würde nie auf jemanden scheißen, es sei denn, er hätte es verdient.«

Angus lachte. »Ich liebe es. Er verleiht diesem Ort ein bisschen Persönlichkeit. Nicht, dass es davon nicht schon genug gegeben hätte. Aber jetzt, wo der mürrische Wichser nicht mehr das Sagen hat, schaue ich vielleicht hin und wieder vorbei, um mir meinen Lesestoff zu holen. Ich wohne nur ein paar Straßen weiter und lese viel, seit ich in Rente bin, vor allem in gedruckter Form. Ich bin kein E-Reader-Typ. Sie haben eine tolle Auswahl an Kriminalromanen.«

»Danke. Kommen Sie zu allen Veranstaltungen von Danny?«, fragte ich.

»Nicht zu allen, nur wenn ich kann. Es ist aufregend zu sehen, wie erfolgreich er ist und wie sehr die Leute seine Arbeit lieben. Ich habe viel Spaß bei der Zusammenarbeit mit ihm und kann so einige der Höhepunkte meiner Karriere noch einmal erleben. Im Fall des neuen Romans konnte ich sogar einen Kriminalfall zwischen den Seiten lösen, den ich im wirklichen Leben nie habe lösen können.«

»Das muss ein Riesenunterschied zu dem sein, was Sie vorher gemacht haben. Danny hat erzählt, dass er früher auf der falschen Seite des Gesetzes gestanden hat?«

»Oh ja, er war in seiner Jugend ein richtiger Tunichtgut. Ladendiebstahl, Autodiebstahl, Drogen, Bandenmitgliedschaft. Ich habe ihn öfter ins Kittchen gesteckt, als ich zählen kann. Wie bei allen jugendlichen Straftätern hatte ich gehofft, dass er sich bessern würde, aber das Gegenteil war der Fall. Danny schien auf ein Leben als Schwerverbrecher zuzusteuern, bevor er sein Talent entdeckt hat. Tatsächlich war es der Erdrosselungsfall, der ihn zur Einsicht brachte. Er hatte eine Schwäche für das Opfer gehabt, und wäre vielleicht für das Verbrechen verknackt worden, wenn er nicht bereits ein Alibi gehabt hätte.«

»Wow. Und danach hatte er einen Sinneswandel?«

Angus nickte. »Er hat eine Geschichte über ein paar alte Knacker geschrieben, die er im Knast kennengelernt hat. Er hat sie bei einem landesweiten Wettbewerb eingereicht und den ersten Preis gewonnen. Zweitausend Pfund, einfach so. Danny sagte, es seien die leichtesten zwei Riesen gewesen, die er je verdient habe, viel leichter als Drogen zu verkaufen oder gestohlene Fernseher zu verscherbeln. Danach hat er sich aufs Schreiben verlegt. Ich habe seine Karriere genau verfolgt. Sie müssen wissen, meine Dame, dass es selten ist, dass ein junger Mann wie Danny den Absprung schafft und sauber bleibt. Das hat mich sehr gefreut. Einen Tag nach meiner Pensionierung habe ich Danny kontaktiert und ihm gesagt, dass ich der Polizist von damals sei und wie beeindruckt ich von ihm bin. Er erinnerte sich an mich und bot mir einen anständigen Lohn an, wenn ich als sein Berater fungieren würde. Ich bin wirklich nur da, um mit ihm Ideen auszutauschen, Motive und falsche Fährten zu finden und ihn über Polizeiverfahren und dergleichen zu informieren. Danny ist das wahre Genie. Er gibt mir mehr Anerkennung, als mir zusteht. Er ist ein guter Kerl.«

»Er hat gesagt, dass Sie seine Entwürfe lesen. Ich habe mich gefragt, ob Sie die einzige Person sind, die das tut. Was ist mit seiner Frau?«

Angus lachte. »Oh nein, Penny kann Dannys Bücher nicht ausstehen. Sie hält sie für Schund und keine echte Literatur. Sie ist jedoch glücklich genug, sein Geld und seinen Ruhm anzunehmen. Sie liebt die Literaturszene; die Partys, die

Festivals, die teuren Cocktails, das pseudo-intellektuelle Geschwätz. Danny will nichts von diesem Mist wissen, aber Penny zwingt ihn, auf Festivals zu gehen. Er würde viel lieber an kleineren Veranstaltungen wie dieser teilnehmen und ein bisschen Spaß haben. Nein, nein, die einzigen Leute, die seine Arbeit vor der Öffentlichkeit lesen, sind ich und Brian. Selbst dann bekommen wir nur etwas zu lesen, wenn Danny denkt, dass es nahezu perfekt ist. Er hält seine Arbeit bis zur letzten Minute unter Verschluss.«

»Ich bin so fasziniert von seinem kreativen Prozess. Ich werde morgen in seinem Workshop sitzen«, sagte ich. »Ich freue mich darauf.«

»Oh, sind Sie auch Schriftstellerin?«

»Nein.« Ich winkte ab und deutete auf die Bücherstapel. »Ich könnte so etwas nie tun. Ich habe in letzter Zeit einfach ... Ich habe einige seltsame Dinge erlebt. Die Art von Dingen, von denen man denkt, dass sie selbst für einen Roman zu abwegig wären. Ich dachte, es könnte Spaß machen, sie aufzuschreiben oder so ...«

Morrie tippte mir auf die Schulter. »Wir sollten anfangen. Jemand hat gerade Heathcliff gefragt, ob er eine Ausgabe von *Die Pickwickier* aus dem Jahr 1837 in tadellosem Zustand für zehn Pfund haben könnte, und ich glaube, sein Kopf wird gleich explodieren.«

Ich nickte. Morrie entfernte sich, um mit Danny und Brian zu reden. Ein paar Augenblicke später machte sich Danny auf den Weg zur Bühne. Brian tippte auf das Mikrofon, um die Aufmerksamkeit aller zu erregen. »Meine Damen und Herren, wenn Sie bitte Platz nehmen würden. Wir haben heute Abend das Glück, ein wahres literarisches Genie in unserer Mitte zu haben. Durch seine dunklen und düsteren Geschichten hat Danny Sledge es uns erlaubt, in die kriminelle Unterwelt einzutauchen, ohne dabei unsere bequemen Sessel zu verlassen. Ich möchte, dass Sie sich mir anschließen und Danny auf der Bühne willkommen heißen, damit er uns von seinem neuesten Buch, *Der Somerset Würger,* erzählen kann!«

Obwohl ich im schwachen Licht kaum etwas sehen konnte, erkannte ich meine Mama in der ersten Reihe an den drei silbernen Pflastern, die sie stolz am Arm trug. *Bitte lass sie nichts während Dannys Vortrag sagen.*

Der ganze Raum brach in Applaus aus, als Danny sich an das Podium lehnte und das Publikum anstrahlte. Zu meiner Überraschung stand Heathcliffs massige Gestalt in der Tür. In Schwarz gekleidet war er noch imposanter als sonst und seine dunkle Haut hob sich von dem überwiegend weißen Raum ab. Er zupfte am Kragen seines Hemdes und warf mir einen durchdringenden Blick zu.

Hinter uns spielte Morrie mit den Knöpfen an seinem Soundboard herum. »Wir hätten Scheinwerfer installieren sollen«, murmelte er. »Dieser Typ denkt, er wäre ein Rockstar.«

Ich schnaubte. Es stimmte, dass Danny sich im Glanz der Liebe seines Publikums sonnte. Er streckte seine Hände aus, während der Applaus über ihn hereinbrach, und genoss die Bewunderung sichtlich. Als der Applaus verklungen war, griff er zum Mikrofon und begann mit einer blutigen Passage aus seinem Buch, gefolgt von einer urkomischen Geschichte aus seiner Zeit als Kleinkrimineller und dann der Geschichte, wie er seinen Verlagsvertrag bekommen hatte: Er hatte Brian im Pub betrunken gemacht und sich dann geweigert, die Rechnung zu bezahlen, solange er nicht zustimmte, sein Manuskript zu lesen. Das Publikum brüllte vor Lachen. Sogar Heathcliff, der in der Tür lehnte und mit seiner massigen Gestalt fast das gesamte Licht aus der Buchhandlung verdrängte, stieß ein leises Glucksen aus.

Quoth beugte sich zu mir und drückte meine Hand. »Heute Abend ist ein echter Hit.«

»Ich weiß. Und wenn der Typ so schreiben kann, wie er ein Publikum fesselt, dann wird es morgen auch ein Hit.«

Danny beendete eine kurze Lesung einer grausamen Würgeszene aus seinem neuesten Buch. Brian nahm das Mikrofon und fragte, ob jemand Fragen an den Autor hatte. Fünfzig Hände schossen in die Höhe. Hinter mir wedelte Morrie mit dem Arm in der Luft und grinste dabei verschmitzt.

»Nimm die Hand runter«, warnte ich. »Ich glaube nicht, dass irgendjemand in diesem Raum die Antwort auf die Frage hören möchte, die du stellen willst.«

Morrie schob die Unterlippe vor, ließ aber seine Hand sinken. Am anderen Ende des Raums begegnete ich Heathcliffs festem Blick und erinnerte mich daran, wie er vorhin gesagt hatte, dass alle Fragen aus dem Publikum schrecklich sein würden. *Das werden wir ja sehen*, dachte ich selbstgefällig.

Ich wurde in den ersten sechs Minuten eines Besseren belehrt, als Danny über einen überschwänglichen Fanboy lächelte, der über sein eigenes gescheitertes Krimi-Manuskript sprach, und eine Frau mit einer Pelzstola wissen wollte, »woher er seine Ideen nahm«.

»Ich bekomme sie von demselben Ort, an dem ich die Leichen begrabe«, antwortete er ihr auf seine charmante Art. »Aber wenn ich es Ihnen sagen würde, müsste ich Sie umbringen.«

Eine Frau in der ersten Reihe hob die Hand. »Hallo Danny. Ich bin auch Autorin und habe große Probleme damit, mich aus der Erzählung herauszunehmen. Ich bin einfach zu sehr mit den Figuren verbunden, zu sehr in meine Rolle als Autorin vertieft. Ich frage mich, wie Sie Ihre Figuren so real und so gefühlvoll gestalten und gleichzeitig die erzählerische Distanz wahren?«

»Oh ja, nun, die Fähigkeit eines Schriftstellers besteht darin, den Leser dazu zu bringen, alle möglichen wilden Dinge zu glauben.« Danny grinste. »In meinem Fall war ich schon immer fasziniert vom kriminellen Verstand, was die Bösewichte dazu bringt, das zu tun, was sie tun. Ich mag es, mich wie eine Zecke einzunisten und all die köstlichen Charaktersäfte auszusaugen. Außerdem habe ich einen Alphaleser mit echter Polizeierfahrung, der meine Fragen jederzeit, Tag und Nacht, beantwortet. Stimmt doch, oder, Angus?«

Angus lächelte von seinem Platz in der ersten Reihe aus.

»Das dort ist Angus Donahue, ein feiner Kerl. Und meine Damen, er ist Single.« Danny deutete auf eine wedelnde Hand an der Seite. »Ja?«

»Danny, ich habe mich gefragt, ob Sie an einer bemerkenswerten Geschäftsmöglichkeit interessiert wären, um das Leben Ihrer Leser durch ein revolutionäres Wellness-Produkt zu verändern ...«

»Mutter«, schrie ich. »Setz dich hin!«

Mama schnaubte, setzte sich aber. Danny forderte eine andere Frau auf, ihre Frage zu stellen.

»Danny, ich habe mich gefragt, ob Sie und vielleicht Ihr Verleger etwas zum aktuellen Stand der Verlagsbranche sagen könnten. Was halten Sie vom Self-Publishing?«

Ich beugte mich vor. Das war tatsächlich eine interessante Frage. Wir hatten oft selbstveröffentlichte Autoren im Laden, die uns anflehten, ihre Bücher ins Sortiment aufzunehmen. In der Regel handelten ihre Bücher von seltsamen Themen wie Rückführungen in frühere Leben und Memoiren toter Verwandter, die nie etwas Aufregendes getan hatten, und sie waren nur unwesentlich verständlicher als ein bemooster Felsen. Heathcliff sagte ihnen normalerweise, sie sollten weiterziehen. Ich hatte gelesen, dass Selbstverleger mit E-Books ziemlich gut verdienten, aber das war auch schon alles, was ich wusste, denn Heathcliff duldete keine Diskussionen über elektronische Geräte im Laden. Allerdings hoffte ich insgeheim, dass bei einigen der kommenden Autoren, die ich für Veranstaltungen ausgewählt hatte, ändern zu können.

Brians Lippen zogen sich zu einem dünnen Strich zusammen. »Self-Publishing ist reine Eitelkeit. Es ist das Reich der Stümper und Schmierfinken; Leute, die Autoren sein wollen, aber den echten Aufwand scheuen. Selbst Autoren mit einem anständigen Talent wie Danny hier müssen den üblichen Weg gehen, wenn sie entdeckt werden wollen. Man kann die Warteschlange nicht überspringen.«

Ein dünner Typ mit lila gefärbten Haaren, von dem ich zu fast 99 Prozent sicher war, dass er schon einmal im Laden gewesen war, um uns dazu zu bringen, seinen schrecklichen Erotikroman ins Sortiment aufzunehmen, rief: »Aber was ist mit all den Autoren, die bei A ...?«

»Benutzen Sie dieses Wort nicht in diesem Laden!«, brüllte Heathcliff von der Tür aus.

Der Mann zuckte zusammen. »Ich meine, E-Books verkaufen ... Ich habe von dieser einen Autorin namens Steffanie Irgendwas gehört, die in einem Genre namens Reverse Harem schreibt ...«

»Die Medien haben eine große Sache aus ein paar Autoren gemacht, die den großen Durchbruch geschafft haben«, spottete Brian. »Aber die meisten selbstveröffentlichenden Autoren schreiben verherrlichte Fanfiction, die man nicht als Literatur bezeichnen sollte. Das ist eine Beleidigung für echte Künstler wie Danny ...«

Quoth beugte sich zu mir und flüsterte mir ins Ohr. »Kannst du von hier aus Dannys Gesicht sehen?«

Ich schüttelte den Kopf.

»Er sieht superselbstgefällig aus und hat gerade eine unhöfliche Geste hinter Brians Rücken gemacht. Brians Frau kichert. Es scheint, als ob da etwas im Busch wäre.«

Ich starrte Quoth überrascht an. »Es sieht dir nicht ähnlich, nach einem Rätsel zum Lösen zu suchen.«

Er schenkte mir sein umwerfendes Lächeln. »Du hast einen schlechten Einfluss auf mich.«

Vorne im Raum rang Danny Brian das Mikrofon wieder ab. »Ich möchte nur ein paar Dinge hinzufügen. Im Gegensatz zu meinem lieben, veralteten Verleger bin ich keiner dieser versnobten Autoren, die denken, dass Self-Publishing nur etwas für Stümper und Möchtegerns ist.« Danny zeigte wieder sein strahlendes Lächeln. »Hier ist ein kleiner Lebensratschlag von mir an Sie: Trauen Sie niemandem, der selbst mitmischt. Brian hier möchte die Branche so lassen, wie sie ist. Ich glaube, dass Self-Publishing nur ein weiteres Instrument ist, das Autoren dabei hilft, Leser zu erreichen, und Sie sollten es als solches betrachten. Es wird nicht mehr lange dauern, bis selbst große Namen wie ich es nutzen. Nächste Frage.«

Frau Ellis stand auf. »Hallo, Sie gutaussehender Mann. Ich würde gerne wissen, was Sie als Nächstes schreiben werden. Wird es eine Fortsetzung von *Der Somerset Würger* sein? Ich kann von diesem muskulösen Verbrecherboss nicht genug bekommen.«

Danny beugte sich mit funkelnden Augen über das Podium. »Ich sollte eigentlich nichts sagen. Es wird für alle eine Überraschung sein, sogar für meinen Freund Angus. Nur Brian hat bisher einen Blick darauf geworfen, aber was soll's ... Sie werden es als Erste erfahren. Ich mache gerade eine Pause von der Belletristik, um an meinen Memoiren zu arbeiten. Eine absolut wahre und genaue Darstellung meines Aufstiegs aus dem kriminellen Untergrund zu Ruhm und Ehre. Es wird jede Menge Unfug und Schabernack und mindestens drei Whiskyflaschen geben, die jemandem auf den Kopf geschlagen werden. Ich verspreche Ihnen, es ist wilder als alles, was Norman Mailer je erlebt hat.«

Aufgeregtes Getuschel ging durch den Raum, während die Menge diese Bombe verdaute, vor allem, als Danny hinzufügte: »Und ich werde diese Memoiren im Selbstverlag herausbringen. Mal sehen, ob ich mit den Stümpern und Schmierfinken mithalten kann, he?«

Die Menge brach in begeistertes Geschwätz aus. »Brian sieht geradezu *mörderisch* drein«, flüsterte Quoth mir zu und drückte meine Hand.

Ich wette, das tut er.

Nach ein paar weiteren Fragen trat Danny vom Mikrofon zurück und nickte mir zu. Ich stand auf und wandte mich an den Raum. »Vielen Dank, dass Sie zur Ersten von vielen solchen Veranstaltungen hier im Nevermore Bookshop gekommen sind. Danny wird noch eine Weile hierbleiben, um Bücher zu signieren. Wir haben einen Stapel Bücher an der Wand stehen, die Sie kaufen können. Alle Kunstwerke im Raum und natürlich auch alle anderen Bücher im Laden stehen ebenfalls zum Verkauf. Bitte sprechen Sie mich oder einen meiner Helfer an«, ich deute auf Quoth und Morrie, »wenn Sie Hilfe benötigen. Wir haben …«

»Aaaaaaaaaaah!«

Ein markerschütternder Schrei unterbrach mich.

5

»Was ist passiert?« Ich wirbelte herum, das Herz in der Kehle. *Bitte nicht noch eine Leiche ... nicht noch ein Opfer.*

Eine ältere Frau mit grau meliertem Haar, die einen dicken Mantel im Vichy-Karomuster, dazu rote Handschuhe und einen Schal mit Leopardenmuster trug, stand vor einem von Quoths Gemälden und stieß einen durchdringenden Schrei aus. Alle Köpfe drehten sich zu ihr um, als ihr Schrei durch den Raum hallte, von der hohen Decke abprallte und in meinen Ohren klingelte.

Ich kletterte über die Stuhllehne und eilte auf sie zu. »Geht es Ihnen gut? Was ist passiert?«

Sie unterbrach ihren Schrei abrupt, lehnte sich gegen das Gemälde, sodass sich ihre Haare an der Ecke des Rahmens verfingen, und starrte mich mit einem so blendenden Hass an, dass ich vor Schreck zurücktaumelte. »Mir wird es nie wieder gutgehen, und das ist alles seine Schuld.«

Keuchen erfüllte den Raum, als sie einen Finger hob und auf Danny zeigte.

Heathcliff war blitzschnell an meiner Seite. »Sie können

nicht einfach mitten in einer Veranstaltung anfangen zu schreien«, fuhr er die Frau an.

»Vor allem nicht in dieser Buchhandlung«, mischte sich Frau Ellis ein. »Es hat bereits ein Todesopfer ...«

Ein Knurren von Heathcliff brachte sie zum Schweigen. Aber die Frau, ermutigt durch die Reaktion, schob sich an mir vorbei und trat in die Mitte des Raumes.

»Ich habe geschrien, weil ich noch die Luft dazu habe. Ich habe noch Luft in meinen Lungen, um nach Gerechtigkeit zu schreien. Meine Tochter Abigail konnte nicht mehr schreien, als ihr Mörder ihr einen Schal um den Hals wickelte und ihn festzog.« Das Gesicht der Frau verzerrte sich vor Hass, als sie Danny anstarrte. »Und dieser Mann dort drüben könnte etwas mit ihrem Mord zu tun gehabt haben. Aber er ist ungeschoren davongekommen und bereichert sich jetzt an ihrem Tod. Sie alle hier drin schlucken seinen Schwachsinn. Schämen Sie sich! Haben Sie vergessen, was vor fünfzehn Jahren in diesem Dorf passiert ist?«

Danny seufzte. »Bitte, Beverly, das ist kaum der richtige Zeitpunkt.«

»Es ist nie der richtige Zeitpunkt, oder, Danny?«, kreischte Beverly. »Es ist nie der richtige Zeitpunkt für Gerechtigkeit, wenn man mit dem Leben Unschuldiger Geld verdienen kann ...«

»Okay, das reicht jetzt!«, brüllte Heathcliff.

Der ganze Raum wurde still. Ich stellte mich neben Heathcliff und ließ mich von seiner Größe und imposanten Erscheinung stärken. *Was geht hier vor sich?*

Heathcliff ging auf die Frau zu. Er zeigte auf die Tür. »Raus, *sofort.*«

»Ich lasse mir von Ihnen nicht drohen«, entgegnete sie mit finsterer Miene.

»Das ist keine Drohung. Dies ist mein Eigentum, und Sie

stören eine private Veranstaltung. Wenn Sie etwas sagen wollen, höre ich Ihnen zu, aber Sie werden es draußen tun.«

»Ich habe eine Eintrittskarte. Ich darf hier sein.« Sie verschränkte die Arme. »Was ist, wenn ich mich weigere, zu gehen?«

Morrie trat neben Heathcliff, und das Funkeln in seinen Augen war furchteinflößend. »Sie werden sich nicht weigern.«

Die Frau starrte die beiden an, aber irgendetwas in Morries Gesicht musste sie beunruhigt haben. Die Luft entwich aus ihren Lungen wie aus einem Ballon. Ihre Schultern sackten herab und ihr Gesicht verwandelte sich in einen Ausdruck äußerster Verzweiflung, der mir das Herz brach.

»Na schön«, zischte sie und stürmte nach draußen. Die Ladentür wurde so heftig zugeschlagen, dass die Wände wackelten.

»Was stehen wir hier alle herum?«, rief Danny. »Die Bar ist geöffnet. Lasst uns feiern.«

Die Menge schlurfte zur Bar und zum Büchertisch, wo Danny Hände schüttelte, Wangen küsste und Autogramme kritzelte. Alle schienen die schreiende Frau zu vergessen, sogar ich. Ich hatte alle Hände voll zu tun, meine Mutter davon abzuhalten, jedem im Raum ihr Verkaufsgespräch aufzudrängen.

Alle hatten es vergessen, bis auf Brian Letterman. Er kippte ein Glas Apfelwein in einem Zug hinunter und stürmte hinaus. Danny winkte ihm nach und sagte etwas Unhöfliches, woraufhin sich Brians Schultern zusammenzogen. Die Eingangstür wurde erneut zugeschlagen. *Ich bin überrascht, dass bei all dem Drama die Glasscheibe in der Tür nicht herausgefallen ist.*

Ich warf einen Blick aus dem Fenster und sah, wie sich Brian und die Frau auf dem Bürgersteig anschrien. Die Frau zog ihren Arm zurück und warf etwas nach Brian, aber ich konnte nicht sehen, ob es ihn traf oder nicht. Nach ein paar Augenblicken stürmten sie in verschiedene Richtungen davon.

Brian wartete nicht einmal auf seine Frau. Ich vermutete, dass er über Dannys Entscheidung, seine Memoiren im Selbstverlag zu veröffentlichen, verärgert war und es an dieser Beverly ausließ, aber seine Reaktion schien mir ein wenig kindisch und dramatisch. Gegen Beverly war das jedoch nichts. Man stelle sich vor, so zu schreien, um die Aufmerksamkeit aller zu erregen. Und wovon hatte sie gesprochen?

»Wissen Sie, wer diese Frau war?«, fragte ich Angus, der im großen Erkerfenster stand und in die Nacht hinausstarrte.

»Ich werde Beverly Ingram nie vergessen.« Seine Stimme klang seltsam, als würde sie von weit herkommen. »Ich habe Ihnen doch von dem Würgefall erzählt, der Danny zur Vernunft gebracht hat? Das Opfer war Beverlys Tochter Abigail. Wir haben den Mörder nie gefasst. Das hat mich die letzten fünfzehn Jahre verfolgt, und Danny auch. Deshalb hat er darüber geschrieben, um dem Fall ein Ende zu setzen. Ich glaube, Beverly denkt, dass Danny etwas mit dem Tod ihrer Tochter zu tun gehabt hat, und sie will nicht, dass er von der Geschichte profitiert, was ich verstehen kann. Sie schreibt seit Monaten Briefe an Brian und droht mit rechtlichen Schritten, wenn er das Buch nicht zurückzieht.« Angus lachte, aber der Klang war hohl. Er zog eine Packung Zigaretten aus der Tasche. »Verlage nehmen Bücher nicht einfach aus dem Verkehr, nur weil jemand Einwände dagegen hat, vor allem nicht, wenn sie sich wie warme Semmeln verkaufen, wie das bei Dannys Büchern immer der Fall ist. Wenn Sie mich entschuldigen, ich muss eine rauchen. Wenn Brian immer noch draußen Trübsal bläst, kann ich ihn vielleicht zur Vernunft bringen. Danny hat heute Abend eine echte Bombe platzen lassen.«

»Ich komme mit«, sagte Heathcliff und ging Angus hinterher.

»Aber der Tresen?«, jammerte ich.

»Morrie kümmert sich darum. Gerade hat mich jemand gefragt, ob wir ein Exemplar des Sperma-Kochbuchs haben. Ich gehe entweder eine rauchen oder werfe einen Kunden aus dem Fenster. Du hast die Wahl.«

»Na gut.« Ich scheuchte ihn davon, gerade als Mama angerannt kam. Sie hielt mir eine Handvoll silberner Pflaster hin.

»Hallo, Schatz, ich lege sie an die Kasse, damit die Leute sie zu ihren Einkäufen dazutun können.«

»Nein, das wirst du nicht tun.«

Mama schmollte. »Lass mich wenigstens eine meiner Broschüren in jede Einkaufstasche legen? Bitte, Schatz, ich bin so nah dran, mir einen Mercedes zu verdienen ...«

»Nein. Und bitte kauf keinen Mercedes, bevor wir nicht darüber gesprochen haben. Tut mir leid, Mama.« Ich gab ihr einen Kuss auf die Wange. »Ich muss wirklich mit den Leuten reden. Aber ich verspreche, dass ich diese Woche vorbeikomme.«

Den Rest des Abends hatte ich keine Gelegenheit, mehr an Beverly Ingram oder das neue Projekt meiner Mutter zu denken. Morrie unterhielt die Menge, während ich hinter dem Tresen damit beschäftigt war, alle Einkäufe abzurechnen. Quoth hing im Hauptraum herum, suchte Bücher für Kunden heraus und half Frauen in ihre Mäntel. Ich beobachtete ihn, wie er sich mit den Gästen unterhielt und sogar über einen von Frau Ellis´ schmutzigen Witzen lachte. Ein Lachen von Quoth war so selten und kostbar, dass sich meine Brust zusammenzog, als ich es sah.

Es geht ihm wirklich gut. Es fällt ihm mittlerweile viel leichter, seine menschliche Form zu bewahren. Vielleicht ist ein normales Leben doch nicht so unerreichbar, wie er immer gedacht hat.

Als ich zwei Exemplare von Dannys Buch für die Frau mit

der Pelzstola zusammenpackte, bemerkte ich, wie Heathcliff die Treppe hinaufschlich. »Bleibst du nicht hier?«, rief ich ihm zu. »Ich bin sicher, dass es mindestens fünf Leute gibt, die dich noch fragen wollen, warum wir kein Café im Laden haben.«

Heathcliff verzog das Gesicht und ich musste lachen.

»Was ist mit deinem neuen Freund Angus passiert?«

Heathcliff zuckte mit den Schultern. »Keine Ahnung. Wir haben unsere Zigarette aufgeraucht. Er hat auf der Straße Müll aufgesammelt. Wir sind reingegangen. Er ist hier irgendwo.«

»Worüber habt ihr gesprochen? Hat er noch etwas über diese Beverly gesagt? Wusstest du, dass Danny der Freund ihrer Tochter war, als sie getötet wurde ...«

»Wir haben kein Wort miteinander gesprochen«, rief Heathcliff von der Treppe herunter. »Das ist die perfekte Beziehung. Ich wünschte, mehr Menschen würden seinem hervorragenden Beispiel folgen.«

In seiner Stimme lag ein Hauch von Scherz, und obwohl ich sein Gesicht aus dieser Entfernung nicht sehen konnte, wusste ich, dass er nur Spaß machte. Ich warf ihm einen Kuss zu und versprach ihm, dass ich ihm gute Nacht wünschen würde, nachdem ich Danny rausbegleitet und den Laden geschlossen hätte.

Apropos Danny ... mir fiel auf, dass ich ihn schon eine Weile nicht mehr gesehen hatte. Ich warf einen Blick in den Veranstaltungsraum. Richard packte die Bar zusammen und Jo unterhielt sich intensiv mit dem lilahaarigen Erotikautor über die Todesrate bei Menschen, die autoerotische Erstickung praktizierten. *Wo ist Danny?*

Ein schrecklicher Gedanke kam mir in den Sinn. Wenn Danny nach oben gegangen war und den Okkultismus-Raum oder den Raum für Zeitreisen entdeckt hatte, könnte er in großen Schwierigkeiten stecken.

Bitte lass mich nicht den Ehrengast unserer ersten Veranstaltung verlieren ...

Ich schaute kurz in das Kinderbücherzimmer und das Zimmer für allgemeine Belletristik auf der anderen Seite des Flurs, konnte ihn aber nirgendwo sehen. Panik stieg in meiner Brust auf, als ich die Treppe im Laufschritt nahm. Als ich mich dem Soziologiebereich zuwandte, stürmte eine Gestalt aus der Dunkelheit und prallte gegen mich.

»Morrie!«, rief ich aus. »Du hast mich erschreckt.«

»Genau das war mein Plan«, murmelte er und zog meinen Körper an sich. »Bebst du vor Angst? Denn ich kann dich erbeben lassen, indem ich ...«

»Nicht jetzt.« Ich wand mich aus seinem Griff. »Ich suche Danny. Hast du ihn gesehen?«

»Ja, tatsächlich. Folge mir.« Morrie führte mich an den Regalen für Soziologie vorbei in eine dunkle Ecke des Raums für Eisenbahngeschichte. Selbst in der Dunkelheit konnte ich erkennen, dass der Raum völlig leer war.

Ich tastete nach der Affenlampe, die ich letzte Woche auf das Bücherregal gestellt hatte, und schaltete sie ein. »Ich meine es ernst, Morrie. Ich habe Danny schon eine Weile nicht mehr gesehen, und wenn er oben ist ...«

»Siehst du das Bücherregal? Es ist eigentlich ein Geheimschrank.« Morrie zeigte auf eine Ecke neben dem Fenster. »Heathcliff benutzt ihn, um zusätzliche Umschläge und die Leichen von Kunden aufzubewahren, die ihm sagen, dass *50 Shades of Grey* den Man Booker Preis hätte gewinnen sollen.«

Ich bemerkte die fächerförmige Vertiefung auf dem Teppich, wo das Regal in seinen Scharnieren herausschwang. Ich zuckte zusammen, als ein lautes, rhythmisches Poltern hinter den Regalen ertönte. »Ratten?«, flüsterte ich.

»Fast«, Morrie griff zwischen zwei Bücher, um einen Hebel zu betätigen, und die Tür schwang auf.

Ich beugte mich vor und spähte in den dunklen Raum. Morrie schwang die Lampe herum und beleuchtete zwei ineinander verschlungene Körper.

Ich keuchte, als meine Augen Danny und Amanda in leidenschaftlicher Umarmung erkannten. Er hatte ihr Samtkleid um ihre Taille gerafft, während ihm seine Hose und Boxershorts um die Knie hingen. Sie funkelte uns über seine Schulter hinweg an, als er sie gegen die Rückwand des Schranks drückte. Ohne ihren Kuss zu unterbrechen, griff Danny nach dem inneren Griff und schlug die Tür wieder zu.

Ich lehnte mich gegen das Regal. Meine Brust hob und senkte sich, während ich darauf wartete, dass mein Herz normal schlug. »Ich schätze, wir haben Danny gefunden.«

Morrie grinste und hielt eine Ausgabe von *Der Somerset Würger* hoch. »Das haben wir in der Tat. Hey, Danny, wenn du da drin fertig bist, könntest du dann mein Buch signieren?«

6

Der letzte ausgelassene Gast ging zehn Minuten nach Mitternacht. Quoth und ich sammelten den ganzen Müll auf, stapelten die Apfelweinflaschen im Recyclingkarton und fegten den Veranstaltungsraum. Morrie weigerte sich natürlich, zu helfen, bestand aber darauf, uns überall hinzufolgen und die grausamsten Passagen aus Dannys Buch vorzulesen.

Endlich hatten wir den Laden wieder in seinen normalen Zustand versetzt. Ich ließ mich in Heathcliffs Stuhl fallen. Meine Beine schmerzten und mir war schwindlig von all dem, was passiert war. Unsere erste große Veranstaltung war größtenteils reibungslos verlaufen.

Und vergessen wir nicht das Wichtigste von allem ... niemand ist ermordet worden. Vielleicht wendet sich mein Glück ja endlich.

»Gehst du jetzt?«, fragte Quoth leise.

»Ich kann nicht zu Jo zurück. Ich erwarte, dass Blut aus den Wasserhähnen strömt und Hagel aus den Heizungen fällt.«

Quoths sinnliche Lippen verzogen sich zu einem Lächeln, als ich ihm von den Heuschrecken erzählte.

Er hob eine Augenbraue. »Also willst du hier schlafen? Und bist du so müde, dass du direkt ins Bett gehen willst?«

Ein orangefarbener Feuerring flammte an den Rändern seiner dunklen Augen auf. Sofort reagierte mein Körper. Meine schläfrigen Glieder juckten danach, ihn zu halten, mein Blut wurde heißer. Ich schüttelte den Kopf und wurde mit einem umwerfenden Lächeln von Quoth belohnt.

Quoth nahm meine Hand und führte mich nach oben, wobei sein rabenschwarzes Haar hinter ihm her wehte. Es war untypisch für ihn, so die Führung zu übernehmen und zu verlangen, was er wollte. *Ich glaube, wir haben alle in den letzten Monaten so einiges gelernt.*

Als wir die Wohnung betraten, streckte Heathcliff den Kopf aus seinem Zimmer. »Wo wollt ihr beide denn hin?«

»In mein Zimmer«, sagte Quoth.

»Mein Bett ist größer«, schlug Heathcliff vor.

Quoths Finger schlossen sich um seine Hand. Er würde nie etwas sagen, aber ich hatte das Gefühl, dass er mich heute Abend für sich allein brauchte. »Dein Bett ist mit dem Schutt deines Lebens bedeckt«, sagte ich zu Heathcliff. »Ich will nicht vögeln und am Ende mit der Ecke von Shermans Memoiren im Arsch dastehen.«

»Sag das nicht in Morries Nähe«, warnte Heathcliff. »Es würde ihn nur heißmachen.«

»Zu spät!« Morries Kopf tauchte aus dem Badezimmer auf. »Wo willst du denn hin, meine Hübsche?«

Ich beugte mich vor und gab Morrie einen Kuss auf die Wange. »In Quoths Zimmer. Und du bist nicht eingeladen.«

Morrie schob seine Lippen zu einem Schmollmund zusammen und zog mich dann für einen sinnlichen Kuss heran, der meine Beine schwach werden ließ. »Bist du sicher, dass du es dir nicht noch einmal überlegen willst?«

Ich schluckte. »Ich bin mir sicher, aber vielleicht morgen ...«

Er fuchtelte mit dem Finger vor meiner Nase herum. »Ich werde dich daran erinnern.« Die Badezimmertür wurde zugeschlagen.

Ich drehte mich zu Heathcliff um und legte meine Hand auf seine Wange. Seine Stoppeln kratzten an meiner Handfläche. Ein tiefer Schmerz breitete sich in meiner Brust aus, als seine Augen sich in meine bohrten. Ich hatte solch ein Glück, diese Jungs an meiner Seite zu haben. Ich konnte in Heathcliffs dunkle Seele blicken, hinter das mürrische, sozial unbeholfene Arschloch. Und was ich in ihm sah, spiegelte all die verborgenen Teile meiner selbst wider.

Heathcliff sah aus, als wollte er noch etwas sagen. Stattdessen zog er sich in sein Zimmer zurück und schlug die Tür zu. *Na toll, damit werde ich mich später befassen müssen.*

Im Moment drehte sich jedoch alles um meinen Rabenjungen, meinen gequälten, stillen Künstler mit dem Haar aus gesponnener Seide. Quoth hielt meine Hand fest, als wir die schmale Treppe zum Dachboden hinaufstiegen. Ich war seit letztem Jahr nicht mehr hier oben gewesen. Der Ort war jedoch genau so, wie ich ihn in Erinnerung hatte: niedrige Decken, ein schmales Messingbett, eine Staffelei vor dem hohen Dachfenster mit Blick auf Argleton, jede freie Ecke mit Gemälden und Skizzen vollgestopft. Ich stolperte über einen Stapel Kunstbücher. Quoth beeilte sich, das Licht an allen Lampen einzuschalten, damit ich etwas sehen konnte.

Ich blieb stehen, als ein Lichtstrahl das Gemälde auf Quoths Staffelei in Helligkeit tauchte.

Es war ein Bild von mir. Nun, ich nahm an, dass ich gemeint war. Die Frau auf dem Bild hatte meine Gesichtszüge, aber sie hatte nicht chaotisch verpeilt die geliehene Schottenkarohose ihrer Mitbewohnerin an, sondern sah eher wie die Heldin aus einem Gothic-Romance-Buch aus, mit wallendem Haar und verführerischem Blick. Die sanften Farben um ihr Gesicht brachten ihre zarten Züge zur Geltung. Auf ihrer Schulter saß ein Rabe, der ihr den Kopf zugewandt hatte. In ihren Händen hielt sie einen Stapel Bücher. Quoth hatte begonnen, die Titel und Autoren mit Goldfarbe zu beschriften: *Sturmhöhe, Die Kompletten Werke von Sherlock Holmes, Poe – Ausgewählte Gedichte.*

»Wow.« Ich berührte den Rand des Rahmens. Die Ölfarben waren noch feucht. »Quoth, es ist …«

»Du musst nichts Nettes sagen. Ich weiß, dass es nicht besonders gut ist.«

Meine Kehle wurde eng. »Sag das nicht. Es ist atemberaubend.«

»Wirklich?« Seine Stimme versagte.

»Ich kann einfach nicht glauben, dass ich das bin … das bin doch ich, oder?«

Quoth lachte, das Geräusch wie perlendes Wasser. »Natürlich. Obwohl ich dich nicht richtig hinbekomme. Ich habe es jetzt schon zwanzig Mal neu gemalt. Ich hatte überlegt, es dir zum Geburtstag zu schenken. Aber dann habe ich mich gefragt, ob du es vielleicht hassen würdest, also wollte ich, dass du es zuerst siehst. Gefällt es dir wirklich?«

Ich schaltete das Leselicht ein und richtete es auf das Gemälde, damit ich es besser sehen konnte. Licht und Schatten tanzten über die Leinwand. Es war nicht nur ein Porträt. Quoth hatte etwas Besonderes eingefangen, ein undefinierbares Element, das mir die Augen tränen ließ. Mein gemaltes Gesicht strahlte genau wie die durchdringende Farbe meiner Augen und die Form meines Kiefers Stärke aus, aber auch Verletzlichkeit. Genauso fühlte ich mich in diesen Tagen, wenn ich versuchte, zu akzeptieren, was mit meinem Sehvermögen geschah. Die Art und Weise, wie der Rabe seinen Kopf zu mir neigte und die Landschaft unsere Gesichter umrahmte … Quoth brachte seine eigenen Gefühle auf die Leinwand, und die Farbe ließ seine

Hoffnung, seinen Schmerz und seine eigene Reise durchscheinen.

Ich werde immer über dich wachen.

Das waren die Worte, die Quoth immer wieder zu mir sagte. Letzten Monat, als ich zur Jane Austen Experience eingeladen war, hatte Quoth sich noch nicht bereit gefühlt, ein ganzes Wochenende mit so vielen Menschen zu verbringen. Während Heathcliff und Morrie mit mir Vorlesungen, High Tea und Regency-Tänze besucht hatten, hatte Quoth draußen im Schnee gesessen und durch die Fenster zugeschaut. Immer im Abseits, nach innen schauend.

Und am Ende war er es, der mir das Leben gerettet hat. *Niemand hat mich jemals so bedingungslos geliebt oder so wenig von mir verlangt.* Das hatte in mir den Wunsch geweckt, ihm mehr zu geben, ihm alles zu geben.

Quoths Hand auf meiner Hüfte fühlte sich heiß an. Ich wirbelte herum und zog ihn an mich, um seine Lippen für einen tiefen Kuss auf meine zu ziehen. Ich steckte alles in diesen Kuss und versuchte, ihm zu zeigen, wie gut es sich anfühlte, diese Seite von ihm zu sehen, wenn er mich in sein Herz ließ. Mein Finger fuhr die Narbe an seiner Schulter entlang, die Christina Hathaway hinterlassen hatte, als sie ihn angegriffen hatte.

Er schlang seine Arme um mich und zog mich an sich. Seine Hand glitt unter mein Hemd und presste heiße Haut auf heiße Haut. Ich verlor mich in ihm und wünschte mir, wir könnten die Kluft zwischen uns schließen, dass die Atome, die uns trennten, zerfallen würden, damit wir miteinander verschmelzen könnten.

Wir fielen aufs Bett und rissen uns gegenseitig die Kleider vom Leib. So hatte ich Quoth noch nie gesehen, verzweifelt und vor kaum unterdrückter Spannung bebend. Er berührte mit den Lippen meine Brustwarze und ich schrie auf. Der Schauer, der durch seinen Körper ging, ließ mich ihn noch mehr lieben.

Quoths Lippen fanden meine, hungrig und heiß. Er schob seine Hand zwischen meine Beine. Seine Finger tauchten in mich ein und schürten das Feuer, das er entfacht hatte. Der Schmerz in mir flammte zu einem Inferno auf.

Er rollte mich auf die Seite und glitt hinter mich, wobei er meine Beine mit seinem Knie spreizte. Als er in mich eindrang, flossen Farben aus dem Gemälde in den Raum und schwebten wie eine Aurora vor meinen Augen. Quoth hielt mich fest. Seine Nägel bohrten sich in meine Brust, seine Finger huschten über meine Klitoris.

Eingehüllt in seine Wärme fühlte ich mich so beschützt, so geliebt, so gebraucht wie nie zuvor. Wir passten so perfekt zusammen, unsere Körper wie Puzzleteile, die endlich ihren Seelenverwandten gefunden hatten. In mir berührte sein Schwanz verborgene Stellen und erzeugte ein Gefühl nach dem anderen, bis mein Körper es nicht mehr aushielt.

Wir kamen in einem Schauer aus hellem Feuerwerk zusammen. Unsere Körper erbebten unter den Sternen unserer eigenen Schöpfung. Helle Lichter durchbrachen mein Blickfeld und ich verlor mich außerhalb meines Körpers, nicht mehr sicher, wo mein Vergnügen aufhörte und seins begann.

Ich sank in seine Arme, kniff die Augen zusammen und entspannte mich im Rausch der Erlösung. Die Farben tanzten immer noch hinter meinen Augen. Quoths Gemälde wurde in meinem Gehirn lebendig. In der Stille seines Dachzimmers, in der Sicherheit seiner Arme, sah ich die Welt so, wie er sie sah, und sie war wunderschön.

»Mina ...« Quoth erbebte an mir. Überwältigt von der Wucht der Gefühle strömten mir die Tränen aus den Augen und liefen mir über die Wangen.

Ich grinste. »Das war unglaublich.«

»Das war es.« Quoth wischte mir mit einem Finger die Tränen aus den Augen. »Weinst du?«

»Keine Tränen der Trauer.« Ich legte meine Hand auf sein Herz. »Ich glaube nicht, dass ich mich dir jemals näher gefühlt habe als jetzt.«

»Gut.« Er schluckte. »Ich möchte dich etwas fragen.«

»Ah.« Das erklärte sein Verhalten heute Abend. Er hatte sich auf diesen Moment vorbereitet. Ich drehte mich um, sodass ich Quoth ins Gesicht sehen konnte. Ich konnte gerade noch die Ränder seines Gesichts ausmachen. Die Farben huschten immer noch vor meinen Augen hin und her. Ich streckte eine Hand aus und streichelte seine Wange. *Selbst wenn ich blind bin, werde ich seine weiche Haut und seine warmen Lippen auf meinen spüren können. Ich werde die Lichter und Farben sehen und so tun, als wäre ich in einem seiner Gemälde. Selbst wenn ich blind bin, wird dieser Moment perfekt sein.*

»Ich glaube, ich möchte ...«, sagte Quoth und schluckte. »Ich habe mir Kunsthochschulen im Internet angesehen.«

»Hast du das?«

Quoths Wange bewegte sich unter meiner Hand, als er nickte. »Ich weiß nicht einmal, warum. Ich hätte nie gedacht, dass ich das will. Ich wollte nur herausfinden ... Es gibt ein College in Barchester, das ein Teilzeitstudium anbietet. Ich würde nur ein paar Mal pro Woche Unterricht haben. Der Rest ist selbstständiges Arbeiten. Sie haben dieses große, helle Kunststudio mit Blick auf einen Park, einen Töpferofen, Metallbearbeitungsräume und ein Fotostudio, und alle Lehrer sind professionelle Künstler und ...«

»Ich finde, das klingt großartig«, hauchte ich. Ich war so gerührt von ihm. Vor zwei Monaten hatte Quoth nicht einmal den Laden verlassen wollen. Er war unsichtbar gewesen, ohne einen Pass oder einen richtigen Namen. Er hatte kaum ein Wort gesagt und war nur nach unten gekommen, wenn er in seiner Rabenform war. Jetzt sprach er nicht nur davon, mehr in der

Welt zu sein, sondern auch davon, einen Schritt in Richtung Karriere, in Richtung Leben zu machen. »Bist du bereit dafür?«

»Ich denke schon.« Sein Finger strich über meine Wange. »Mir ist klar geworden, dass ich, wenn ich eine Zukunft mit dir haben will, nicht einfach erwarten kann, dass du mit mir auf einem staubigen alten Dachboden rumhängst.«

Eine Zukunft mit dir. Bei Isis, seine Worte gaben mir solch ein gutes Gefühl.

»Ich mag deinen Dachboden, aber diese Idee gefällt mir noch besser.«

Quoths Finger verharrte mitten in der Bewegung. »Und ... ich denke, du solltest dich mit mir zusammen einschreiben.«

Mein Körper erstarrte. »Ähm ... warum?«

»Weil es dir gefallen würde.«

Mein Herz klopfte gegen meine Brust. »Du hast recht. Es würde mir gefallen. Aber das bedeutet nicht, dass ich es tun sollte.«

»Ich weiß, dass du wegen deiner Augen vielleicht glaubst, du wärst nicht dafür geeignet, aber es könnte auch großartig für dich sein. Würdest du es zumindest in Betracht ziehen? Du bist die einzige andere Künstlerin, die ich kenne. Ich vertraue deiner Meinung. Nächste Woche ist Tag der offenen Tür. Würdest du mit mir kommen und die Dozenten kennenlernen? Bitte?«

Ich seufzte und ahnte, dass etwas im Argen lag. Quoths Motive waren völlig selbstlos. Er hatte wahrscheinlich nicht einmal vor, selbst zur Schule zu gehen. Er versuchte nur, mich für etwas zu begeistern, nun wo ich mich nicht mehr mit Mode beschäftigen konnte. *Nun, dieses Spiel können zwei spielen.* Ich würde ihn so für die Kunstschule begeistern, dass er sich sofort einschrieb, und es würde seine eigene verdammte Schuld sein. »Klar komme ich mit.«

»Du bist unglaublich.« Er küsste mich erneut. »Danke, Mina.«

»Ja, ja.« Ich griff hinüber und knipste die Lampe aus. »Du wirst mir nicht danken, wenn du mit der Realität von Studienkrediten konfrontiert wirst. Gute Nacht, mein nerviger Vogel.«

»Gute Nacht, meine kostbare und strahlende Jungfer, meine Muse.«

Ich legte meinen Kopf in seine Armbeuge und schloss die Augen. Müdigkeit und Glück überkamen mich gleichermaßen. »Verdammt, deins ist so viel besser.«

7

Mein Handywecker schmetterte ein wütendes Gitarrensolo. Ich langte hinüber, um ihn auf Schlummern zu stellen, aber mein Arm traf auf warmes Fleisch. Ich öffnete ein schläfriges Auge und sah in Quoths freundliches Gesicht.

»Guten Morgen«, sagte ich verschlafen.

»Jetzt ist es ein guter Morgen.« Quoth beugte sich vor und presste seinen Mund auf meinen. Meine Lippen öffneten sich und seine Zunge berührte meine zunächst zaghaft, dann tief und besitzergreifend, als ob er mich zum Atmen bräuchte.

Ich zog mich atemlos zurück. »Du hast recht. Das ist gut. Lass uns jeden Tag so aufwachen.«

»Das würde mir gefallen«, sagte er lächelnd. »Wenn du hier leben würdest, könnten wir jeden Tag so aufwachen. Nun, ich müsste erst Morrie und Heathcliff aus dem Weg räumen.«

Ich lachte bei dem Gedanken, dass Quoth die beiden schwertschwingenden Verrückten aus meinem Harem beseitigen wollte. Seit wir aus Lachlan Hall zurückgekehrt waren, bezeichneten wir die Jungs scherzhaft als meinen »Harem«. Ich mochte es. Im Mittelpunkt der Aufmerksamkeit von nicht nur einem, sondern gleich drei Männern zu stehen, war ermutigend, wenn auch manchmal ein wenig überwältigend. Und es hielt mich davon ab, dass ich jedes Mal, wenn ich sie ansah und merkte, dass ich keine Ahnung hatte, was zum Teufel ich tat, ein flaues Gefühl im Magen bekam.

Ich habe drei Liebhaber. Ich liebe sie, und sie lieben mich.

Sie liebten auch einander auf ihre eigene kaputte Weise. Im Moment war das genug. Wenn ich zu lange innehielt, wenn ich meinen Geist weit genug öffnete, damit sich der Zweifel einschleichen konnte, dann nagten Gedanken an die Zukunft an mir. Wie lange konnten sie noch Minas Harem sein, bevor es zu einem Problem wurde? Was würde ich tun, wenn sie mich um eine Entscheidung baten?

Was würde mit uns geschehen, wenn ich mich *nicht* entschied?

Eine Frau mit drei Liebhabern war nicht gerade konventionell. In meinen Zwanzigern war ich Punk-Rockerin. Es wurde geradezu erwartet, dass ich mit meiner Sexualität experimentierte. Aber was würde passieren, wenn ich in meinen Dreißigern war? Was war in meinen Fünfzigern?

Eine Zukunft ohne Quoth, Heathcliff und Morrie schien unmöglich zu sein. Sie waren jetzt ein Teil von mir. Aber was, wenn die Welt uns auseinander zwang? Vielleicht lag es daran, dass meine Zukunft bereits so ungewiss war, dass ich sie festhalten und nie wieder loslassen wollte. Aber das war nicht fair. Ich konnte nicht verlangen, dass sie für immer einer von dreien sein würden. Irgendwann würde ich zwei von ihnen gehen lassen müssen. Der Gedanke ließ mein Herz gefrieren.

Sie hatten mir beigebracht, dass ich stark genug war, um mit allem fertig zu werden, aber ich war mir nicht sicher, ob ich stark genug sein würde, sie zu verlieren.

Ich warf einen Blick auf meinen Wecker. *6:15 Uhr?* Draußen

war es noch dunkel. Der blasse Mond hing direkt über dem Fenster und warf ein blaues Quadrat auf das Bett. Alles, was sich außerhalb dieses Quadrats befand, war für mich unsichtbar.

Warum hatte ich den Wecker auf 6:15 Uhr gestellt? Ich musste nur die Treppe hinunterrollen und um neun den Laden öffnen. Ich könnte noch eine Weile in Quoths Armen schlafen ...

Oh, Scheiße. Ich schoss in die Höhe und ließ Quoth wie eine heiße Kartoffel fallen. *Danny kommt heute früher vorbei, um den Workshop vorzubereiten.*

»Dir ist der Workshop gerade erst wieder eingefallen, nicht wahr?« Quoth beobachtete mich vom Bett aus, während ich nach meinen Kleidern kramte. In seiner Stimme lag ein Hauch von Belustigung.

»Wie kommst du nur darauf?«, murmelte ich, während ich auf einem Bein hüpfte und versuchte, Jos Schottenkarohose über meine Oberschenkel zu ziehen.

»Ich finde es toll, dass du dich so darauf freust«, sagte Quoth. »Ich glaube, du wärst eine großartige Schriftstellerin.«

»Ich gehe nicht hin, weil ich Schriftstellerin werden will«, sagte ich. Meine Wangen wurden rot vor Hitze, und ich war dankbar, dass er mein Erröten im Dunkeln nicht sehen konnte. »Ich bin nur dabei, um sicherzustellen, dass alles reibungslos abläuft, damit ich lernen kann, wie man zukünftige Workshops leitet ...«

»Du könntest Schriftstellerin werden, wenn du wolltest«, sagte Quoth. »Niemand kann dir sagen, dass du wegen deiner Augen nicht schreiben kannst. Du hast eine so einzigartige Art, Menschen zu sehen. Du schaust direkt in ihre Seelen. Deshalb bist du so gut darin, Rätsel zu lösen. Außerdem wirst du reichlich Inspiration haben, bei all den seltsamen Ereignissen hier in der Gegend.«

»Hör auf, so von mir zu schwärmen«, knurrte ich. Meine

Wangen brannten vor Hitze. Ich zog mein T-Shirt über und rannte zur Tür, bevor er noch etwas Peinliches sagen konnte.

»Kannst du mich in deiner Geschichte zum Helden machen?«, rief Quoth mir hinterher. »Jeder gute Roman braucht einen gerissenen Rabengestaltwandler mit einem wirklich riesigen Schwanz.«

»Du wirst jeden Tag mehr wie Morrie!«, schrie ich zurück, während ich die Treppe hinunterpolterte. Typisch Quoth, dass er sich ausgerechnet um 6:15 Uhr morgens dazu entschloss, Komiker zu werden.

Das alte Gebäude knarrte und ächzte, als ich mich an Heathcliffs Zimmer vorbeischlich. Sein Schnarchen hallte durch die Tür. Unten polterte etwas. *Wahrscheinlich der Warmwasserspeicher. Der macht immer dieses Geräusch.*

Im Wohnzimmer war Morrie bereits wach. Er stand unter der Pendelleuchte, knöpfte eines seiner gestärkten Hemden zu und starrte mit einem nachdenklichen Gesichtsausdruck auf die Bildschirme seiner riesigen Computeranlage. Mir stockte der Atem, als ich ihn so sah, mit all seinen auf Maß geschnittenen und mit Bügelfalten versehenen Hosen und den in Gedanken gefurchten Stirnfalten. Ich hatte noch nie etwas für penible Männer übriggehabt, aber Morrie ... er wusste, wie er seine scharfen Kanten zu seinem Vorteil nutzen konnte.

Er blickte auf, als ich eintrat. Seine Hände flogen zu seinen Tasten, um etwas auf dem Bildschirm wegzuklicken. »Du siehst müde aus«, sagte er, und sein übliches Grinsen breitete sich auf seinem Gesicht aus.

»Sag bloß, Sherlock.«

Morries Grinsen erstarrte und ich zuckte zusammen, als mir wieder einfiel, mit wem ich sprach. Erst letzte Woche hatte Morrie mir ein Geheimnis über seine Beziehung zu dem berüchtigten Detektiv anvertraut, das ich ihm nicht vorwerfen wollte. »Tut mir leid, so war das nicht gemeint. Es ist noch früh. Ich wollte nur ...«

»Du brauchst nur Kaffee?«

Ich hob den Daumen.

»Er ist schon aufgesetzt.« Morrie trat auf mich zu. Er strich mit seinem Finger über meine Brustwarze. »Bist du sicher, dass Kaffee *alles* ist, was du brauchst?«

»Mhmmmmm. Ich wünschte, dafür wäre Zeit, aber ich muss nach unten gehen und den Workshop vorbereiten.«

»Du nimmst diese Führungsrolle viel zu ernst«, schmollte Morrie. »Wenn du dich erinnerst, hast du mir letzte Nacht ein Versprechen gegeben.«

»Ich glaube nicht, dass ich tatsächlich irgendeinen Scheiß *versprochen* habe.« Ich drückte meine Lippen auf seine. »Zum Glück finde ich dich verdammt unwiderstehlich. Ich gehöre heute Abend ganz dir, versprochen.«

»Na gut.« Die Kaffeemaschine piepste. Morrie zog sich in die Küche zurück. »Ich mache deinen extra stark.«

»Du bist mein Held. Ist Danny schon da?«, fragte ich und knöpfte meine Bluse zu. Unten machte der Warmwasserspeicher wieder ein lautes Geräusch.

»Nein. Ich hoffe, er kommt nicht zu spät. Ich habe seine Lieblingskaffeemarke, aber ich bin so nervös, dass ich wahrscheinlich alles trinken werde, bevor er hier ist.« Morrie kam aus der Küche und hielt zwei Tassen in den Händen. Mir fiel auf, dass seine Knöchel weißer als sonst waren. Er lächelte mich strahlend an, als er mir meinen Kaffee reichte, aber ich bemerkte, dass der Inhalt etwas hin und her schwappte.

War James Moriarty aufgeregt, weil er einen Schriftsteller treffen würde? Oder steckte etwas anderes dahinter?

Ich hörte ein weiteres Poltern von unten, diesmal lauter, und ein Geräusch, als würde jemand husten. *Scheiße, das ist nicht der Speicher, ich wette, das ist Danny!* Ich riss ihm die Tasse aus der Hand. »Keinen Kaffee mehr für dich. Ich brauche beide. Komm, lass uns nach unten gehen. Ich habe Danny einen Schlüssel gegeben, damit er sich selbst hereinlassen kann, und ich wette, das ist er schon.«

Als ich die Treppe hinunterging, wehte eine kalte Brise aus dem Erdgeschoss herauf und ließ mir die Haare auf den Armen zu Berge stehen. Die Tür schlug in den Angeln. »Siehst du, ich habe dir doch gesagt, dass Danny sich reingeschlichen haben muss. All die Jahre als hartgesottener Krimineller haben sich ausgezahlt, denn er war wirklich leise.«

»Ich habe ihn nicht einmal gehört«, überlegte Morrie laut. »Von Kriminellem zu Kriminellem: Er ist gut. Aber natürlich ist er das. Das kann ich an seinen Büchern erkennen. In *Die Middlesex Morde* spielt der Mörder eine Aufnahme eines Gesprächs ab, das er einige Tage zuvor hinter seiner verschlossenen Bürotür aufgezeichnet hat, um sich ein Alibi zu verschaffen. So clever. Das merke ich mir für die Zukunft.«

»Hey, Danny, sind Sie …«

Meine Worte blieben mir im Hals stecken, als das Licht der offenen Tür ein unförmiges Etwas auf dem Teppich erhellte. Eine Gestalt lag auf dem Boden, umgeben von umgestürzten Bücherstapeln. Dannys Gesicht war uns zugewandt, seine Hände waren um seinen Hals gelegt. Seine Augen waren weit aufgerissen und seine Gesichtszüge hatten sich zu einem seltsamen Grinsen verzerrt.

»Hey, Danny, das ist nicht witzig, Kumpel.« Morrie stieß ihn mit dem Stiefel an. »Steh auf.«

Aber Danny rührte sich nicht. Morrie beugte sich hinunter und neigte Dannys Kopf zur Seite, wodurch ein dunkler, hässlicher Bluterguss rund um seinen Hals sichtbar wurde. Die Haut war stellenweise aufgerissen und Blut tropfte aus den Wunden.

»Nun, das ist interessant«, sagte er und stand langsam auf. Seine Hand griff nach meiner und ich bemerkte, wie seine Finger zitterten. »Er ist mausetot.«

8

»Die Todesursache ist relativ eindeutig«, verkündete Jo, während sie sich über Dannys Leiche beugte und seinen Hals mit einer kleinen Lupe untersuchte. »Er ist höchstwahrscheinlich erstickt, da seine Luftröhre zerquetscht ist. Diese Spuren und die gewaltsame Kompression des Halses deuten darauf hin, dass eine Schlinge verwendet wurde. Aufgrund des Fehlens von Schnitten in der Haut und des Musters der Blutergüsse hier würde ich sagen, dass es sich um eine Art Stoff handelt, ein Schal oder ein Seil, statt eines Drahtes. Es gibt jedoch keine Mordwaffe am Tatort. Der Mörder muss sie mitgenommen haben, was die Sache komplizierter macht. Ich muss das alles noch im Labor genauer untersuchen. Manchmal können diese Spuren nach dem Tod vorgetäuscht werden.«

Mir wurde übel. Dannys glasige, aufgerissene Augen starrten vom Boden hoch und verdammten mich.

Eine weitere Leiche. Ein weiterer Mord in der Buchhandlung. Ich erinnerte mich an die anderen Male, als ich die Polizei und die Forensiker hier gesehen hatte; als meine ehemalige beste Freundin Ashley tot mit einem Messer im Rücken dagelegen hatte und als die unerschütterliche Gladys Scarlett bei ihrem Buchclub-Treffen durch eine Arsenvergiftung zu Fall gebracht worden war.

Dieses Mal gab es wenig Blut, kein Messer, kein Gift, aber da war Dannys Gesicht, so weiß und aufgedunsen, so unähnlich seinem schelmischen Grinsen und seinen funkelnden Augen.

Wer hat ihm das angetan?

»Hier sind auch einige Blutergüsse.« Jo drehte Dannys Kopf und zeigte darauf. »Außerdem Blutungen um die Unterzungenbeinmuskeln herum. Die überall verstreuten Bücher deuten darauf hin, dass er sich gegen seinen Angreifer gewehrt hat. Ich glaube, das Opfer hat gegen die Regale getreten und die Bücher umgestoßen.«

»Todeszeitpunkt?«, fragte Hayes und machte sich Notizen auf seinem Block.

»Der Typ ist noch relativ frisch. Er ist wahrscheinlich erst seit etwa einer Stunde tot.«

Eine Stunde. Mein Herz hämmerte in meiner Brust. Das bedeutete, dass Danny ermordet worden war, während Morrie und ich oben über Kaffee gesprochen und alle anderen geschlafen haben. Der Mörder war im Laden gewesen. Ich dachte an die dumpfen Schläge zurück, die ich gehört hatte. *Ich hätte sofort nach unten rennen sollen. Wir hätten die Polizei rufen sollen. Wir hätten ihn retten können, wenn wir ...*

Wachtmeisterin Wilson beendete ihr Telefongespräch. »Chef, ich habe mit der Rezeption in Dannys Hotel gesprochen. Sie sagten, er sei gegen fünf Uhr morgens aufgebrochen. Sie sind bereit, uns in sein Zimmer zu lassen.«

»Gut. Ich fahre jetzt sofort hin.« Hayes klappte sein Notizbuch zu. »Die Polizisten sollen die Nachbarschaft abklappern und fragen, ob jemand Danny oder eine andere Person heute Morgen zur Tatzeit in der Nähe der Buchhandlung gesehen oder gehört hat. Fangt bei Frau Ellis auf der anderen

zurück, als er eine Sexszene beschrieb, an der er gerade arbeitete.

»... und ihre Brustwarzen waren hart und rund, wie die Nieten an einer Dampflokomotive ...«

»Entschuldigung.« Ich räusperte mich. Niemand schaute auf.

»... sein Mund feucht von ihrem köstlichen Scheidensaft. ...« Heathcliff steckte sich zwei Finger in den Mund und stieß einen kräftigen Pfiff aus. Unser lilahaariger Freund zuckte vor Schreck heftig zusammen. Die Freundinnen von Frau Ellis lächelten mich erleichtert an.

Ich räusperte mich. »Hallo zusammen. Ich bin Mina, die Organisatorin des heutigen Workshops. Leider kann Danny den Workshop heute nicht leiten. Er ...«

Die Worte blieben mir im Halse stecken. Ich versuchte, mich auf die Leute vor mir zu konzentrieren, aber alles, was ich sehen konnte, war Dannys aufgedunsenes Gesicht und sein klaffender Mund. Ich versuchte es erneut. »Danny ist ... er ist ...«

»Er ist mausetot«, beendete Heathcliff den Satz.

Ein kollektives Aufstöhnen ging durch die Menge. Ich funkelte Heathcliff an.

»Was?« Er zuckte mit den breiten Schultern. »Das ist nun mal die Wahrheit. Er ist abgekratzt, hat den Löffel abgegeben, ist von uns gegangen, hat das Zeitliche gesegnet und ist in den Himmel zu seinem Schöpfer eingekehrt. Er ist von dannen geschieden, hat seine Zeche bezahlt, hat seine Sauerstoffabhängigkeit aufgegeben und im Horizontalen Hilton für seinen Hamlet-Schlaf eingecheckt. Er ist Unsterblichkeitseingeschränkt und wird nicht mehr in der Volkszählung erfasst ...«

Die beiden Freundinnen von Frau Ellis sahen entsetzt aus. Der Erotikautor hatte einen ernsten Gesichtsausdruck aufgesetzt, aber bei Heathcliffs Beschreibung verzog er die

Mundwinkel. *Unsterblichkeitseingeschränkt? Ich kann nicht glauben, dass er das gerade gesagt hat.* Ich stieß Heathcliff in die Seite und warf ihm einen warnenden Blick zu, den er ignorierte.

»Ist das wahr?«, fragte einer der anderen Autoren, ein Mann in einer Tweedjacke mit einem Bleistift hinter dem Ohr. »Er ist wirklich tot?«

»Ja. Es tut mir leid. Wir können die Veranstaltung heute leider nicht abhalten. Ich werde diese Woche die Rückerstattungen für Sie organisieren. Sie sind den ganzen Weg hierhergekommen. Warum kommen Sie nicht herein? Ich lasse in Kürze Erfrischungen bringen, und wir könnten uns in den Veranstaltungsraum setzen und über das Schreiben diskutieren, vielleicht Auszüge aus Ihrer Arbeit lesen ...«

»Was soll das bringen?«, knurrte der Tweed-Mann. »Ich bin den ganzen Weg aus Crookshollow gekommen, um von Danny Sledge zu lernen. Ich werde mein Meisterwerk nicht mit diesen Stümpern besprechen.«

»Wen nennst du hier Stümper?«, schoss eine Frau mit Schildpattbrille zurück. »Ich werde die nächste Nora Roberts sein. Ich möchte keinen Nachmittag mit einem Haufen literarischer Snobs verschwenden. Ich muss ein Bestseller-Manuskript fertigstellen.«

Einer nach dem anderen wandten sich die Autoren ab und machten ihrer Enttäuschung Luft. Die Freundinnen von Frau Ellis schüttelten traurig den Kopf, während sie sich lautstark darüber unterhielten, wo es im Dorf den besten Tee gab und Richtung Dorfplatz davonschlurften. Ich ließ mich auf die Stufe sinken und stützte den Kopf in die Hände.

Ein Arm legte sich um meine Schultern und ein Hauch von frischem Gras umhüllte mich. Heathcliffs dunkle Augen blickten mit leidenschaftlicher Güte in meine. »Es tut mir leid, Mina. Ich weiß, dass du dich auf diesen Workshop gefreut hast.«

»Ist schon in Ordnung.« Wem wollte ich etwas vormachen? Es fühlte sich nicht in Ordnung an. Es fühlte sich an, als hätten die Dinge in meinem Leben gerade erst begonnen, richtig zu laufen, und jetzt würde alles in sich zusammenfallen. Als würde ich nie eine Pause bekommen, egal was ich tat. Und als würde ich nie herausfinden, ob ich vielleicht schreiben könnte ...

Außer, dass mich das natürlich nicht interessierte. Ich hatte kein Talent zum Schreiben. Den Schriftstellern, die ich bewunderte, konnte ich nicht das Wasser reichen. Ich war keine Emily Brontë oder ein Arthur Conan Doyle. Ich glaubte nicht einmal, dass ich es mit einer E. L. James aufnehmen könnte.

Hinter mir erklangen Schritte auf der Treppe. Quoth ließ sich auf meiner anderen Seite nieder und ich legte meinen Kopf auf seine Schulter. Seine Finger strichen über meine Haut. Er konnte die Emotionen spüren, die in mir aufstiegen. Die Welle der Melancholie, die ich so sehr zu zügeln versucht hatte, erwachte zum Leben und drohte mich zu überwältigen.

Heathcliffs Augen bohrten sich in meine, ihre Tiefen unergründlich. »Es gibt einen todsicheren Weg, dieses Unwohlsein zu heilen.«

Ich schniefte. »Wie?«

»Wir werden unseren eigenen Workshop abhalten«, sagte Heathcliff und zog mich auf die Beine. »Morrie hat eine Flasche teuren französischen Absinth unter dem Spülbecken versteckt. Wir werden sie austrinken und dann Hemingways Konzept testen, dass man betrunken schreiben und nüchtern überarbeiten sollte. Ich persönlich denke, es sollte ›betrunken schreiben, betrunkener überarbeiten‹ heißen, aber deshalb ist er auch der Autor und ich der gequälte Antiheld.«

9

Angesichts meiner düsteren Stimmung brauchte Heathcliff mich nicht lange zu überreden, seinem Plan zuzustimmen. Ich zog die Grenze beim Absinth (ich habe Poppy Z Brite gelesen), aber ich stimmte zu, den Laden abzuschließen und die Jungs ins Rose & Wimple für ein frühes Mittagessen zu begleiten. Heathcliff und Morrie flankierten mich, als wir über den Dorfplatz gingen. Quoths Krallen gruben sich in meine Schulter. Er hatte beschlossen, dass er sich nach Dannys Ermordung nicht den tratschenden Dorfbewohnern stellen konnte, aber dass er, wenn wir im Biergarten saßen, kommen und sich auf die Mauer neben uns setzen würde.

Es sah aus, als hätte sich das ganze Dorf in der Kneipe versammelt. Sie strömten auf die Wiese und flüsterten heimlich miteinander. Köpfe drehten sich nach uns um, als wir die Stufen hinuntergingen und an dem fröhlichen Eisenschwein vorbeikamen, das das Tagesgericht ankündigte. Die Dorfklatschmühle musste mit der Nachricht von Dannys Mord auf Hochtouren laufen. *Ich hoffe, sie haben wenigstens den Anstand, uns in Ruhe zu lassen ...*

Sobald wir durch die Tür traten, wurde es im ganzen Lokal

still. Obwohl ich die Gesichter in dem düsteren Innenraum kaum erkennen konnte, spürte ich, wie ihre Blicke über meinen Körper wanderten und ihre unbeantworteten Fragen in der Luft hingen.

»Lass uns woanders hingehen«, murmelte Heathcliff. »Im *Tir Na Nog* in Crookshollow gibt es ein anständiges Bauernfrühstück.«

»Nein.« Heftige Entschlossenheit machte sich in meinem Bauch breit. Das war auch unser Dorf und wir hatten nichts falsch gemacht. Wenn wir einen Vier-Pfund-Korb mit Pommes essen und unsere Sorgen bei einem Krug Bier ertränken wollten, dann hatten wir das Recht dazu. Ich schritt zur Bar und knallte meine Brieftasche auf den Tresen. »Hallo Richard. Wir hätten gerne ein Krug Lager, ein Krug Apfelwein, ein Glas von deinem Hauswein und ein paar Speisekarten, bitte.«

Der Wirt zapfte das Bier für Heathcliff und den Apfelwein für mich. Morrie hüpfte von einem Fuß auf den anderen. An seinem Gesichtsausdruck konnte ich erkennen, dass er Richard am liebsten den billigen Wein aus der Hand gerissen und ihn damit überschüttet hätte, aber selbst er war nicht bereit, eine Szene zu machen, während das ganze Dorf uns anstarrte. Alles, was er zustande brachte, war ein schwacher Protest. »Haben Sie nichts mit einem duftenderen Bouquet? Vielleicht etwas vom Napa Valley oder aus Neuseeland ...«

»Nicht für sechs Pfund pro Glas. Sorry, Kumpel.« Richard stellte den Wein vor ihm ab. Morrie sah aus, als würde er lieber Toilettenwasser trinken. Er nahm das Glas und hielt es gegen das Licht, bevor er einen vorsichtig einen kleinen Schluck nahm. Ein ersticktes Geräusch entwich seinen Lippen.

»Alles in Ordnung bei Ihnen?«, fragte Richard und beugte sich über die Theke, sein freundliches Gesicht von Sorge gezeichnet.

»Ja«, krächzte Morrie.

Wenn ich nicht so mit Dannys Mord und der unheimlichen Stille in der Kneipe beschäftigt gewesen wäre, hätte ich mich totgelacht. Ich bezahlte schnell unsere Getränke und schlurfte von der Bar weg. »Lasst uns einen Tisch suchen«, murmelte ich.

Das Gemurmel wurde leiser und verstummte hinter uns wie das Kielwasser eines Bootes. Gesprächsfetzen drangen an mein Ohr, als wir zwischen den Tischen hindurchmanövrierten.

»Dieser Ort war schon immer seltsam gewesen. Erinnerst du dich noch an den alten blinden Mann, dem er früher gehört hat? Warum hat ein blinder Kerl so viel Zeit mit Büchern verbringen wollen, die er nicht lesen konnte? Das ist doch seltsam.«

»Ich habe immer gesagt, dass Heathcliff nichts Gutes im Schilde führt. Wahrscheinlich ermordet er Schriftsteller, um ihre Brieftaschen zu stehlen.«

»Ich glaube, die junge Dame hat das Sagen. Sie kommt aus der Sozialsiedlung, weißt du. Da draußen erziehen sie die Kinder nicht richtig. Ich wette um alles, dass sie mit all diesen Typen schläft. Sie hat sie um den kleinen Finger gewickelt. Das ist nicht richtig, sage ich dir.«

»Eines ist sicher. Ich setze keinen Fuß mehr in diesen Laden. Es ist zu gefährlich.«

Vielleicht war das doch keine so gute Idee gewesen.

Als wir uns auf den Weg nach hinten zum Biergarten machten, sah ich eine Hand über einem Tisch winken. »Hallihallo, Mina.« Es war Frau Ellis. »Hier drüben!«

Ich wollte meine Zeit nicht unbedingt damit verbringen, Frau Ellis jedes blutige Detail des Mordes zu erzählen, aber ihre Gesellschaft konnte meine Stimmung nur verbessern. Dankbar setzten wir uns an das Ende ihres Tisches. Ich warf einen Blick auf ihre Begleiter und erkannte die beiden Schriftstellerinnen aus ihrer Strickgruppe sowie die Lokalhistorikerin Florence

Lawton, die ich überredet hatte, nächste Woche einen Geschichtsvortrag im Laden zu halten.

»Wieder Ärger in der Buchhandlung, Mina?«, fragte Dotty.

»Ja.« Ich schauderte. »Ich möchte eigentlich nicht darüber reden, also ...«

Frau Ellis schnalzte mit der Zunge. »Ein berühmter und gutaussehender Krimiautor, der auf die gleiche Weise getötet wurde wie die Opfer in seinen Büchern! Das klingt wie die Handlung eines Agatha-Christie-Romans. Du hast die Leiche gefunden, oder, Mina? Sag schon, war es furchtbar blutig? War sein Gesicht ganz aufgedunsen und ...«

»Ich nehme die Steak-and-Nieren-Pastete. Mina?«, knurrte Heathcliff und hielt mir die Speisekarte demonstrativ vor die Nase.

»Ich wette, es war dieser Verleger, Brian Letterman.« Dotty beugte sich mit verschwörerischer Stimme vor. Die Freundinnen von Frau Ellis schienen einen spannenden Mord genauso zu lieben wie sie. »Habt ihr sein Gesicht gesehen, als Danny verkündet hat, dass er seine Memoiren im Eigenverlag veröffentlichen würde? Er sah aus, als würde er jeden Moment jemanden umbringen wollen.«

»Oder es könnte Beverly Ingram gewesen sein. Was hat sie sich dabei gedacht, einfach so hereinzuplatzen!«, sagte Frau Ellis. »Ich weiß, dass es eine Tragödie ist, aber es ist nicht die Schuld des gutaussehenden Dannys, dass er in seinem Buch zufällig dieselbe Mordwaffe verwendet hat wie Abigails Mörder.«

»Beverly ist in den letzten Wochen etwas tatterig geworden«, fügte Wenda hinzu. »Das passiert, wenn man keinen Ehemann hat und alle freundlichen Menschen im Dorf abweist. Erst letzte Woche bin ich ihr im Supermarkt begegnet. Sie hat ihren Einkaufswagen quer im Gang geparkt und auf ein Regal mit Müsli gestarrt. Ich sagte zu ihr: ›Beverly, du musst es auch mal gut sein lassen.‹ Da fing sie an, mit den Armen in den Regalen herumzufuchteln. Überall war Müsli! Ihr wurde ein Monat lang Hausverbot erteilt.«

»Warum hat sie das Müsli-Regal angegriffen?«, fragte Morrie. Während Frau Ellis sich umdrehte, um ausführlich zu antworten, tauschte er ihr Weinglas gegen seines aus. Er probierte das Bouquet und entschied, dass es überlegen war, denn er nahm einen dankbaren Schluck.

»Ihre Tochter Abigail hat früher mal gemodelt. Abigails Gesicht war auf einer Müslischachtel abgebildet. Sie hatte auch einen Werbespot für Zahnpasta gemacht. Beverly dachte, ihre Tochter würde eines Tages in Filmen mitspielen. Sie war ein echter Hingucker, die Abigail, und sie wusste es. Sie hatte eine Schar von Jungs, die ihr durch das Dorf folgten, als wäre sie der Rattenfänger von Hameln. Aber sie konnte eine fiese Zicke sein. Sie und Beverly stritten sich immer über ihre Trinkerei und ihre Partys mit den falschen Leuten. Man konnte sie bis zur anderen Seite des Dorfes schreien hören.«

»Ich war noch jung, als der Mord geschah«, sagte ich. »Ich erinnere mich nicht daran, aber es muss das ganze Dorf erschüttert haben.«

»Es war eine schreckliche Tragödie. Beverly hat als Krankenschwester im Barchester General gearbeitet. Sie kam gegen zwei Uhr morgens von einer späten Schicht nach Hause und fand Abigail tot in ihrem Zimmer, erdrosselt mit ihrem eigenen Seidenschal.«

Meine Finger kratzten über den Holztisch. »Wie schrecklich«, hauchte ich.

»Es war ein ziemlicher Skandal. Im Zimmer befanden sich einige Drogen und es gab Anzeichen eines Kampfes – ein zerbrochener Spiegel, überall lag Schnickschnack auf dem Boden. Aber es wurde nicht eingebrochen, also musste sie ihren Mörder gekannt und ihm vertraut haben, zumindest anfangs.

Die Polizei ging davon aus, dass es einer ihrer Liebhaber war, der vielleicht rasend eifersüchtig war.«

»Liebhaber?« Hatte Beverlys Tochter einen Harem gehabt, so wie ich? Das war gruselig.

»Oh ja, mindestens zwei, von denen sie wussten, darunter Danny Sledge. Aber sie konnten es keinem von ihnen anhängen, da die Bullen sie alle in derselben Nacht wegen Drogenhandels verhaftet hatten. Dieser reizende Angus Donahue war damals der Kommissar gewesen, nicht wahr?«

Dotty nickte. »Armer Angus. Er hat sich so sehr bemüht, diesen Fall zu lösen. Die Medien saßen ihm im Nacken, aber er konnte den Täter nicht finden. Ich glaube, es hat ihn verfolgt, denn er hat die Polizei wenige Jahre danach verlassen, und dass, obwohl er gerade erst befördert worden war. Vielleicht hat Danny deshalb in seinem Buch einige Elemente des Verbrechens aufgegriffen. Es hat sowohl auf Danny als auch auf Angus gelastet. Kein Wunder, dass Beverly verärgert war.«

»Es ist nicht Dannys Schuld!«, rief Frau Ellis. »Beverly hätte ihn nicht umbringen dürfen, nur weil er ein Buch geschrieben hat!«

»Wer sagt denn, dass Beverly ihn getötet hat?«, fragte Wenda. »Ich habe gehört, dass Danny nicht gerade ein treuer Ehemann war. Er hatte ein paar Affären, oder? Vielleicht hat ihn seine mürrische Frau umgebracht, um seinen Seitensprüngen ein Ende zu bereiten. Ich kann mir vorstellen, dass sie eine Menge erben wird.«

»Oder vielleicht war es ein verrückter Fan«, kreischte Dotty vor Freude. »So etwas kommt vor, wisst ihr? In einem Moment sammeln sie seltene Erstausgaben, im nächsten Moment ritzen sie ihren Namen in deine inneren Organe.«

»Das gibt es nur in Stephen-King-Büchern«, murmelte Heathcliff und griff über den Tisch, um ein paar ihrer Pommes zu stibitzen.

»Oder es könnte ein Serienmörder sein, der Autoren nachstellt, die in der Buchhandlung sprechen«, fügte Florence hinzu. Sie erschauderte.

Panik flatterte in meinem Magen auf. »Bitte machen Sie sich keine Sorgen, Florence. Ich bin sicher, dass es nichts dergleichen ist. Die Polizei wird den Mörder schnappen und es wird rechtzeitig zu Ihrer Veranstaltung wieder alles in Ordnung sein.«

Sie streckte die Hand über den Tisch und drückte meine Hand. »Es tut mir leid, Mina. Ich werde nicht in der Lage sein, an der Veranstaltung teilzunehmen. Da der Mörder immer noch auf freiem Fuß ist, fühle ich mich im Laden einfach nicht wohl, vor allem nicht nach all den anderen Todesfällen. Das verstehen Sie doch sicher?«

»Oh ja. Sicher. Natürlich verstehe ich das«, sagte ich mit falscher Heiterkeit, obwohl ich am liebsten in Heathcliffs riesigen Mantel gekrochen wäre und geweint hätte.

Die Damen unterhielten uns beim Mittagessen mit mehr Klatsch und Tratsch aus dem Dorf. Ich rührte mein Roastbeef kaum an. Wie konnte ich Yorkshire Pudding genießen, nachdem jemand im Laden getötet worden war?

Auf dem Rückweg zu Nevermore kamen wir an Mike Whitaker vorbei, dem eine lokale Destillerie gehörte und der übernächste Woche einen Whisky- und Buchclub leiten wollte. Er schlenderte in entgegengesetzter Richtung über den Rasen und blätterte im heutigen Argleton Anzeiger.

»Hallo Mike!«, rief ich und winkte ihm zu. Er blickte auf und beschleunigte seinen Schritt. *Hat er mich nicht gesehen? Vielleicht wird er auch blind ...* »Mike!«

Er drehte sich mit großen Augen um. »Mina, äh ... schön, Sie zu sehen.«

»Gleichfalls. Ich bin froh, dass ich Sie noch erwischt habe. Ich wollte mit Ihnen über einige Details Ihrer Veranstaltung sprechen. Ich habe das perfekte Buch für uns zum Diskutieren. Es ist eine Geschichte über das Whiskybrauen in England mit all diesen alten Bildern ...«

Mike zappelte unbehaglich hin und her. »Ich muss leider absagen. Tut mir leid, meine Liebe. Meine Frau hat an dem Abend eine Quiltausstellung drüben in Barchester, und ich kann der Dame des Hauses nichts abschlagen.«

Was? Warum erzählen Sie mir das erst jetzt? »Kein Problem«, sagte ich mit einem gezwungenen Lächeln. »Ich werde Richard bitten, einzuspringen. Er war gestern Abend so begeistert vom Apfelwein, ich bin sicher, er wird die Gelegenheit lieben.«

»Ja, gut.« Mike rannte bereits auf die Kneipe zu. »Ich bin sicher, das wird er. Also, bis dann.«

»Ja.« Ich sah ihm nach, wie er davonhuschte. *Deine Frau hat kein Quilttreffen. Du willst einfach nicht in den Nevermore Bookshop kommen.*

Heathcliff drückte meine Hand. Ich starrte über den Rasen auf unsere Schornsteine, die über der Bäckerei an der Ecke herausragten, und auf das kleine schwingende Schild mit der Aufschrift »NEVERMORE BOOKSHOP«, das über die Gebäude in der Butcher Street hinausragte. Ich kniff die Augen zusammen und konnte mir nicht vorzustellen, dass dieses Schild verschwunden wäre, das schöne alte Gebäude zugemauert ... oder schlimmer noch, von Grey Lachlan plattgewalzt.

»Hoffen wir, dass die Polizei diesen Mord bald aufklärt«, murmelte ich und befingerte den Brief meines Vaters. »Oder der Nevermore Bookshop wird sein Geschäft aufgeben müssen.«

IO

Zurück in meiner jetzt heuschreckenfreien Wohnung wälzte ich mich die ganze Nacht hin und her. Dannys aufgedunsenes, verzerrtes Gesicht tanzte hinter meinen Augenlidern. *Gestern noch war er quicklebendig und sprach davon, sein nächstes Buch zu schreiben. Und jetzt ist er tot, dank mir.*

Ich machte eine Bestandsaufnahme aller anstehenden Veranstaltungen, die ich gebucht hatte. Florence und Mike hatten abgesagt und eine andere Autorin, eine großartige Liebesromanautorin namens Bethany Jadin, hatte am Nachmittag ebenfalls abgesagt. Im Gegensatz zu Ashleys Mord, bei dem sich die Dorfbewohner in den Laden gedrängt hatten, um am Tatort herumzuschnüffeln, war Nevermore für den Rest des Tages menschenleer geblieben. *Ich schätze, es gibt so etwas wie zu viele Morde in einem kleinen englischen Dorf.*

Morrie hatte geschmollt, als ich den Laden verließ. Er hatte vor, am nächsten Tag geschäftlich nach London zu reisen, und hatte vor seiner Abreise noch etwas Zweisamkeit verbringen wollen. Aber ich brauchte Zeit für mich, um nachzudenken. Über meinem Bett hatte ich ein Bild von einigen

Blindenhundewelpen aufgehängt. Ihre dunklen Augen blickten auf mich herab und baten mich, sie aufzunehmen, mit ihnen zu kuscheln und sie mir helfen zu lassen.

Nevermore wird wirklich zu einem Zoo, wenn wir einen Welpen reinzubringen ... aber wird das überhaupt noch passieren?

All meine Pläne und Ideen für den Laden schienen aussichtsloser als je zuvor.

In dieser Nacht schlief ich unruhig, verfolgt von Träumen, in denen ich in einem Pappkarton auf dem Stadtplatz lebte, während Grey Lachlan die Buchhandlung in ein Kasino verwandelte. »Gut!«, rief Frau Ellis und wedelte mit einem Bündel Geldscheine vor ihm herum. »Ich spiele viel lieber, als dass ich mich um staubige alte Bücher kümmere!«

Am Morgen drückte ich dreimal auf die Schlummertaste, bevor ich mich aus dem Bett quälte. Es war definitiv nicht so lustig, ohne einen oder alle Jungs neben mir aufzuwachen. Ich zog meinen flauschigen Morgenmantel an und ging in die Küche.

»Kaffee«, murmelte ich vor mich hin, während ich das Licht einschaltete. Ich wich entsetzt zurück, als meine Augen eine schreckliche Szene erblickten.

Nein.

Eine Spur aus Blutspritzern begann an der Kaffeemaschine und zog sich über die Decke, bevor sie an den Schränken heruntertropfte und sich auf dem Boden sammelte. Etwas Klumpiges ragte aus der Oberseite der Kaffeemühle heraus. Es sah aus wie ein Stück Fleisch, komplett mit einem blutigen Knochenstück.

Jemand war in meiner Küche zerstückelt worden.

II

*N*ein. *Nein, nein, nein, nein.*

»Jo!«, schrie ich, das Herz in der Kehle. »JO!«

Wo ist Jo? Bitte lass es ihr gut gehen …

Mir drehte sich der Kopf. Ich wirbelte herum und entleerte meinen Magen auf dem Boden. Als ich mit hämmerndem Herzen im Dreck kniete, bemerkte ich einen großen Zettel, der mit einem Totenkopfmagneten am Kühlschrank befestigt war. Die Nachricht darauf war in Jos Handschrift geschrieben.

Ich nahm den Zettel und hielt ihn dicht vor mein Gesicht, um ihre krakeligen Worte zu lesen.

Mina. Du warst noch nicht wach und ich musste ins Büro. Es tut mir leid, dass die Küche so unordentlich ist und die Kaffeemaschine nicht funktioniert. Ich führe ein Experiment für einen meiner anderen Fälle durch, um herauszufinden, wie man Körperteile in der Mühle entsorgen könnte. Keine Sorge. Es ist kein menschliches Blut. Es ist ein Schweinebein. Ich will dich nicht mit den Details langweilen, aber ich verspreche, dass ich alles aufräume und die Maschine so schnell wie möglich repariere! An der Kühlschranktür hängt ein Fünfer für deinen morgendlichen Kaffee. XX. Jo.

Ich nahm einen weiteren Totenkopfmagneten von der

Kühlschranktür und griff nach dem Geld. *Verdammt, Jo. Für den Herzinfarkt, den du mir gerade verpasst hast, solltest du wenigstens genug dalassen, damit ich mir ein Croissant leisten kann. Und etwa zehn Jahre Therapiesitzungen, um das Bild eines gewaltsamen Todes durch Zerstückelung in einer Kaffeemühle aus meinem Kopf zu bekommen.*

~

MEIN TAG WURDE NICHT BESSER. Nicht eine einzige Seele betrat den Nevermore Bookshop, und eine weitere Autorin, die fantastische Marie Robinson, rief an, um ihren Auftritt abzusagen. »Ich glaube einfach nicht, dass ich mich in Ihrem Laden sicher fühlen werde«, sagte sie. »Es tut mir leid.«

Von wegen leidtun. Nicht einmal die Jungs konnten diesen Stich lindern. Obwohl sie es versuchten. Quoth brachte mir einen Beerenkuchen aus der Bäckerei nebenan, der köstlich gewesen wäre, wenn Essen für mich im Moment irgendeinen Geschmack hätte. Heathcliff fügte seiner wachsenden Liste von Ladenregeln »Bringen Sie keine Autoren um« hinzu, und bevor er nach London aufbrach, fand Morrie online eine Firma, die Fotos auf Haushaltsgegenstände druckte. Er bestellte mir eine Lampe, auf der Heathcliffs finsteres Gesicht prangte. »Du kannst sie auf seinen Schreibtisch stellen«, sagte er grinsend.

Egal, wie sehr sie sich bemühten, mich aufzuheitern, meine Gedanken kehrten immer wieder zu diesen entzückenden Welpen und dem elektronischen Buchmarkierungssystem zurück, das ich dringend brauchte. Jedes Mal, wenn ich ein Buch gegen das Licht halten musste, um den Titel zu erkennen, oder Morrie um Hilfe bitten musste, weil ich in einer dunklen Ecke nichts erkennen konnte, verkrampfe sich mein Magen.

»Ich wette, das gefällt dir.« Ich funkelte Heathcliff an, der am Fenster saß, ein Bild der Sanftmut mit einem aufgeschlagenen Buch auf dem Schoß und einer Tasse Tee auf dem Tisch neben sich. Sein üblicher stürmischer Gesichtsausdruck war durch etwas ersetzt worden, das fast an Ruhe und Gelassenheit erinnerte.

Heathcliff blätterte in seinem Buch. Ohne aufzublicken, sagte er: »Du musst zugeben, dass es friedlich ist.«

»Es ist nicht friedlich, es ist *langweilig*. Ganz zu schweigen davon, dass es uns nicht dabei hilft, die Hypothek zu bezahlen.« Ich tippte auf den Ordner, über den ich in der letzten Stunde gebrütet hatte. »Die Konten sind in einem schlechteren Zustand, als ich dachte. Wir sind mit allen Rechnungen im Rückstand und kommen kaum über die Runden. Wenn wir nicht bald ein paar Verkäufe machen, sieht es schlecht aus. Vergiss die Bestellung eines elektronischen Markierungssystems, wir müssen vielleicht Grey Lachlan wegen seines Angebots ...«

»Niemals«, knurrte Heathcliff und warf sein Buch auf den Tisch. Seine dunklen Augen bohrten sich mit einer Intensität in meine, bei der es mir kalt den Rücken hinunterlief. »Lachlan bekommt diesen Laden nicht in die Finger und du bekommst dieses Markierungs-was-auch-immer.«

»Wie? Hast du einen großartigen Plan, um das Dorf sofort von der Angst vor dieser Buchhandlung zu befreien?«

»Ja. Wir werden diesen Mord aufklären.«

»Moment mal. Was ist mit dem Herrn, der die Polizei ihren Job machen lassen wollte und der strikt dagegen war, dass Morrie und ich uns in den Tod von Professor Hathaway einmischen?«

»Seine Freundin ist traurig und er will, dass es ihr besser geht.« Heathcliff stand auf und schritt durch den Raum. Er beugte sich über meinen Stuhl, die straffen, muskulösen Arme neben mir aufgesetzt. Gefahr blitzte in seinen Augen auf. »Gib es zu, es macht dir Spaß, einen Mord aufzuklären. Du und

Morrie, ihr seid genau gleich, Gott steh uns allen bei. Und ich habe kein Vertrauen in unsere örtliche Polizei, dass sie diesen Fall löst, bevor die Bank die Zwangsvollstreckung einleitet. Außerdem war dieser Ort beim letzten Mord hier das Zentrum des Klatsches und wir hatten unseren besten Monat aller Zeiten. Ein bisschen Mord ist gut fürs Geschäft, solange die Leute nicht das Gefühl haben, persönlich in Gefahr zu sein. Wenn du diesen Mord aufklärst, wird dir das Dorf wieder zu Füßen liegen.«

»Ich schätze schon ...« Ich warf die Hände in die Luft. »Aber Morrie ist nach London gefahren. Er kommt erst morgen zurück.«

»Ich kann helfen. Ich weiß so einiges«, knurrte Heathcliff. »Was machen wir zuerst?«

»Miiiau.« Grimalkin sprang auf den Schreibtisch und tippte mit ihrer Pfote auf meinen Arm.

»Nicht jetzt, Kätzchen.« Ich packte sie um die Taille und ließ sie auf den Boden plumpsen. Heathcliff reichte mir eines der leeren Notizbücher mit Blumenmuster, die wir auf dem Tresen auslegten. Ich brach den Buchrücken und schrieb »Danny Sledge Murder« oben auf die Seite.

»Ähm ... nun, normalerweise gehen Morrie und ich zunächst alles durch, was wir über das Verbrechen und das Opfer wissen. Wir wissen, dass Danny erdrosselt wurde, was eine ziemlich brutale Art ist, jemanden zu töten. Es ist auch die Hauptmethode des Serienmörders in seinem neuesten Buch und die Art und Weise, wie eine Ex-Freundin von ihm vor fünfzehn Jahren getötet wurde. Wir können also davon ausgehen, dass der Mörder die Garrotte gewählt hat, um ein Zeichen zu setzen. Als Erstes müssen wir eine Liste seiner Feinde erstellen und herausfinden, was wir über sie wissen, ob sie ein Motiv, eine Gelegenheit, ein Alibi oder Ähnliches hatten.«

»Fang mit dieser alten Schachtel Beverly an«, sagte Heathcliff.

Ich fügte ihren Namen hinzu. »Sie ist die offensichtlichste Verdächtige, weshalb ich nicht glaube, dass sie es getan hat. Danny war ein junger, fitter Kerl. Ich kann mir nicht vorstellen, dass sie die Kraft gehabt hätte, ihn zu erwürgen, selbst wenn sie von Adrenalin angetrieben wurde.«

»Sie ist immer noch eine Überlegung wert.« Heathcliff stieß mich an. »Wer noch?«

»Seine Frau, Penny. Nach dem, was sie mir bei der Lesung erzählt hat, wusste sie, dass Danny sie betrogen hat. Außerdem ist sie besessen von Geld und Status. Vielleicht hat sie beschlossen, dass Danny tot mehr wert ist als lebendig. Ich vermute, sie ist die Hauptbegünstigte seines Testaments. Aber hier das Gleiche: Hatte sie die Kraft oder Bösartigkeit, ihn zu erwürgen?«

»Und die Geliebte«, sagte Heathcliff. »Vielleicht hat sie Danny angefleht, seine Frau für sie zu verlassen. Er hat abgelehnt. Sie hat ihn aus Rache getötet.«

»Oh, jetzt wird es interessant.« Ich notierte mir Amandas Namen. »Und ihr Ehemann, Brian Letterman. Er kann nicht glücklich gewesen sein, als er herausgefunden hat, dass seine Frau mit seinem Spitzenautor im Bett war, und vor allem nicht, dass Danny seine Memoiren im Selbstverlag veröffentlichen wollte. Und Brian hat genug Kraft im Oberkörper. Angus, der Ex-Polizist, auch. Und er hat eine Verbindung zu Dannys Vergangenheit. Vielleicht hat er herausgefunden, dass Danny Abigail wirklich getötet hat ...«

»Miiiau!« Grimalkin sprang wieder auf den Schreibtisch, ließ ihren Hintern auf das Notizbuch plumpsen und kringelte ihren Schwanz über meiner Verdächtigenliste. Heathcliff brummte, schlang seine Arme um sie und zog sie an seine Schulter. Normalerweise kuschelte sie sich in sein Haar und verbrachte dort glücklich Stunden. Aber heute sprang sie sofort herunter, stolzierte über den Schreibtisch und heulte aus vollem Halse.

Heathcliff setzte sie wieder auf den Boden. »Sonst noch jemand?«

»Das sind die, von denen wir wissen. Ich schätze, wir müssen herausfinden, ob er noch mit anderen Autoren ein Hühnchen zu rupfen hatte oder ob er in letzter Zeit von irgendwelchen Stalker-Fans genervt wurde.« Ich warf Heathcliff einen misstrauischen Blick zu. »Aber dafür muss ich den Computer benutzen ...«

»Vergiss es.« Heathcliff warf die Hände in die Luft. »Ich verschwende keinen einzigen Moment meiner Freizeit an dieses verflixte Gerät ...«

»MIIIIIIIAAAAAAAUUUUU!«

Grimalkins schriller Schrei durchdrang meine Ohren. Sie stand in der Mitte des Teppichs, den Rücken gekrümmt, ihr Fell aufgebauscht, sodass sie doppelt so groß wirkte. Sie warf uns beiden einen bösen Blick zu, drehte sich auf dem Absatz um und trottete in Richtung Flur.

»Ich glaube, sie will, dass wir ihr folgen.« Ich stand auf.

»Damit wir ein ausgeweidetes Nagetier bewundern können? Nein danke.« Heathcliff nahm sein Buch zur Hand.

Grimalkin wartete an der Tür und warf mir einen vorwurfsvollen Blick zu. Sobald sie mich auf sich zukommen sah, trabte sie davon und ging den Eingangsflur entlang zu einem Stapel Bücher neben der Tür. Sie scharrte mit den Pfoten an etwas, das aus der Ecke des Regals ragte, eingeklemmt zwischen zwei Bänden von *Die Geschichte vom Untergang und Fall des Römischen Reichs*.

»Was hast du da, Grimalkin?« Ich bückte mich, zog das Stück Stoff heraus und hielt es gegen das Licht, das durch die Buntglasscheiben zu beiden Seiten der Eingangstür fiel. Es war ein Seidenschal, verziert mit einem Muster aus leuchtenden Leopardenflecken. Irgendetwas daran kam mir bekannt vor.

Der Schal war eng zusammengeknüllt. Als ich ihn schüttelte, entfaltete er sich. Ich betrachtete ihn in meinen Händen und stutzte.

Mehrere kleine, runde Flecken waren über den Saum des Schals verteilt.

Blutstropfen.

Mein Herz pochte in meiner Brust. Ich wusste, wo ich ihn schon einmal gesehen hatte. Es war in der Nacht von Dannys Buchlesung gewesen. Der Schal hatte um Beverly Ingrams Hals gelegen.

12

Nur wenige Minuten nachdem ich mit ihr telefoniert hatte, kam Jo in Nevermore an. Ihre Kleidung war schweißnass und ihr Atem ging stoßweise.

»Ich musste die laufenden Autopsiearbeiten unterbrechen, aber ich wollte ein so wichtiges Beweisstück nicht einem der Jungs anvertrauen«, schnaubte sie, während sie ihre Handschuhe anzog. »Nicht, wenn sie es bei der letzten Durchsuchung des Ladens übersehen haben. Lass mich mal sehen.«

Du lässt also eine Autopsie warten, um einen Schal zu holen, aber nicht, um den Tatort in unserer Küche zu säubern? Ich dachte es mir im Stillen, sagte aber nichts. Ich zeigte Jo, wo ich den Schal auf dem Tisch ausgebreitet hatte. Grimalkin kratzte an der Tür zum Veranstaltungsraum und heulte über die Ungerechtigkeit, eingesperrt zu sein, während ich ihren Moment des Ruhms für mich beanspruchte. »Entschuldige, Kätzchen«, rief ich. »Du würdest die Beweise verunreinigen.«

»Miiiau!«, jaulte Grimalkin.

Jo lächelte. »Ich hoffe, du hast ihr für ihre Mühen einen

Teller Sahne gegeben. Immerhin war sie diejenige, die sie gefunden hat.«

»Miiiau!«, stimmte Grimalkin zu und warf sich gegen die Tür.

»Ich denke, wir sind uns einig, dass wir keine weiteren Amateurdetektive in der Gegend brauchen. Außerdem sollten Katzen keine Sahne bekommen. Sie hat aber viele Ohrenstreicheleinheiten bekommen. Grimalkin hat an dieser Ecke gezerrt«, ich zeigte Jo, wo es ein paar kleine Zahnabdrücke im Stoff gab. »Ich habe den Schal in diesen oberen Ecken berührt, als ich ihn aufgehoben habe. Der Rest, wo das Blut ist, sollte keine Fingerabdrücke von uns haben.«

»Danke.« Jo steckte den Schal in eine Papiertüte. Wie ich gelernt hatte, sahen Ziploc-Plastiktüten im Fernsehen gut aus, aber sie wurden nur für trockene Gegenstände verwendet. Alles, was Blutflecken, Sperma oder potenzielle DNA-Beweise enthielt, wurde in Papiertüten oder Pappbehälter gegeben, da das Einschließen in Plastik die Beweise verfälschen könnte. Und ja, ich habe viel zu viel Zeit damit verbracht, Jo bei einem Glas Wein mit Fragen über die Spurensicherung zu löchern. »Jetzt zeig mir, wo du ihn gefunden hast.«

Ich zeigte Jo den Platz auf dem Regal neben der Tür, zwischen den beiden Büchern. Sie fotografierte den Bereich und suchte dann mit einer Lupe und Wattestäbchen nach weiteren Spuren. »Das ergibt Sinn. Wir haben hier ein paar Blutflecken auf dem Teppich gefunden.« Jo zeigte auf eine Stelle auf dem Holzboden vor dem Regal. »Es sieht so aus, als hätte unser Mörder Danny erwürgt und dann den Schal hier reingeschoben. Du hast gesagt, es wäre Beverly Ingrams Schal?«

»Sie hat ihn bei der Lesung getragen. Wenn du andere fragst, erinnern sie sich vielleicht auch daran. Er war ziemlich auffällig, vor allem, weil er sich mit ihrem Vichy-Karomantel biss.«

»Wenn du mit auffällig unglaublich geschmacklos meinst.« Jo lächelte, als sie die Tüte in ihr Tatort-Set fallen ließ. »Hat Beverly irgendetwas im Laden angefasst, woran du dich erinnerst? Ich würde gerne ein paar Proben zum DNA-Vergleich nehmen.«

»Ich glaube nicht ... Moment, doch.« Ich bedeutete Jo, mir in den Veranstaltungsraum zu folgen. Obwohl wir den Raum für den Schreibworkshop, der nie stattfinden würde, gereinigt und die Stühle im Kreis aufgestellt hatten, waren einige der Ausstellungsstücke von der Lesung noch zu sehen. Ich zeigte auf Quoths Bild an der Wand neben dem Fenster. »Sie hatte dagegen gelehnt, als sie schrie. Ich glaube, ihr Haar hat sich in der Ecke des Rahmens verfangen.«

»Das ist eins von Allans, oder?« Jo betrachtete das Gemälde. »Ich erkenne seine Arbeit überall. Ich hoffe, es macht ihm nichts aus, wenn wir das als Beweisstück mitnehmen. Ich werde dafür sorgen, dass das Bild nicht beschädigt wird.«

Ich blickte zu den Dachsparren auf. Nur das schwächste Licht erhellte die Dunkelheit und ließ Quoths Anwesenheit erkennen. »Krächz«, stimmte er zu.

Ich lächelte. »Er ist gerade nicht hier, aber wenn es hilft, einen Mörder zu fassen, bin ich sicher, dass er gerne helfen würde.«

»Danke.« Vorsichtig entfernte Jo ein paar Haare mit einer Pinzette, nahm dann das Gemälde ab und steckte es in eine andere, größere Papiertüte.

»Jederzeit. Hör mal, Jo, wegen der Küche ...«

»Ja. Entschuldigung, Entschuldigung.« Jo nahm ihr Tatort-Set. »Ich verspreche, alles aufzuräumen, sobald ich zu Hause bin. Ich werde heute Abend wahrscheinlich spät kommen, bei all den Beweisen, die ich verarbeiten muss.«

»Aber ...«

Jo eilte zur Tür hinaus. »Es tut mir wirklich leid, Mina, aber ich muss mich beeilen. Ich habe ein Opfer einer Garrotte, das nach mir ruft!«

Ich ließ Grimalkin aus dem Zimmer. Sie warf mir einen bösen Blick zu, bevor sie nach oben schoss, zweifellos, um aus Rache eine Maus zu zerfleischen. Heathcliff kehrte zu seinem Buch zurück, während ich online Biografien von Danny Sledge las. Es gab viele wilde Geschichten über seine Zeit in der Gang. Er hatte im Gefängnis mit dem Schreiben seines ersten Romans begonnen, nachdem er in der Gefängnisbibliothek einige Kriminalromane gelesen und festgestellt hatte, wie ungenau sie waren. Sein erstes Buch war ein New York Times-Bestseller geworden. Danny hatte eine Strafminderung ausgehandelt, nachdem er seinen Partner eines Drogenrings verraten hatte, und sobald er draußen war, hatte er mit dem Verbrechertum abgeschlossen. Es sah so aus, als hätte er seitdem ein Leben in Saus und Braus geführt. Pennys Instagram-Account war voller Bilder von den beiden, wie sie Designerkleidung trugen und an exotische Orte jetteten. Sein Leben war sicherlich interessant gewesen, aber ich konnte keine Anzeichen für verrückte Stalker-Fans oder Kriminelle aus der Vergangenheit erkennen, die aus zurückgekehrt waren, um sich zu rächen …

Moment mal.

Ich rief ein Bild von Danny auf, wie er bei einem Prozess gegen seinen Komplizen Jim Mathis, den Danny verpfiffen hatte, im Zeugenstand saß. Der junge Danny sah in seinem dreiteiligen Anzug, mit nach hinten gegeltem Haar und seinem so gutaussehenden und freundlichen Gesicht, wie ich es von dem Abend in Erinnerung hatte, elegant aus. Hinter ihm konnte ich das Gesicht des Angeklagten erkennen, der seinen ehemaligen Partner mit toten, seelenlosen Augen anstarrte.

Ich hatte diese Augen schon einmal gesehen.

Jim Mathis war der lilahaarige Erotikautor. Dannys Ex-

Partner war aus dem Gefängnis entlassen worden und auf Rache aus.

13

Ich schickte Jo den Artikel und das Bild per E-Mail und erklärte, dass ich Jim sowohl bei der Lesung als auch beim Autorenworkshop gesehen hatte. Es war eine Sache, zufällig auf die Lösung eines Mordes zu stoßen, aber eine ganz andere, sich mit hartgesottenen Kriminellen anlegen zu müssen. Wenn Jim Mathis für Dannys Mord verantwortlich war, wollte ich, dass die Polizei ihn verfolgte.

Leider hatte ich dadurch nichts zu tun. Ich hatte alle Online-Bestellungen verpackt, einige neue Bücher in die Regale gestellt, drei Kannen Tee gekocht und die Büroklammern in Heathcliffs Schreibtischschublade zu einer flippigen Halskette verarbeitet. Selbst Quoth langweilte sich in dem stillen Laden und ging nach oben, um zu malen. Heathcliff bewegte sich nicht von seinem Platz unter dem Fenster, aber er beendete sein Buch und begann ein neues. Kein einziger Kunde betrat den Laden.

Meine Nerven lagen blank. Ein weiterer Tag ohne einen einzigen Verkauf. Wenn das noch länger so weiterging, würden wir die Hypothek nicht mehr bezahlen können. Meine Finger trommelten auf dem Schreibtisch. Ich konnte die Stille im

Vorderzimmer nicht mehr ertragen. Ich schob meinen Stuhl zurück. »Ich gehe nach oben.«

»Um was zu tun?«, fragte Heathcliff, ohne aufzublicken.

»Um Staubmilben zu katalogisieren!«, schoss es mir heraus, als ich die Treppe im Laufschritt hinaufstieg. Im ersten Stock ging ich die Regale mit den Soziologiebüchern entlang, aber das erinnerte mich nur an Ashleys Mord.

Mord verfolgt mich überall hin.

Ich löse mehr Verbrechen als die Polizei, und doch kann ich nicht einmal den Nevermore Bookshop in den schwarzen Zahlen halten oder das Rätsel um meinen eigenen Vater lösen.

Moment ... wann hatte ich eigentlich das letzte Mal versucht, mehr Hinweise über meinen Vater zu finden? Jetzt, da ich wusste, dass er Herman *und* Herr Simson war, sollte ich mir noch einmal die Bücher ansehen, für deren Sammlung die beiden so viel Energie aufgewendet hatten.

Als ich angefangen hatte, für Heathcliff zu arbeiten, war ich auf die verborgene Okkultsammlung des Ladens gestoßen. Sie befand sich in einem fünfeckigen Raum auf dieser Etage und beherbergte Bücher, die Herr Simson erworben hatte, während er versucht hatte, die Geheimnisse der Buchhandlung zu ergründen. Mindestens eines davon hatte Herman Strepel geschrieben. Heathcliff hatte den Raum immer verschlossen gehalten, um die Sicherheit aller im Laden zu gewährleisten, aber jetzt hatte ich seinen Schlüsselbund in der Tasche. Ich griff danach und suchte nach dem kleinen Schlüssel, der perfekt in das Schloss des Lagerraums passte. Das Metall schien zwischen meinen Fingern zu summen.

Ja, das würde mich von Dannys Ermordung und all unseren Geldsorgen ablenken.

Jetzt, da wir herausgefunden hatten, dass Herr Simson mein Vater war, würden bestimmte Dinge in den okkulten Büchern vielleicht mehr Sinn ergeben. Es war definitiv einen Versuch wert.

Bevor ich es mir anders überlegen konnte, steckte ich den Schlüssel in die Tür zum Lagerraum und stieß sie auf. Grimalkin schoss unter einem Regal hervor und huschte hinein. Eine Katze konnte sich nicht von einer unverschlossenen Tür fernhalten. Das war ein Naturgesetz.

Ich folgte Grimalkin in den staubigen Lagerraum und betätigte den Lichtschalter. Heathcliff hatte mehrere Kisten mit Büchern vor der Tür zum Okkultraum gestapelt. Ich schob sie beiseite. Während ich an meinem Schlüsselbund herumfummelte, um den richtigen Schlüssel für das Schloss zu finden, öffnete sich die Tür knarrend.

Mein Herz pochte in meiner Brust. *Das ist richtig. Das hat es das letzte Mal auch getan.* Ich blieb auf der Schwelle stehen unsicher, ob ich weitergehen sollte.

Grimalkin nahm mir die Entscheidung ab. Mit einem vor Freude quietschenden Laut trottete sie in den Raum und sprang auf den Sockel in der Mitte. Ich tastete an der Wand entlang nach einem Lichtschalter und schaltete ihn ein. Der fensterlose Raum sah genauso aus, wie ich ihn in Erinnerung hatte. Jede Wand war mit Bücherregalen gesäumt, die mit alten, ledergebundenen Bänden vollgestopft waren. Grimalkin schnurrte, während sie sich auf dem aufgeschlagenen Buch auf dem Podest wälzte, dem Buch, bei dem jede Seite auf mysteriöse Weise leer war.

Ich schob sie vorsichtig beiseite und schloss das Buch. Meine Finger folgten dem Symbol auf dem Einband des Bandes. Es war dasselbe Symbol, das ich in anderen Büchern von Herman Strepel gesehen hatte. Jetzt wusste ich, dass es ein Symbol für meinen Vater war.

Aber wenn dieses leere Buch meinem Vater gehört, warum hat er es dann hiergelassen?

Ich blätterte geistesabwesend durch die Seiten. Neben mir schnurrte Grimalkin. Ich schrie überrascht auf, als ich ein paar Worte auf einer Seite erblickte.

Habe ich mir das eingebildet?

Ich muss es mir eingebildet haben.

Oder etwa nicht?

Das Buch war völlig leer gewesen, als ich es das letzte Mal durchgeblättert hatte, da war ich mir sicher. Ich blätterte mehrere Seiten zurück und da war es: die Tinte auf der Seite war verblasst und an einigen Stellen verschmiert, als wäre sie schon immer da gewesen. Die Schrift bestand aus Symbolen, vielleicht kyrillisch. Oder griechisch?

Grimalkin wand sich um meinen Arm und schnurrte wie eine Kreissäge. Ich tätschelte ihr den Kopf, während ich auf die Seite starrte. *Was bedeutet das? Wie kommen diese Worte hier her?*

Morrie wird das übersetzen können, wenn er nach Hause kommt. Ich kramte mein Handy aus der Tasche und machte ein paar Fotos, die ich ihm per SMS schickte. Ich wartete ein paar Augenblicke, aber er antwortete nicht. Er musste wirklich mit einem Geschäftstreffen beschäftigt sein.

»Mina!«, brüllte Heathcliff von unten.

Ich wurde hellhörig. Es konnte nur einen Grund geben, warum Heathcliff nach mir rief. Kunden. Endlich konnten wir einen Verkauf abschließen, vorausgesetzt, Heathcliff hatte sie nicht schon vergrault.

Ich schlug das Buch zu, trug Grimalkin aus dem Okkultraum und schloss die Tür hinter mir ab. Ich nahm die Treppe im Laufschritt und sprang in meinem Eifer, den Hauptraum zu erreichen, förmlich über das Geländer. Als ich keuchend eintrat, um wieder zu Atem zu kommen, fand ich den Raum, abgesehen von Heathcliff, einem ausgestopften Gürteltier und einer dicken Staubschicht leer vor.

»Wo sind die Kunden?« Ich sah mich um.

»Es gibt keine Kunden.« Heathcliff riss seinen Mantel von der Stuhllehne. »Ich dachte, ich könnte dich zum Mittagessen einladen.«

»Dachtest du das?« Heathcliff hasste es, nach draußen zu gehen, und wir waren diese Woche bereits einmal draußen gewesen.

»Es könnte dir guttun, mal aus dem Laden rauszukommen.« Heathcliff streckte seinen Arm aus. »Aber komm nicht auf dumme Gedanken. Ich bin nicht Morrie. Wir gehen in die Kneipe. Es gibt ein 2-für-1-Roastbeef-Spezialangebot.«

»Klingt perfekt.« Ich nahm seinen Arm, als wäre er ein wahrer Gentleman. Heathcliff rief Quoth die Treppe hinauf, dass er sich um den Laden kümmern sollte, ohne auch nur auf eine Antwort zu warten. Wir gingen über die Wiese in Richtung Pub. Zu meiner Freude saß Frau Ellis an der Bar, als wir hereinkamen, gekleidet in ein lächerliches Sommerkleid und versuchte, Richard, den Wirt, davon zu überzeugen, ihr einen exotischen Cocktail zu machen.

»Ich dachte, Sie wollten heute verreisen?«, fragte ich sie.

»Ich habe noch eine Stunde, bevor das Taxi mich zum Flughafen bringt.« Frau Ellis tätschelte den riesigen Koffer neben sich. »Ich dachte, ich versetze mich schon mal in Urlaubsstimmung. Erdbeer-Mojito?«

»Bitte.« Richard warf mir einen gequälten Blick zu, während er den Staub von einem laminierten Poster mit verschiedenen Cocktailrezepten blies. Das Rose & Wimple war definitiv keine Cocktailbar.

Heathcliff betrachtete den pinkfarbenen Drink, als wäre der kleine dekorative Schirm eine Massenvernichtungswaffe. »Für mich einen Scotch«, knurrte er.

Sobald wir alle etwas Alkoholisches in der Hand hatten, führte uns Frau Ellis zu einem Tisch in der Ecke. So viel zu einem ruhigen Mittagessen mit Heathcliff. Mehrere Mitglieder ihrer Strickgruppe standen dicht gedrängt um sie herum und genossen alle Mojitos. Am Tisch neben ihnen aßen Cynthia und Grey Lachlan ein Sandwich zum Mittag. Ich versteifte mich in ihrer Gegenwart und hoffte, dass sie mich oder Heathcliff nicht bemerken würden.

Sobald die Freundinnen von Frau Ellis uns erkannten, beugte sich Ethel vor, begierig auf mehr Klatsch und Tratsch. »Mina, Heathcliff, wie geht es euch? Ihr armen Lieben. Hat die Polizei schon Verdächtige für Dannys Mord?«

»Ich weiß es nicht«, sagte ich. »Sie halten mich nicht auf dem Laufenden.«

»Warum denn nicht? Du hast doch den Mord an der lieben Frau Scarlett aufgeklärt! Und an diesem armen Greer-Mädchen.«

»*Und* sie hat herausgefunden, wer Professor Hathaway auf meiner Jane-Austen-Veranstaltung erstochen hat«, warf Cynthia ein und gestikulierte so heftig, dass ihr Wein über den Tisch schwappte. »Wenn überhaupt, sollten sie dich um Rat fragen!«

»Vorsicht, Liebes.« Grey stellte ihr Weinglas wieder auf den Tisch. »Ja, Mina, wir haben alle viel von Ihren detektivischen Fähigkeiten gehört. Es ist bedauerlich, dass Sie anscheinend dazu verdammt sind, bei jedem Schritt über Morde zu stolpern. Ihr Geschäft scheint heute recht leer zu sein. Ist der Mord an einem berühmten Schriftsteller aus der Gegend etwa schlecht fürs Geschäft?«

»Es ist ruhig, aber wir machen uns da keine Sorgen.« Ich funkelte Grey an. Er hatte kein Recht, solche Kommentare abzugeben, nicht, nachdem er Heathcliff erst um den Finger gewickelt und dann bedroht hatte, um uns den Laden abzukaufen. »Ich bin sicher, dass die Polizei das Verbrechen bald aufklären wird und wir wieder auf die Beine kommen.«

»Oh, das ist aber schade«, kicherte Frau Ellis. »Wenn du nur früher etwas gesagt hättest, hättest du für ein paar Wochen schließen und mit mir in den Urlaub fahren können!«

»Ich glaube nicht, dass ich mit Ihnen mithalten könnte, Frau Ellis.« Ich lächelte und bemerkte die lange Reihe leerer Mojito-Gläser auf dem Tisch vor ihr. Über Heathcliffs Schulter hinweg sah ich, wie Beverly Ingram hereinkam und mit gesenktem Kopf und in die Taschen gesteckten Händen zur Bar schlurfte. Heute trug sie eine grässliche senf-orangefarbene Jacke über einer leuchtend grünen Hose und einen braunen Paisley-Schal. *Zieht sie sich mit geschlossenen Augen an oder so?*

Frau Ellis folgte meinem Blick. Ihr Gesicht wurde weicher, als sie Beverly sah. »Die Arme. Sie kommt wirklich nicht gut zurecht. Letzte Woche war der Todestag ihrer Tochter, was erklärt, warum Dotty gesehen hat, wie sie im Einkaufsmarkt zusammengebrochen ist. Was für ein unglückliches Timing für deine Veranstaltung mit Danny! Und jetzt wurde er auf die gleiche grausame Weise ermordet. Wenn jemand Aufmunterung gebrauchen kann, dann sie. Beverly, hier drüben!«

Bevor ich oder sonst jemand protestieren konnte, war Frau Ellis auf den Beinen und winkte Beverly zu sich. Die Frau runzelte die Stirn und zog ihren Kragen tiefer ins Gesicht. Aber mit Frau Ellis war nicht zu spaßen. Sie packte die Frau und warf sie praktisch auf den Stuhl mir gegenüber. »Richard, noch eine Runde Erdbeer-Mojitos für uns alle!«

»Hallo Beverly«, sagte ich mit einem Lächeln. »Wir haben uns neulich Abend nicht kennengelernt. Ich bin Mina. Ich arbeite in der Buchhandlung. Es tut mir so leid, das mit Ihrer Tochter zu hören. Wenn ich gewusst hätte, dass es der Jahrestag ihres Todes ist, hätte ich die Veranstaltung verschoben ...«

»Machen Sie sich keine Sorgen.« Beverlys Wangen waren gerötet. »Ich habe schrecklich viel Aufhebens gemacht und mich blamiert. Es war nicht *Ihre* Schuld. Ich wollte Ihre Veranstaltung nicht ruinieren. Ich wollte nur ...«

»Ich verstehe schon. Sie müssen sich nicht entschuldigen ...«

»Es tut mir nicht leid, dass er tot ist«, knurrte sie, und ihre sanfte Stimme wurde plötzlich von heftigem Zorn ersetzt. »Die Art und Weise, wie er dieses Buch geschrieben hat, war *genau* die Beschreibung von Abigails Mord. Wer tut so etwas? Es ist widerlich. Und es gibt mir zu denken. Die Polizei hat gesagt, dass Danny in dieser Nacht unmöglich dort gewesen sein kann, aber vielleicht hat er sie alle getäuscht.«

Frau Ellis beugte sich vor und tippte mir auf die Schulter. »Wissen Sie, Mina hier hat schon alle möglichen Morde aufgeklärt. Sie ist viel schlauer als die Polizei. Ich wette, sie könnte herausfinden, wer die arme Abigail getötet hat.«

Beverlys Wangen röteten sich. »Nein, ich denke nicht, dass das nötig ist ...«

Aber Frau Ellis hörte nicht zu. Sie hatte eine lange Geschichte darüber begonnen, wie ich den mysteriösen Tod ihrer Freundin Gladys Scarlett aufgeklärt hatte. Cynthia unterbrach sie, um zu schwärmen, wie ich Christina Hathaway bei ihrem Jane-Austen-Wochenende erwischt hatte, und bald erzählte jeder am Tisch Geschichten über die jüngsten Morde in Argleton. Heathcliff gluckste in sein Bier, während ich mich noch tiefer in meinen Sitz drückte. *Wie kann ich sie dazu bringen, aufzuhören? Was ich brauche, ist eine Ablenkung ...*

KNALL.

Das sollte genügen.

Die Tür zum Pub schwang auf, schlug gegen die Wand dahinter und blies einen Windstoß und einen Hauch von Ungeduld herein, als Kommissar Hayes und Wachtmeisterin Wilson durch den Raum staksten. Sie marschierten direkt auf meinen Tisch zu und stellten sich neben Beverly.

»Beverly Ingram, wenn Sie uns bitte nach draußen begleiten würden.«

»Warum?«, fragte Beverly in ihrem hochmütigen Tonfall.

»Wir müssen mit Ihnen sprechen.«

»Was immer Sie zu sagen haben, können Sie auch gleich hier sagen.« Beverly nippte an ihrem Erdbeer-Mojito und starrte Hayes trotzig an. »Ich habe keine Geheimnisse.«

»Bitte kommen Sie mit nach draußen.« Hayes´ Gesicht sah gequält aus. »Ich möchte das nicht vor all den Leuten tun müssen.«

Beverly verschränkte die Arme vor der Brust. »Ich gehe nirgendwo hin.«

Hayes seufzte und nickte dann Wilson zu. Sie hielt ein Paar Handschellen hoch. »Wie Sie wollen. Beverly Ingram, hiermit verhafte ich Sie wegen des Mordes an Danny Sledge.«

14

»Ich will nur sehen, wie es ihr geht«, beharrte ich. »Sie hat keine andere Familie.«

Der Polizist sah nicht überzeugt aus. Ich konnte an der Art, wie er seine Augen verengte, erkennen, dass er sich an mich erinnerte, an die Zeit, als ich aus der Zelle entkommen war. Hayes hatte mir keinen weiteren Ärger gemacht, weil ich Ashleys Mord aufgeklärt hatte, aber ich war während seiner Schicht aus dem Gefängnis ausgebrochen, und das war wahrscheinlich etwas, was ein Gesetzeshüter einem übelnahm.

»Hey, Kumpel.« Heathcliff deutete auf den Kalender an der Wand hinter ihm. »Ist das der neueste Bentley Mulsanne?«

»Das ist er!« Das Gesicht des Polizisten hellte sich auf. Er winkte mich durch und vertiefte sich plötzlich in ein Gespräch mit Heathcliff über Autos. Ich floh die Treppe hinunter zu den Zellen, bevor er es sich anders überlegen konnte.

An einer Zelle vorbei, in der ein schnarchender Betrunkener lag, fand ich Beverly. Sie saß auf der Kante des schmalen Bettes und starrte auf einen Punkt an der Decke. Ich räusperte mich. Sie drehte sich nicht um.

»Was wollen Sie?«, verlangte sie, zu wissen, immer noch auf die Decke konzentriert.

»Mein Name ist Mina. Wir haben uns neulich in der Kneipe kennengelernt.«

»Ich erinnere mich. Ich bin nicht dumm. Was wollen Sie?«

»Ich glaube nicht, dass Sie Danny Sledge getötet haben«, sagte ich.

»Warum nicht? Alle anderen glauben es doch auch.«

»Weil es für mich keinen Sinn ergibt. Sie waren wütend auf ihn, also sind Sie zu seiner Lesung gekommen und haben herumgeschrien. Warum sollte man so etwas tun, wenn man vorhat, jemanden umzubringen? Und warum sollte man es mit seinem eigenen Schal tun? Das würde doch nur den Verdacht auf Sie lenken, und ich glaube nicht, dass Sie so dumm sind.«

»Und nun?«, fuhr Beverly sie an.

»Ich glaube, jemand versucht, ihnen das anzuhängen. Das bedeutet, dass der wahre Mörder noch da draußen ist. Ich will ihn aufhalten, bevor er noch jemanden umbringt. Und ich will, dass Sie mir helfen.«

»Selbst wenn ich Mabel und den anderen Damen glauben würde, dass Sie ein gewisses Talent für die Aufklärung von Mordfällen haben, kann ich von hier drinnen aus verdammt noch mal nichts tun.«

»Nein, aber Sie können mir von Ihren Aktivitäten nach der Veranstaltung und am Morgen, als Danny getötet wurde, und vom Tod Ihrer Tochter erzählen, und ich werde versuchen, die Ereignisse zusammenzufügen.« Die Schultern der Frau versteiften sich. »Es tut mir leid. Ich weiß, dass es schmerzhaft sein muss, an Abigail zu denken, aber ... ich denke, dass der Mörder Ihrer Tochter vielleicht dieselbe Person ist, die Danny getötet hat. Wenn wir verhindern können, dass eine weitere unschuldige Person getötet wird ...«

»Danny war nicht unschuldig.« Beverley drehte sich zu mir

um. Im Dunkeln konnte ich ihr Gesicht nicht erkennen, aber in ihrer Stimme lag eine Stärke, die ich vorher nicht bemerkt hatte. »Ich weiß aber, dass ich ihn nicht getötet habe. Die Chancen stehen nur nicht gerade gut, dass ich das den Bullen erklären kann. Warum interessiert Sie das? Warum versuchen Sie, mir zu helfen?«

»Weil ich es nicht mag, wenn Menschen für etwas ins Gefängnis gehen, das sie nicht getan haben.« Ich holte tief Luft. Beverly schien mir die Art Frau zu sein, die die ganze Wahrheit wissen wollte. Ich wettete, sie würde Unaufrichtigkeit schon von Weitem spüren. »Und ..., weil ich wirklich viel Arbeit in die Buchhandlung gesteckt habe. Nach diesem Mord wird niemand mehr einen Fuß in die Buchhandlung setzen wollen. Wir werden bankrottgehen. Wenn ich herausfinden kann, wer es wirklich getan hat, werden die Kunden wiederkommen.«

»Ihr Interesse an mir ist also rein geschäftlicher Natur?«, fragte sie mit finsterer Miene.

»Nein, nicht nur. Ich möchte wirklich, dass Abigail Gerechtigkeit widerfährt. Aber ich werde Sie nicht anlügen. Wenn wir zusammenarbeiten wollen, müssen wir vollkommen ehrlich sein.«

»Und welche Art von Honorar verlangen Sie für Ihre Dienste?«

»Keins. Wenn ich der Polizei beweise, dass Sie Danny nicht ermordet haben, könnten Sie vielleicht in den Laden kommen und ein Buch kaufen?«

Beverly seufzte. »Na gut. Was muss ich tun?«

Ich zog einen Metallstuhl heran und setzte mich ihr gegenüber. »Das Wichtigste zuerst: Erzählen Sie mir alles, was Sie über den Mord an Ihrer Tochter wissen.«

15

Beverly holte zitternd Luft. »Abigail und ich hatten uns an diesem Nachmittag gestritten. Ich hatte die ganze Woche Nachtschicht, also habe ich tagsüber geschlafen. Gegen 13 Uhr hörte ich, wie sich die Haustür öffnete. Ich ging nach oben, um nachzusehen, wer es war, denn Abigail hätte natürlich in der Schule sein sollen, nicht wahr? Aber sie war in ihrem Zimmer, schwänzte die Schule, zog ein nuttiges Outfit an und steckte sich eine Packung meiner Zigaretten in ihren BH. Ich habe mit ihr gestritten und ihr gesagt, dass sie die Schule fertigmachen muss und nicht die ganze Zeit mit diesen Jungs herumhängen soll, weil sie nichts Gutes im Schilde führen. Sie sagte mir, dass ich ihr nichts zu sagen hätte. Ich drohte ihr, sie aus dem Haus zu werfen. Sie stürmte hinaus und schlug die Tür zu. Typisches Teenagerverhalten, aber ich machte mir nur Sorgen um sie. Ich wusste, dass sie sich draußen betrinkt, sich zudröhnt und sich von diesen Jungs anfassen ließ ...«

Nach einem weiteren rauen Atemzug fuhr Beverly fort: »Ich ging zur Arbeit und kam gegen zwei Uhr morgens nach Hause. Das Licht in ihrem Schlafzimmer war noch an. Ich ging hinein, dachte, ich könnte mich für das Anschreien entschuldigen und vielleicht sehen, ob sie etwas Eiscreme wollte. Stattdessen fand ich sie ...« Beverlys Kiefer verkrampfte sich. »Sie lag auf dem Bett, halb nackt, die Bluse über der Brust geöffnet. Das hübsche Seidentuch, das ich ihr zum sechzehnten Geburtstag geschenkt hatte, war um ihren Hals gewickelt.«

Sie tat mir unendlich leid. Selbst nach fünfzehn Jahren konnte ich immer noch den Schmerz in ihrer Stimme hören. »Was haben Sie getan, nachdem Sie sie gefunden haben?«

»Ich habe die Polizei gerufen. Meiner Meinung nach hat es ewig gedauert, bis sie bei uns zu Hause waren, aber das könnte daran gelegen haben, dass ich den toten Körper meiner Tochter in den Armen hielt. Sie teilten mir mit, dass sie nicht sexuell missbraucht worden war, aber kurz vor ihrem Tod, ihrer letzten Stunde, Sex gehabt hatte. Deshalb nahmen sie an, dass es ihr Freund gewesen sein musste, und da es keinen Einbruch gab, musste es jemand gewesen sein, dem sie vertraut hatte. Sie hatten zwar DNA aus dem Sperma gewinnen können, aber die Probe wurde im Labor beschädigt und konnte nicht verwendet werden.«

»Ich habe der Polizei von Danny und Jim erzählt und sie haben sie sofort ausfindig gemacht. Es stellte sich jedoch heraus, dass sie bereits in einer Polizeizelle saßen. Sie konnten laut der Polizei zum Zeitpunkt von Abigails Tod nicht in unserem Haus gewesen sein. Sie verfolgten eine andere Spur. Ein anderes Mädchen war ein paar Jahre zuvor in einem nahegelegenen Dorf erdrosselt worden. Kommissar Donahue dachte, dass die beiden Verbrechen miteinander verbunden waren. Aber sie kamen damit nicht weiter und ließen den Fall fallen.«

»Wussten Sie von allen Liebhabern von Abigail? Hatte sie noch andere?«

»Wenn ja, hat sie sie nie mit nach Hause gebracht.«

Beverlys Schultern zitterten. »Das waren nicht solche Jungs. Ich habe gesehen, wie Danny sie ein paar Mal abgeholt hat, und der andere Typ, Jim. Das ist der einzige Grund, warum ich von ihnen wusste. Abigail hat Tagebuch geführt. Es stand nicht viel drin, nur Kritzeleien darüber, was für eine Kuh ich sei, und eine Liste mit Spitznamen, vielleicht ihre Geliebten. Danny war ›Hengst‹ und Jim war ›Krähe‹, aber die Polizei hat die restlichen Namen nie herausgefunden.«

»Was ist danach passiert?«

»Sie konnten keine weiteren Verdächtigen finden. Der Mörder war vorsichtig gewesen; keine Fingerabdrücke am Tatort, keine Fußabdrücke im Schlamm draußen. Jede Spur, der sie nachgingen, endete in einer Sackgasse, und die Medien lungerten jeden Tag herum und bedrängten sie, endlich ein Ergebnis zu liefern. Sie campierten vor meinem Haus und stellten mich als diese gefühllose, unfähige Mutter dar, weil ich sie nicht unter Kontrolle hatte! Schließlich hat Kommissar Donahue den Fall eingestellt. Er sagte, er würde nie aufhören, nach Abigails Mörder zu suchen, aber ich wusste, dass sie aufgegeben hatten.«

»Warum sind Sie zu Dannys Lesung gekommen?«

»Weil ich es leid war, diesen schleimigen Kerl in den Zeitungen zu sehen, der sich an all dem Unrecht, das er getan hat, bereichert.« Sie schlang die Arme um sich. »Ich habe gehört, dass er ein neues Buch herausbringt, in dem die Opfer erwürgt werden, genau wie Abigail. Und das im selben Monat, in dem sich ihr Todestag jährt! Das ist einfach nur grausam, um der Grausamkeit willen. Ich hatte mich bei seinem Verleger beschwert, versucht, online Unterstützung zu finden, Briefe an die Zeitungen geschrieben, versucht, jemanden dazu zu bringen, meiner Geschichte Aufmerksamkeit zu schenken. Abigails Geschichte. Aber niemanden interessiert es, weil Danny dieser Bestseller-Star ist. Also beschloss ich, hinzugehen und ihm die Meinung zu geigen.«

»Das leuchtet mir ein. Haben Sie eine Ahnung, wie Ihr Schal in die Hände des Mörders gelangt ist?«

»Ich habe ihn diesem Trottel von Verleger, Brian, an den Kopf geworfen«, murmelte sie. »Er hat mich angeschrien und davon geredet, dass es nur ums Geschäft ginge und es wichtigere Dinge gäbe als den Tod einer erfundenen Figur. Er sagte, Danny würde immer tun, was Danny wollte, und weder ich noch er könnte seine Meinung ändern.«

Ich erinnerte mich daran, dass sie etwas nach Brian geworfen hatte. *Hat er den Schal aufgehoben?* Ich hatte es nicht sehen können. Wenn nicht, hätte ihn jeder vor dem Laden vom Boden aufheben können.

»Vielen Dank. Es war sicher nicht einfach, darüber zu sprechen ...«

»Finden Sie den Mistkerl.« Beverlys Augen funkelten. »Wenn dieselbe Person, die mein Mädchen getötet hat, Danny umgebracht hat, finden Sie ihn und lassen Sie ihn dafür bezahlen.«

16

Ich verbrachte den Abend in meiner Wohnung und dachte über alles nach, was Beverly gesagt hatte. Ihr Schmerz war in jedem ihrer Worte zu spüren. Ich war mir absolut sicher, dass sie Danny nicht getötet hatte. Wenn sie Danny getötet hätte, hätte sie es als die Gerechtigkeit, die ihre Tochter nie erfahren hatte, gestanden.

Am nächsten Morgen stieß ich die Tür des Buchladens auf. Mein Rücken versteifte sich, als ich eine vertraute Stimme durch die leeren Räume hallen hörte.

»Ich bin über Ihre finanzielle Situation informiert, Herr Earnshaw. Sie können es sich nicht leisten, diesen Ort auch nur noch einen Monat länger offenzuhalten. Ihr Freund mag zwar über ein großes Vermögen verfügen, aber ein Großteil seiner Gelder ist auf einem Bankkonto auf den Kaimaninseln eingefroren.«

Was? Woher weiß Grey Lachlan über unsere finanzielle Lage Bescheid? Und was sagt er da über Morries Geld?

Ich spähte durch den Flur in den Hauptraum. Heathcliff stand hinter seinem Schreibtisch, die Fäuste an den Seiten geballt. Grey saß in meinem Lieblingssamtstuhl und hatte seine glänzenden Budapester auf dem Schreibtisch gekreuzt, als würde ihm das Haus bereits gehören.

»Wenn Sie so viel über unsere Finanzen wissen, können Sie mir vielleicht erklären, warum ein Immobilienentwickler an einem klapprigen Haus voller verstaubter Bücher interessiert ist.« Heathcliff konnte seine wilde Wut nur mit Mühe zügeln.

»Mein lieber Herr Heathcliff, ich bin nicht hier, um Ihnen zu sagen, wie Sie Ihr Geschäft führen sollen. Ich bin hier, um Sie zu retten. Ich stelle Ihnen sofort einen Scheck für diese Bruchbude aus, und Sie könnten frei sein. Ich meine, sehen Sie sich das an. Kein einziger Kunde in Sicht!«

»Es ist unsere ruhige Phase«, knurrte Heathcliff.

»Wirklich? Es scheint, als wäre in letzter Zeit jeder Tag eine ruhige Phase.« Grey stemmte die Füße auf den Boden und beugte sich vor. »Unter uns gesagt, von Geschäftsmann zu Geschäftsmann, ich glaube, Ihre neue Managerin könnte die Wurzel Ihres Problems sein. Wo immer sie hingeht, der Tod scheint ihr auf dem Fuß zu folgen. Ganz zu schweigen davon, dass sie nicht das Geringste vom Geschäft versteht. Frauen denken immer, sie könnten Dinge wie ein Mann leiten, aber ihnen fehlt einfach die nötige Skrupellosigkeit ...«

Das reicht jetzt. Ich betrat den Raum, den Rücken gerade, die Hände in die Hüften gestemmt. »Verschwinden Sie.«

Hinter dem Schreibtisch grinste Heathcliff. Grey wirbelte herum und zog die Augenbrauen hoch. »Frau Wilde, was für eine Freude, Sie wiederzusehen. Meine Frau würde sich freuen, Sie zum Abendessen in Lachlan Hall zu sehen ...«

»Ich unterbreche Sie an dieser Stelle, bevor Sie Cynthia da mit reinziehen.« Ich verschränkte die Arme. »Wir sind nicht interessiert. Bitte gehen Sie. Bevor mein schwaches weibliches Gehirn explodiert und ich etwas Dummes tue, wie die Polizei zu rufen oder Ihnen eine Ausgabe von *Der Report der Magd* in den Arsch zu schieben.«

Greys Lächeln verschwand nicht aus seinem Gesicht, aber in seinen Augen blitzte ein Anflug von Wut auf. Er erwartete von uns, dass wir uns ihm zu Füßen warfen und ihm für seine Großzügigkeit dankten. *Das wird nicht passieren.*

»Ja, natürlich.« Grey ließ seine Karte auf Heathcliffs Schreibtisch fallen. »Ich lasse Sie darüber nachdenken. Sie wissen, wo Sie mich finden.«

»Verrecke doch!«, schrie Heathcliff ihm hinterher. Er ließ sich hinter seinem Schreibtisch nieder, nahm Greys Visitenkarte, zerknüllte sie zwischen seinen Fingern und warf sie in den Mülleimer.

»Warum hast du ihn reingelassen?«, fragte ich. Meine Finger berührten den Brief meines Vaters.

»Er akzeptiert ein Nein nicht einfach so.« Heathcliff rubbelte an den Abriebspuren, die Greys Schuhe auf dem Schreibtisch hinterlassen hatten. »Ich war gerade dabei, ihn auszuweiden und seine Eingeweide auf die kleinste Geige der Welt zu spannen, als du aufgetaucht bist. Deine Methode war deutlich weniger chaotisch.«

»Die kleinste Geige der Welt? Wie kommst du denn auf sowas?«

Heathcliff hielt den Buchdeckel hoch, in dem er gerade las. *Der Somerset Würger*, natürlich. »Morrie hatte recht. Es ist ziemlich gut. Diese Gangster haben wirklich ein Händchen für Sprache.«

Ich rieb mir die Stirn, wo sich langsam Kopfschmerzen ankündigten. Ich bekam sie jetzt oft, wo sich meine Sehkraft verschlechterte und meine Augen sich abmühten, sich zu fokussieren. Diese waren, da war ich mir sicher, eher stressbedingt. »Woher wusste Grey Lachlan von unserer finanziellen Situation?«

Heathcliff warf einen gezielten Blick durch den Raum. Ich folgte ihm und betrachtete die staubigen Regale und die nicht anwesenden Kunden. »Ein Glückstreffer?«

»Entweder das, oder er hackt sich in unsere Konten. Und was meinte er damit, dass Morries Geld eingefroren sei?«

Heathcliff zuckte mit den Schultern. »Keine Ahnung. In einem Punkt hat er aber recht: Morrie hat uns kein Geld angeboten, um uns aus der Patsche zu helfen. Du weißt ja, wie sehr er es liebt, jedes Problem mit seinem schmutzigen Geld zu lösen. Nun, er hat nicht einmal einen hochverzinsten Kredit vorgeschlagen. Ich dachte, er wäre einfach nur ein geiziges Arschloch, aber vielleicht weiß unser Immobilienfreund mehr als wir.«

Hmmmm. Ist Morrie deshalb nach London gefahren? Ist bei einem seiner kriminellen Unternehmen etwas schiefgelaufen? Ich wusste sehr wenig über das kriminelle Netzwerk, das Morrie angeblich noch immer betrieb. Das war Absicht. Ich fühlte mich nicht wohl dabei, mit einem Kriminellen auszugehen, und ich hoffte, dass ich Morrie eines Tages davon überzeugen könnte, einen ehrlichen Weg einzuschlagen. Ich wusste es zu schätzen, dass er meine Bitte, mich da rauszuhalten, immer noch respektierte, aber wünschte trotzdem, er hätte mir gesagt, dass er in Schwierigkeiten steckte.

Ich nahm eine Flasche Lufterfrischer, die ich auf der Schreibtischkante stehen gelassen hatte, und sprühte den Sessel ein, bevor ich mich hineinfallen ließ. »Dieser schreckliche Mann setzt sich besser nie wieder in meinen Sessel, sonst wird er erfahren, wie skrupellos eine Frau sein kann.«

»Das würde ich nur zu gerne sehen.« Heathcliff holte eine Flasche Wein aus der Schreibtischschublade und stellte zwei Gläser hin.

»Du hast mir etwas vorenthalten«, grinste ich und nahm ein Glas entgegen.

»Du solltest inzwischen wissen, dass dieser Schreibtisch eine Fundgrube kulinarischer Köstlichkeiten ist.« Heathcliff knallte die Schublade zu und hielt ein zerknittertes Päckchen hoch. »Jaffa Cake? Der ist erst seit ein paar Wochen abgelaufen.«

»Nein, danke.« Zumindest wurde Wein mit der Zeit besser. Während ich an meinem Drink nippte, erzählte ich Heathcliff von meinem Besuch auf der Polizeiwache und der schrecklichen Geschichte über den Mord an Beverlys Tochter. »Jetzt, wo ich weiß, was alles passiert ist, kann ich mir einfach nicht vorstellen, dass sie zu diesem Treffen geht, Danny anschreit und dann gleich am nächsten Morgen zurückkommt und ihn mit diesem Schal erdrosselt. Es wäre hilfreich, wenn wir sicher wüssten, ob Brian ihren Schal aufgehoben hat oder nicht.«

»Vielleicht ist sie einfach nur dumm?« Heathcliff beugte sich über den Schreibtisch. »Das sind viele Menschen. Oder vielleicht war es ihr egal, ob sie erwischt wird?«

»Ich glaube nicht, dass es das ist.« Ich blätterte durch die Bilder auf meinem Handy und scrollte durch Schnappschüsse von der Veranstaltung. Vielleicht hatte jemand ein Foto von Beverly gemacht, als sie ging ... Ich kniff die Augen zusammen und betrachtete eines der Bilder von Jim, als er seine Frage stellte. Mir fiel auf, dass er den Kragen seines Hemdes tief in sein Gesicht gezogen hatte. Bei Jims lila Haaren und Morries Scheinwerfern, die auf das Rednerpult gerichtet waren, war es durchaus möglich, dass Danny Jim in der Menge nicht erkannt hatte. Es konnte kein Zufall sein, dass Dannys ehemaliger Kumpel zur Lesung gekommen war. Aber wenn Jim Danny getötet hatte, warum sollte er dann am nächsten Tag zum Workshop erscheinen? Hatte er sich an dem Mord weiden wollen?

»Was ist das?« Heathcliff zeigte mit dem Finger auf meinen Handybildschirm, während ich durch die Bilder scrollte.

»Oh.« Ich errötete. »Ähm ... nun, ich wollte es dir gestern beim Mittagessen sagen, aber ich schätze, wir wurden abgelenkt. Erinnerst du dich an gestern Morgen, als ich Grimalkin gejagt habe? Wir sind zufällig im Okkultraum gelandet ...«

Heathcliffs Augenbraue schoss in die Höhe. »Der Raum für Okkultes mit der verschlossenen Tür?«

»Ja, dieser Raum. Nun, die Tür hat sich mal wieder von selbst geöffnet. Und Grimalkin ist auf den Sockel gesprungen und auf diesem Buch herumgelaufen. Ich habe zufällig durch die Seiten geblättert ...«

»Natürlich hast du das.« Heathcliffs Mundwinkel zuckte. Ob vor Wut oder Belustigung, konnte ich noch nicht erkennen.

»... und auf einer der Seiten stand diese Schrift. Ich dachte, ich könnte Morrie bitten, sie zu übersetzen. Ich habe ihm eine SMS geschickt, aber er hat noch nicht geantwortet. Er muss in London viel zu tun haben, denn er hat mir seit seiner Abreise nicht mehr geschrieben.«

»Hast du keine Übersetzungs-App?« Heathcliff starrte auf mein Handy.

»Natürlich nicht ... nein, warte, ich habe eine!« Ich scrollte durch mein Telefon, bis ich die App fand, die ich heruntergeladen hatte. Sie sollte in der Lage sein, jede Sprache, alt oder neu, anhand eines Bildes zu übersetzen.

»Miau?« Grimalkin sprang vom Regal herunter und landete auf der Stuhllehne, den Hals über meine Schulter gereckt, als würde sie sich anstrengen, den Bildschirm zu lesen.

Die App piepste. Sie hatte eine Übersetzung gefunden. Die Schrift war Griechisch. *Alt*griechisch. Das überraschte mich überhaupt nicht. Die Übersetzung lautete: »Mein Name ist

Niemand.« Die App gab mir auch eine phonetische Aussprache. Ich seufzte.

»Wenn das ein weiterer Hinweis auf den Laden ist, ist er genauso kryptisch wie alle anderen. Mein Name ist Niemand. Was soll das überhaupt bedeuten? Obwohl, das Griechische klingt hübsch. *To ónomá mou eínai Kanénas.* Ich frage mich, ob ...«

»Miiiiiiiaaaaaauuuuuu!«

Grimalkin sprang von meinem Schoß und wälzte sich auf dem Teppich, wobei sie mit den Füßen in die Luft trat. Ich dachte, sie wolle, dass man ihr den Bauch kraulte, aber als ich mich nach unten beugte, heulte sie auf und schlug nach meiner Hand, bevor sie unter meinem Stuhl hindurchschoss und aus vollem Halse heulte.

»Was hat sie denn?«, murmelte Heathcliff.

»Hier, Miez, Miez.« Ich beugte mich zwischen meinen Beinen hindurch und versuchte, unter dem Stuhl hindurchzusehen.

»Behandle mich noch einmal so herablassend, Schatz, und ich kratze dir deine hübschen Augen aus«, klang es mit sinnlicher Stimme hinter meinem Stuhl.

Ich wirbelte herum. Wo sich noch vor einem Moment eine schwarz-weiße Katze versteckt hatte, lehnte nun eine große und schöne Frau mit glattem dunklem Haar an dem Samt. Eine Reihe perfekt manikürter roter Fingernägel strichen über den Stoff, während ihre andere Hand auf ihrer schlanken, sehr *nackten* Hüfte ruhte.

Denn nackt war sie, vom Kopf bis zu den rot lackierten Zehen. Ihr Haar fiel ihr in glatten Wellen fast bis zur Taille. Sie fuhr sich mit der Zunge über ihre blutroten Lippen, die sich zu einem selbstgefälligen Grinsen verzogen, wie bei einer Katze, die einen Teller Sahne *und* das flauschige Ballspielzeug bekommen hatte.

»Es wurde Zeit, dass du mich von diesem höllischen Pelzmantel befreist«, sagte die Frau. »Es ist so elendig heiß und ihr zwei verbringt nicht annähernd genug Zeit damit, mich zu bewundern. Hebt eure Kinnladen vom Boden auf und lasst mich Platz nehmen. Ich habe euch *so* viel zu erzählen.«

$$17$$

»Wer ... wer sind Sie?«, flüsterte ich. Wie war diese Frau so plötzlich, so lautlos und so *nackt* erschienen? Sie hatte sich in den Raum geschlichen mit der Geschicklichkeit einer ... einer ...

... einer *Katze*.

»Du würdest mir nicht glauben, wenn ich es dir sage«, säuselte die Frau und stolzierte durch den Raum, als wäre sie auf der Bühne eines Burlesque-Clubs. Sie drapierte sich über die Tischkante – und sah dabei aus wie eine Renaissance-Frau, die für ein provokatives Kunstwerk posierte.

»Ich glaube, Sie sollten sich etwas anziehen.« Heathcliff schüttelte seine Jacke ab und warf sie quer durch den Raum. Er starrte auf eine Stelle im Regal mit den Science-Fiction-Büchern. »Es ist verdammt kalt hier drin.«

Die Frau griff nach der Jacke und schwang sie über ihre eleganten Schultern. »Ja, das ist es. Es scheint, als wäre die menschliche Form anfälliger für Zugluft. So viel blasse Haut. Mein Name ist Critheïs, aber ihr kennt mich unter einem anderen Namen.«

»Ich bin mir ziemlich sicher, dass ich Sie überhaupt nicht

kenne.« Ich starrte auf ihre langen Beine und perfekt geformten Waden.

»Aber natürlich, meine Liebe. Ich bin doch vor ein paar Minuten noch um deine Knöchel geschlichen.«

»Daran würde ich mich erinnern. Die Einzige, die um meine Knöchel geschlichen ist, war ...« *Nein. Das kann nicht sein. Oder doch? »Du* bist Grimalkin?«

Als Antwort schob die Frau ihr Haar über die Schulter, nahm mein Weinglas vom Schreibtisch und hob es an die Lippen.

»Quoth!«, donnerte Heathcliff. »Schwing deinen Vogelhintern *sofort* hier runter.«

Ein paar Augenblicke später flatterten Flügel die Treppe hinunter, als Quoth in den Raum schwebte.

Entschuldigung. Ich habe eine neue Impasto-Technik ausprobiert. Sie erzeugt eine tiefe Textur, die fast greifbar ist, ...

Er stutzte, als er die Frau sah. Sie hob ihre roten Krallen und winkte ihm zu, was eher wie eine Verlängerung ihrer Krallen aussah. »Hallo, Vögelchen.«

Quoth plumpste auf den Boden. Federn flogen, als sich sein Körper verdrehte und krümmte. Einen Moment später kniete Quoth in seiner menschlichen Gestalt auf allen Vieren. Ein Vorhang aus dunklem Haar fiel ihm ins Gesicht und die geschwungenen Muskeln seines Rückens waren angespannt, als würde er jeden Moment zum Flug ansetzen.

»Was ... was ist sie?«, keuchte er und starrte die Frau mit einer Mischung aus Ehrfurcht und Grauen an.

»Mhmmmmmm«, schnurrte die Frau und ließ ihren Blick über Quoths Körper schweifen. »So geschmeidig, so zerbrechlich, so *köstlich*. Wärst du nicht eine Mahlzeit für mich, würde ich dich jetzt auf diesem Tisch haben wollen.«

»Nein, das würdest du nicht«, knurrte ich.

»Was ist hier los?«, fragte Quoth erneut.

»Diese Hexe behauptet, sie sei Grimalkin«, knurrte Heathcliff. »Weißt du etwas darüber, Vogel? Solltet ihr Wandler euch nicht gegenseitig erkennen?«

Quoth schnüffelte stirnrunzelnd in der Luft. »Das ist auf jeden Fall Grimalkin. Ich würde diesen Geruch und diese Krallen überall wiedererkennen. Aber wie kommt es, dass sie ein Mensch ist?« Er wandte sich an Grimalkin. »Wenn du eine Gestaltwandlerin bist, wie kann es dann sein, dass ich noch nie deine Gedanken gespürt oder dich jemals zuvor wandeln sehen habe?«

»Ich bin nicht wie du, ich kann nicht einfach so zwischen Körpern wechseln.« Grimalkin runzelte die Stirn und streckte die Arme über den Kopf. »Ich bin seit Jahrhunderten in der Gestalt einer Katze gefangen. Meine Gedanken wären nicht mehr als menschlich zu erkennen. Erst als meine Enkelin die Worte meines Sohnes laut aussprach, hob sie den Zauber auf, und jetzt bin ich frei.«

Ein heller Lichtblitz zuckte vor meinen Augen, gefolgt von einem Schmerz, der durch meinen Schädel fuhr. Meine Kopfschmerzen wurden schlimmer. Ich rieb mir die Schläfe, als ihre Worte bei mir ankamen. »Entschuldige bitte, deine Enkelin?«

»Aber ja. Ich dachte, das wäre offensichtlich.« Grimalkin posierte aufreizend. »Junge Dame, ich bin deine Großmutter.«

18

»Meine Großmutter ist eine Katze«, sagte ich, die Worte kamen langsam, in der Hoffnung, dass sie durch die getragene Art irgendwie glaubwürdiger erschienen. Das taten sie nicht.

»Skepsis steht dir nicht, meine Liebe.« Grimalkin setzte sich auf den Boden und schlug die Beine übereinander. Sie bewegte sich wirklich katzenartig, und die Art, wie sie ihre Finger zu Krallen zusammenrollte und jedes Wort mit einem sinnlichen Schnurren aussprach ... »Ich bin nicht wirklich eine Katze, genauso wie dein köstlicher Freund hier nicht wirklich ein Vogel ist.«

Ich rieb mir die Schläfe. Die Kopfschmerzen kreisten in meinen Kopf. Diesmal hatte es nichts mit meinem nachlassenden Sehvermögen zu tun. »Na gut. Das ergibt alles keinen Sinn, aber na gut. Wenn du meine Großmutter bist, wer ist dann mein Vater?«

»Warum fragst du mich, wenn du es schon längst selbst herausgefunden hast?«

Ich dachte an das Gespräch zurück, das ich erst diese Woche mit Heathcliff geführt hatte, als er mir den Ordner gezeigt hatte und wir herausgefunden hatten, dass mein Vater sowohl Herman Strepel als auch Herr Simson war. Grimalkin war im Raum gewesen, also musste sie uns gehört haben. »Aber das haben wir nicht. Ich habe nur gesagt ...«

Für eine Sekunde dachte ich, du würdest mir sagen wollen, dass mein Vater ein toter epischer Dichter war, und dann müssten wir deinen Kopf untersuchen lassen.

Das war es. Das war, was ich gesagt habe.

Heilige Scheiße. Isis sei verdammt.

»Mein Vater ist Homer«, sagte ich langsam, es gleichzeitig glaubend und doch nicht glaubend.

Grimalkin nickte.

»*Homer*, der antike griechische Dichter. Homer.«

Sie nickte erneut.

Heathcliff pfiff.

»Ich ...« Mein Kopf dröhnte. »Ich muss mich hinsetzen.«

»Du sitzt bereits«, wies meine Großmutter, die ehemalige Katze, mich darauf hin.

»Richtig.« Meine Fingernägel gruben sich in den Samt. »Natürlich. Ähm ... mein Vater ist Homer. Wie ist das möglich?«

»Spiel nicht die Dumme, Mina. Das steht dir nicht. Du weißt doch schon alles. Dein Vater reist über diese Buchhandlung durch die Zeit, von der Antike bis in die Moderne, um Inspiration für seine Gedichte zu sammeln. Auf einer seiner Reisen kopulierte er mit einer jungen Frau, die neun Monate später dich zur Welt brachte. Ich nehme an, du brauchst keine genauen Details dazu, wie sein Samen in sie gelangte ...«

»Nein danke.« Ich hielt mir die Ohren zu. »So viel verstehe ich schon. Andere Dinge nicht so sehr. Warum reist mein Vater durch die Zeit? Wenn er immer noch dabei ist, seine Gedichte zu schreiben, wie kommt es dann, dass wir sie jetzt lesen? Ist das nicht eine Art Paradoxon?«

»Pffft, *paradox*.« Mit einer Handbewegung tat Grimalkin zweihundert Jahre theoretische Physik als unwichtig ab. »Meine Liebe, wir reden hier über Literatur. Es funktioniert, weil es für deinen Vater funktionieren muss. Für die *Geschichte*. Was glaubst du, wie viele Männer sie wirklich in das Trojanische Pferd stecken konnten? Glaubst du nicht, dass die Trojaner bei einem riesigen Holzkonstrukt, das eindeutig hohl war, nicht zumindest misstrauisch geworden wären? Wie haben diese Männer die ganze Zeit in dem hölzernen Bauch des Tieres ausgeharrt, ohne dass einer von ihnen gefurzt oder gehustet oder in mädchenhaftes Gekicher ausgebrochen ist? Es ist egal, wie die Dinge *tatsächlich* funktionieren, solange sie nur eine gute Geschichte ergeben.«

Jetzt brummte mir *wirklich* der Schädel. Ein greller grüner Lichtblitz tanzte vor meinen Augen. »Aber ... aber ... warum bist du eine Katze? Du hast gesagt, du wärst seit Jahrhunderten als Katze gefangen, aber du siehst keinen Tag älter als vierzig aus.«

»Vierzig?« Sie starrte mich an. »Etwas Respekt bitte. Ich bin gerade mal fünfundzwanzig Jahre alt.«

»Wie kannst du fünfundzwanzig und meine Großmutter und *auch* Jahrhunderte alt sein?«

Sie hob eine Augenbraue. »Katzenjahre?«

Panik breitete sich schlagartig in meiner Brust aus. Mein Herz hämmerte so stark, dass ich dachte, es würde mir aus der Haut springen. Meine Finger flogen zu meiner Tasche, um die Ecke des Briefes meines Vaters zu berühren. Quoth musste meine Not gespürt haben, denn er sprang auf, um sich neben meinen Stuhl zu knien und meine Hände in seine zu nehmen.

»Ich komme damit nicht klar«, sagte ich mit zusammengebissenen Zähnen, während Sternschnuppen vor meinen Augen auftauchten. »Ich brauche Antworten, und sie macht sich über mich lustig.«

»Ich glaube, sie hat Unterricht bei Morrie genommen.«

Heathcliff beugte sich über den Schreibtisch und verschränkte die Finger.

Quoth wandte seinen Blick Grimalkin zu. Seine Stimme war sanft, aber bestimmt. »Bitte erkläre uns, wie es dazu kam. Fang am Anfang an, während wir nachdenken.«

»Sehr gut.« Grimalkin schlug die Beine übereinander, beugte sich über den Schreibtisch und neigte das Kinn zur Decke. Sie deutete auf ihren geschmeidigen Körper. »Wie ich bereits sagte, heiße ich Critheïs. Ich bin eine Wassernymphe und mein Ursprung war der Fluss Meles, der an der großen Stadt Smyrna in Kleinasien vorbeifloss. Aus einem Geschichtsbuch, das Morrie eines Tages durchgeblättert hat, weiß ich, dass dieses Land nicht mehr existiert und dass mein Fluss längst umgeleitet, unterbrochen und ausgetrocknet ist, wodurch seine enorme Kraft versiegt ist. Selbst wenn ich wieder mit Meles vereint werden könnte, würde ich nie wieder meine volle Kraft erlangen.«

»Wie wurdest du von dem Fluss getrennt?«, fragte Quoth.

»Meles war mehr als nur mein Ursprung. Er war mein Geliebter. Aus unserer Vereinigung ging mein Sohn Homer hervor. Von dem Tag an, an dem ich ihn zum ersten Mal im kühlen Wasser meines Geliebten badete, wusste ich, dass Homer etwas Besonderes sein würde. Ich brachte ihn zum Orakel von Delphi, und ihm wurde prophezeit, dass er eines Tages eine Geschichte schreiben würde, die über Jahrtausende hinweg widerhallen würde. Die Götter hörten natürlich von dieser Prophezeiung und buhlten um Homers Gunst, denn jeder von ihnen wollte in seiner Geschichte im bestmöglichen Licht erscheinen.«

»Das ist doch Schwachsinn ...«, begann Heathcliff, aber ein Blick von Grimalkin ließ ihn wanken. Als Katze hatte sie diesen Blick meisterhaft drauf.

»Obwohl er zu Beginn seiner schriftstellerischen Tätigkeit

noch ein kleiner Junge war, versuchte mein Homer, allen Forderungen der Götter gerecht zu werden, aber ihre Bedürfnisse waren unbeständig und ihre Loyalitäten schwankten. Insbesondere der Gott Poseidon war der Meinung, er sollte der Held der Geschichte sein, denn der Samen von Homers Vater floss schließlich in seine Gewässer. Die Kämpfe der Götter wurden wie immer gewalttätig. Sie brachten alle möglichen Plagen und Unglücke über das Land, um Homers Hand zu erzwingen. Ich wusste, dass mein geliebter Sohn von den Göttern in Stücke gerissen werden würde, wenn ich nicht handelte. Seine Geschichte würde nicht mit Worten geschrieben, sondern mit seinem eigenen Blut.

Homer versteckte sich in einer Höhle, aber die Götter fanden ihn. Sie sind allgegenwärtig. Es gab keinen Ort auf der Welt, an dem Homer sich verstecken konnte. Und so brachte ich ihn, um ihn vor dem Zorn der Götter zu schützen, ans Ufer des Meles und befahl ihm, in den Wassern seiner Geburt zu schwimmen. Während mein Sohn in den Fluss watete, sprach ich einen Zauberspruch und bat Meles, ihn in Sicherheit zu bringen, an einen Ort, an dem die Götter ihn nicht erreichen konnten, damit er in Ruhe schreiben konnte. Meles schickte ihn durch die Zeit, in ein Zeitalter, in dem die Götter nur noch auf den Seiten von Märchenbüchern existierten. Wo und *wann* auch immer das Wasser des Meles floss, konnte mein Sohn es nutzen, um seinen Feinden zu entkommen.«

»Homer reiste durch die Zeit, schrieb seine Gedichte und verkehrte mit den großen Schriftstellern aller Epochen. Zuerst kam er ins mittelalterliche England, geführt von einer Quelle, durch die das Wasser des Meles floss. Die Götter wissen warum, aber die erdrückende Kälte eures tristen Landes regte seine Muse an, und so blieb er hier und baute einen kleinen Laden auf der Meles-Quelle, wo er Geschichten schreiben und dem geschriebenen Wort nahe bleiben konnte, selbst als seine

Sehkraft nachließ. Wenn er Kapitel fertig hatte, schickte er sie mir in Flaschen den Fluss hinunter. Ich gab sie an Schreiber weiter, die sie kopierten und in der ganzen antiken Welt verbreiteten.«

»Aber das ist ein Parad ...«, begann ich. Quoth schüttelte den Kopf, und ich hielt den Mund.

Grimalkin deutete auf den Laden. »Hier lebte er in relativer Glückseligkeit und unternahm häufig Zeitreisen, um sich von der Vergangenheit und der Zukunft inspirieren zu lassen, bis sein Feind ihn einholte.«

»Welcher Feind?«, fragte ich.

Grimalkin winkte ab, als wäre diese besondere Offenbarung nicht von Bedeutung. »Dazu kommen wir später. Du und deine Mutter habt jede Menge Ärger verursacht.«

»Was hat Mama damit zu tun?«

Grimalkins perfekte Nase zuckte verächtlich. »*Helen.* Sie war seine Muse. Und sein Untergang.«

Ich hatte das Gefühl, dass Grimalkin – sorry, Critheïs – dachte, *sie selbst* hätte seine Muse sein sollen.

»Meine Mama hat mit all dem nichts zu tun. Er war derjenige, der uns verlassen hat. *Er* hat ihr das Herz gebrochen ...«

Ich hielt inne, als Quoth mir den Kopf zuwandte und die Augen weit aufriss. »Helen«, flüsterte er.

»Ja. Das ist ihr Name, aber ich sehe nicht ...«

» ›War das der Blick, der tausend Schiffe trieb – Ins Meer, der Trojas hohe Zinnen stürzte?‹ «, zitierte Quoth Marlowe mit seiner vollen, melodischen Stimme. »Mina, deine Mutter war Helena von Troja.«

»Nein, das war sie nicht. Sie hat nur die Figur inspiriert.« Grimalkin neigte das Kinn nach vorne. »*Ich* habe den Schönheitsanteil seiner Vorstellung beigesteuert.«

Helena von Troja, die Frau, deren Schönheit den

Trojanischen Krieg auslöste, die unzählige Male in der Kunst des Mittelalters und der Renaissance dargestellt worden war, die Muse, von der Salvador Dali glaubte, dass seine Frau Gala sie verkörperte, war meiner *Mutter* nachempfunden?

»Heathcliff«, flüsterte ich. »Ich brauche einen starken Drink. Jetzt.«

»Schon erledigt.« Heathcliff riss eine Schublade auf, holte eine Flasche Scotch heraus und schenkte mir ein großes Glas ein. Ich nahm es entgegen und nahm einen tiefen Schluck, wobei ich das Brennen kaum spürte, als der Alkohol meine Kehle hinunterrann. Währenddessen redete Grimalkin immer noch über meine Mama.

»Homer kam zum ersten Mal in seiner Jugend in dieses moderne Zeitalter, voller Idealismus und erotischer Regungen. Er blieb länger, als er sollte, und fertigte illegale Kopien von Dokumenten aus unserer Zeit an, während deine Mutter ihn mit dem Versprechen eines gemeinsamen Lebens verführte.«

Die Fälschungen. Mama hatte mir letzten Monat erzählt, dass mein Vater gefälschte antike Texte herstellte, um sie an Sammler zu verkaufen. Keiner seiner Käufer hatte je geahnt, dass sie tatsächlich von Homer dem Barden kauften.

»In seiner Liebe wurde mein Sohn nachlässig und wollte unbedingt aufwändigere Werke schaffen, um Helena den Reichtum zu bieten, den sie sich wünschte. Gemeinsam dachten sie über ein Leben als Eltern nach, als Besitzer eines riesigen kriminellen Imperiums und eines großen Vermögens, bis ihm die Behörden auf die Schliche kamen. Und in seinem Samen wurdest du geboren, mit dem Wasser von Meles in dir. Du hast die Kräfte deines Vaters, Mina, und trägst auch seinen Fluch.«

»Ich bin so verwirrt.« Grüne Lichtstreifen zogen vor meinen Augen her. »Welche Kräfte? Welcher Fluch?«

»Ich komme schon noch dazu!« Grimalkin wischte meine

Fragen mit ihrem dünnen Handgelenk beiseite. Bei einer Katze gab es kein Vorpreschen. »Wie ich schon sagte, kamst du auf die Welt, und zu spät erkannte Homer, dass er, wenn er nicht floh, wegen seiner Fälschungen für immer eingesperrt werden würde, und nie zurückkehren könnte, um sein Epos zu vollenden. Die Welt hätte Helena von Troja verloren und er hätte hinter Gittern gesessen, nie wieder in der Lage, den Fluss Meles zu finden. Und so verließ er dich zum ersten Mal.«

Ich kippte den Rest des Scotchs hinunter und drückte Heathcliff das Glas in die Hand. Während er es wieder auffüllte, zog ich den Brief aus meiner Tasche und hielt ihn mit zitternden Fingern fest. »Das hat mein Vater nicht gesagt. Er sagte, er habe uns verlassen, weil er in Gefahr war.«

»Dieser Brief wurde nicht geschrieben, als du geboren wurdest, Mina, sondern vor einem Jahr, als dein Vater, jetzt ein alter, blinder Mann, den Nevermore Bookshop in die Hände von Heathcliff Earnshaw legte und sich aufmachte, um gegen seinen Feind zu kämpfen.« Sie schnippte mit den Fingern in Richtung Heathcliff, der damit beschäftigt war, mein Glas nachzufüllen, während er immer wieder einen Schluck aus der Flasche nahm. »So einen brauche ich auch.«

»Immer langsam«, runzelte Heathcliff die Stirn. »Anscheinend bist du schon seit mehreren Jahrhunderten eine Katze. Woher willst du wissen, dass du diesen Scheiß verträgst?«

»Ich ernähre mich von lebenden Mäusen und Grillen und dem Dreck, den du dreist Katzenfutter nennst. Meine Konstitution ist über jeden Zweifel erhaben.« Grimalkin wedelte mit meinem Weinglas vor seiner Nase herum. Seufzend schenkte Heathcliff ihr ein, lehnte sich dann in seinem Stuhl zurück und kippte den Rest der Flasche in einem Zug hinunter.

Ich hob mein Glas an die Lippen, während Grimalkin wieder ansetzte: »Jetzt, da mein Durst gestillt ist, kann ich fortfahren. Die Nachricht von Homers epischen Gedichten erreichte die Götter, und als Poseidon las, was über ihn geschrieben worden war, wurde er wütend. In der Odyssee ist Poseidon der Feind. Er verzögert Odysseus′ Rückkehr aus Troja, weil Odysseus den Zyklopen Polyphem, der Poseidons Sohn war, blendet. Empört darüber, dass Homer in seinem Epos seinen Sohn blenden ließ und den Gott in einem so wenig schmeichelhaften Licht darstellte, vergiftete Poseidon das Wasser des Meles. Er tötete meinen geliebten Ehemann, und seitdem ist auch jeder, der aus dem Wasser geboren wurde, verflucht. Hier in der Zukunft begann Homers Sehvermögen sofort nachzulassen. Diesen Fluch, so scheint es, hat er an dich weitergegeben.«

Oh, um Isis Willen. Sie will mir erzählen, dass meine Retinitis pigmentosa der Fluch eines kleinlichen griechischen Gottes ist. Ich war zu benommen, um die volle Wucht meines Zorns in diesem Moment zu spüren, wie dieser wesentliche Teil meiner Persönlichkeit, dieser Teil von mir, mit dem ich mich so schwergetan hatte, sich abzufinden, auf eine Zeile in einem epischen Gedicht zurückzuführen war, eine Fußnote in einem Märchen. Ich knurrte in meiner Kehle. Quoths Finger drückten meine.

Grimalkin fuhr unbeeindruckt fort: »Er setzte seine Zeitreisen fort und wurde älter, während er in jedem Jahrzehnt der Geschichte ein Geschäft in diesem Haus gründete. Er sehnte sich nach Helen und nach der Tochter, die er nicht kennen durfte. Er konnte nicht als junger Mann in deine Zeit zurückkehren, denn dann würde er verhaftet werden und Helen würde ihm nie verzeihen, dass er sie verlassen hatte. Also reiste er durch die Zeit und wartete seine Jahre in der Vergangenheit ab, indem er sich vor und zurückbewegte, bis seine Jahre lang und sein Haar grau wurden. Er kehrte erst als alter Mann zu dir heim, damit weder die Behörden noch deine Mutter ihn erkennen würden. Er kehrte in seinen Frühling zurück und wachte von hinter diesem Tresen aus über dich. Als immer mehr Buchfiguren im Laden auftauchten, erklärte er ihnen die Lage und schickte sie, so gut er konnte, auf ihre Reise. Und er hieß dich mit offenen Armen willkommen, ohne dir jemals zu sagen, wer er war, aber er sorgte immer dafür, dass du von der Kraft der Geschichte durchdrungen warst. Er hoffte, dass du eines Tages seine Aufgaben übernehmen könntest, aber bevor er die Gelegenheit dazu hatte, tauchte sein Feind auf. Den Rest der Geschichte kennst du. Er machte sich auf die Suche nach seinem Feind, um diese Kreatur des Bösen von dir fernzuhalten. An seiner Stelle wies er Heathcliff Earnshaw an, auf dich aufzupassen, wenn du nach Nevermore zurückkehrst.«

»Und wie passt *du* in diese verrückte Geschichte?«, fragte Heathcliff.

»Mein Fegefeuer ist ein Witz für Poseidon.« Grimalkin rollte das »r« in Fegefeuer, was urkomisch gewesen wäre, wenn ich nicht am Durchdrehen wäre. »Als er von dem Zauber erfuhr, den ich auf den Gewässern von Meles gewoben hatte, um meinen Sohn zu schützen, verfluchte er mich dazu, meine Tage als das Wesen zu verbringen, das sich vor Wasser fürchtet, um sicherzustellen, dass ich nie wieder einen Liebhaber wie Meles finden und meine Kräfte zurückgewinnen würde. Die einzige Person, die mich befreien könnte, wäre jemand, der in meiner Gegenwart die Worte meines Sohnes in seiner Originalsprache laut vorliest.«

Sie deutete auf ihren sinnlichen Körper. »Als Nymphe bin ich bereits mit ewiger Schönheit und langem Leben gesegnet. Poseidon gewährte mir neun Leben, die Anzahl, die Katzen gewährt wird. Ich habe diese Leben sorgfältig gehütet und in all den Jahrhunderten, die ich in dieser Form gelebt habe, nur sieben davon verbraucht. All diese Jahre des Wartens, all diese toten Mäuse, nur um auf meine Chance zu warten, meinen

Sohn wieder in meinen Armen zu halten.« Grimalkin hielt inne. »Aber er ist fort, und alles, was ich an seiner Stelle habe, ist eine undankbare Enkelin, ein schwerfälliger Räuber, ein hinterlistiger Intellektueller, ein Rabe, den ich nicht essen darf, Berge von staubigen Büchern und eine drohende Gefahr, die uns alle vernichten könnte.«

»Schön«, schrie ich. »Ich habe es kapiert. Jetzt haben wir also die ganze schmutzige Geschichte gehört. Kannst du mir nun *endlich* sagen, vor welcher Gefahr mich mein Vater beschützen will?«

»Vor dem Feind, von dem du froh sein solltest, dass du ihm nie begegnen wirst«, meine Großmutter verschränkte die Arme vor der Brust. »Graf Dracula.«

19

Ich brach in Gelächter aus. »Okay, jetzt weiß ich, dass das alles nur ein verdammter Scherz ist. Dracula ist nur eine Figur in einem Buch, inspiriert von Vlad dem Pfähler, aber nicht einmal historisch korrekt. Er ist nicht real ...«

Mein Lachen blieb in meiner Kehle stecken. Denn für einen Moment hatte ich vergessen, wo ich mich befand. Der Nevermore Bookshop hatte meine drei Freunde zum Leben erweckt: Emily Brontës Heathcliff, Sir Arthur Conan Doyles James Moriarty und Edgar Allan Poes Rabe. Allesamt aus Fleisch und Blut und Knochen, und alle nicht aus einem Mutterleib geboren, sondern aus den Wassern des Meles und dem Geist eines brillanten Schriftstellers.

Wenn sie real sein konnten, dann konnte auch jede andere Figur real sein. Und wenn Heathcliff und Morrie und Quoth und Lydia Bennett durch den Nevermore-Buchladen aus den Seiten seines Buches in die reale Welt getreten waren, dann ...

... dann konnten Fabelwesen und Horrorfiguren wie Dracula das Gleiche tun.

Stokers Worte kamen mir wie ein Blitz in den Sinn, als hätte ich sie erst gestern gelesen. »... Aber jedenfalls hat er Erfolge zu verzeichnen; ein Mann, der Jahrhunderte vor sich hat, kann es sich erlauben, zu warten und langsam vorzugehen ... Das Wasser schläft, aber der Feind schläft nicht.« Wenn Dracula aus Bram Stokers Buch in unsere Welt gekommen war, dann hatte er Jahrhunderte an Wissen und Macht mitgebracht. Kein Wunder, dass mein Vater, *Homer*, sich Sorgen um meine Sicherheit gemacht hatte. *Aber wenn er sich solche Sorgen gemacht hat, warum hat er mich dann verlassen? Warum hat er den Laden Heathcliff vermacht?*

»Wo ist Dracula jetzt?«, knurrte Heathcliff und fragte sich offensichtlich dasselbe.

»Wer weiß das schon?« Grimalkin rollte sich auf die Seite und strich sich über die Brust. »Vielleicht hängt er kopfüber in einem Keller? Wenn es nach meinem Sohn geht, wird er mit einem Pfahl durchs Herz im Hades schmoren.«

»Was ist mit meinem Vater?«, fragte ich. »Hast du etwas von ihm gehört?«

Sie zuckte katzenartig mit den Schultern. »Er hat keine Ahnung, wer ich bin. Für ihn war ich nur eine streunende Katze, die sich weigerte, den Laden zu verlassen. Sobald er erfahren hatte, dass diese Bestie in der Welt frei herumlief, hat er Nevermore verlassen und ist nie wieder zurückgekehrt. Er hatte nicht einmal den Anstand, mir einen Teller mit Sahne hinzustellen.«

Die Ladenglocke läutete. Heathcliff sprang auf. »Wir haben geschlossen!«, donnerte er. »Können Sie nicht das verdammte Schild ...?«

»Behandelt man so jemanden, der seltsame Delikatessen aus fernen Ländern mitbringt?« Morrie betrat den Raum, seine Laptoptasche in einem Arm und einen großen Karton vom Bäcker unter dem anderen. »Ich habe stundenlang angestanden, um diese Cronuts zu bekommen. Sie sollen die besten in England sein und ... oh, wir haben Besuch.«

»Herr Moriarty.« Grimalkin drehte ihren Kopf. Morries Augen weiteten sich, als er ihre Zurschaustellung wahrnahm. Ein böses Grinsen breitete sich auf seinem Gesicht aus.

»Und wem verdanke ich die Ehre?«

»Das ist Grimalkin«, sagte ich. »Und sie ist meine *Großmutter*, also hör mal auf, sie so anzusehen, als wäre sie ein echter Leckerbissen.«

»Hat jemand Leckerbissen gesagt?« Grimalkins langer Hals streckte sich. »Wo?«

Zum ersten Mal, seit ich ihn kannte, war Morrie völlig sprachlos. Er starrte von Grimalkin zu mir und wieder zurück. Ich konnte sehen, wie sich die Zahnräder in seinem Kopf drehten, während er überlegte, ob ich ihn auf den Arm nahm, bevor er akzeptierte, dass wieder einmal etwas Seltsames im Nevermore Bookshop passiert war.

So schnell sie konnten, erklärten Heathcliff, Quoth und Grimalkin, was gerade passiert war. Morrie glitt durch den Raum, drückte mir einen Kuss auf die Lippen, der mich aus den Tiefen meiner Gedanken zurückholte, und bot mir die Schachtel mit den Cronuts an. Sie *waren* köstlich. Es gab nichts Besseres als zuckrige Backwaren, um die Panik zu lindern, die einen erfasste, wenn der homerische Vater es mit Graf Dracula aufnahm und die Katzenoma nackt mitten im Laden stand.

»Das ist eine faszinierende neue Entwicklung«, sagte Morrie, biss in einen Cronut und verstreute Krümel über den Teppich. Sowohl Quoth als auch Grimalkin blickten mit verzweifeltem Gesichtsausdruck auf die Krümel hinunter, vielleicht in der Absicht, sie später vom Teppich zu sammeln. »Da habe ich mich nun darauf vorbereitet, euch zu erzählen, dass ich diese Worte aus dem Altgriechischen für euch übersetzt habe, bereit, die Blendung des Polyphems auf dramatische Weise nachzustellen, wobei Heathcliff den Zyklopen spielt, bereit, euer ewiges Lob und eure Verehrung entgegenzunehmen, und ihr habt verdammt noch mal die ganze Sache ohne mich gelöst.« Er lächelte mich an und versuchte, zu zeigen, dass er nur Spaß machte, doch es gab ein winziges Zögern in seiner Stimme, das mir sagte, dass etwas nicht stimmte.

Wieder fragte ich mich, was den führenden kriminellen Verstand der Welt nervös machen könnte. War es die Nachricht, dass *Graf Dracula* irgendwo auf der Welt war? *Ich* wollte mich bei dem Gedanken daran am liebsten in der Ecke zusammenzurollen und zu heulen.

»Wir haben noch nichts gelöst«, sagte ich. »Wir müssen immer noch meinen Vater finden. Und Graf Dracula. Wer weiß, wie viele Menschen er töten oder in Vampire verwandeln könnte. Vergiss Danny, vergiss den Laden, das ist der wichtigste Fall, den wir je lösen werden.«

Morrie griff nach einem weiteren Cronut. »In der Tat. Zum Glück bin ich hier, um mein Fachwissen einzubringen. Ich habe allerdings eine wichtige Frage an unsere ehemalige Katze.«

»Ja?« Grimalkin hob eine perfekt geschwungene Augenbraue auf eine Art und Weise, die nur als katzenartig beschrieben werden konnte.

»Kannst du uns die Antwort auf die Homerische Frage nennen? Denn ich kenne eine Menge Gelehrter, die gutes Geld für diese Frage zahlen würden ...«

Die Glocke läutete erneut. Heathcliff stand mit donnerndem Gesicht auf. Ich streckte einen Arm aus, um ihn aufzuhalten, aber eine vertraute Stimme ließ mich zurückschrecken.

»Juuhuu, Mina!«, rief Mama. »Ich habe Champagner zum Feiern mitgebracht. Du wirst es nicht glauben. Morgen bekomme ich die Schlüssel für meinen brandneuen Mercedes!«

20

»**S**cheiße, das ist Mama!«, zischte ich. Jeden Moment würde sie hier reinplatzen und eine sehr junge und größtenteils nackte Grimalkin sehen, die sich auf unserem Präsentationstisch räkelte. Ich sprang auf und machte eine scheuchende Bewegung. »Geh runter. Du musst dich verstecken.«

»Warum?« Grimalkin starrte mich finster an und deutete auf ihre träge Gestalt. »Ich bin nicht Schrödingers Katze. Du kannst all *das* hier nicht wieder in die Kiste packen.«

»Geh einfach unter den Tisch, oder ich werde ...«

»Ich hole ihn morgen beim Händler ab und feiere mit einer Party ...« Mama blieb stehen, als sie den Raum betrat und die nackte Grimalkin über dem Tisch hängen sah. »Mina, was ist denn hier los? Wer ist diese Frau?«

»Ähm, richtig ... ja, nun ...«

Wie soll ich das nur erklären?

Quoth griff nach einem Notizbuch und einem Bleistift von Heathcliffs Schreibtisch. Mir fiel auf, dass er es geschafft hatte, sich einen Teppichvorleger wie ein Hemd über die Schultern zu werfen und nun hinter dem Schreibtisch hockte, damit Mama nicht alles von ihm zu sehen bekam. »Es tut mir leid, Frau Wilde. Das ist eine Aktzeichensitzung. Ich möchte auf die Kunsthochschule und brauche mehr Figurenerfahrung für meine Mappe. Frau, äh ...«

»Grimalkin. Frau Cat Grimalkin«, sagte sie mit Nachdruck.

»Richtig ... Frau Grimalkin hat angeboten, für mich zu posieren. Sie verdient ihren Lebensunterhalt mit solchen Dingen.« Er schaffte es, sowohl charmant als auch verlegen auszusehen. »Es ist nichts Anrüchiges, ich schwöre.«

Toller Einfall, Quoth!

Mama rümpfte die Nase. »Warum veranstaltest du diese Aktzeichensitzung mitten im Laden, während du etwas trägst, das wie eine Decke aussieht, und warum schauen meine Tochter und ihr Freund und dieser Heathcliff dabei zu?«

Ich hatte schon mehrmals versucht, Mama zu erklären, dass Heathcliff auch mein Freund war, aber diese Dinge gingen ihr meist nur durch ein Ohr rein und durch das andere wieder raus, vor allem, wenn sie mit einem ihrer Schnellreich-Pläne beschäftigt war. Im Moment war es mir nur wichtig, dass sie Quoths Geschichte glaubte.

»Wir ... äh, testen es. Für den Laden!«, rief ich aus. »Ja, genau. Wir dachten, dass lokale Künstler hier vielleicht einen regelmäßigen Aktzeichenkurs anbieten wollen. Wir wollten nur sehen, ob das ... äh ... Licht hell genug ist.«

»Was meinen Sie?« Grimalkin streckte ein langes Bein über den Kopf und gab uns allen einen vollständigen Blick auf ... nun ja, auf alles. »Glänzt meine Haut? Ist meine Pose ansprechend? Habe ich mir eine Schale Sahne verdient?«

»Eine was?« Mama runzelte die Stirn.

»Ja, sicher! Ich denke, Sie machen das fantastisch. Danke, Cat. Sie können sich jetzt wieder anziehen.« Ich warf Grimalkin einen vielsagenden Blick zu. Nach einem viel zu langen angespannten Augenblick rutschte sie vom Tisch, schlenderte an Mama vorbei und ging zur Treppe. Als sie unter der Tür hindurchging, reckte sie ihr Kinn in Richtung Mama.

»Das Gesicht, das tausend Schiffe ins Meer trieb, sieht jetzt eher aus wie der mit Muscheln bedeckte Bauch einer Trireme.«

»Hä?« Mama schaute verwirrt. »Was sagt sie da?«

»Nichts.« Ich funkelte Grimalkin an, die mir ein böses Lächeln zuwarf und nach oben huschte. »Mach dir keine Sorgen. Sie ist eine Künstlerin. Die sind sehr temperamentvoll. Also, was hat es mit diesem Mercedes auf sich?«

»Ich habe in meinem neuen Unternehmen die Wohlstandsstufe erreicht. Die Firma belohnt mich für all meine harte Arbeit mit einem nagelneuen Auto! Einem Mercedes! Kannst du das glauben?« Mama schlug die Hände zusammen und ihr Gesicht strahlte vor Aufregung. »Endlich geht es für mich bergauf, Schatz. Ich habe meine Berufung gefunden. Ich schaffe mir das Leben, das ich verdiene.«

Etwas kräuselte sich auf ihrer Haut. Ich griff nach der Ecke ihres Ärmels und rollte ihn hoch, sodass eine Reihe glänzender Flourish-Pflaster zum Vorschein kam, die sich vom Handgelenk bis zur Schulter erstreckten.

»Ich dachte, man müsste nur eines davon tragen, um in den Genuss der Vorteile seiner erstaunlichen transdermalen Technologie zu kommen?«, sagte ich ironisch.

Mama zog ihren Ärmel wieder herunter und funkelte mich böse an. »Ja, nun, das *steht* da, aber ich möchte die Ergebnisse beschleunigen. Ich möchte die Flourish-Werte von Wachstum, Pflege und Leben verkörpern. Die Technologie ist wirklich ein Wunder. Ich fühle mich so belebt, so lebendig. Ich spüre, wie mein Stoffwechsel schneller arbeitet und das Fett verbrennt.«

Ich warf einen Blick auf Mamas Bauch, der ein wenig wackelte, als sie sich entfernte. Es sah ehrlich gesagt so aus, als hätte sie zugenommen. Was völlig in Ordnung war, es sei denn, man belügt die Leute, um sie davon zu überzeugen, silberne

Pflaster zum Aufkleben auf ihre Arme zu kaufen. »Wie viel Gewicht hast du mit diesen Pflastern schon verloren?«

»Ach, wer zählt denn schon mit?« Mama wedelte abweisend mit dem Handgelenk. Ein Pflaster löste sich von ihrem Handrücken und fiel zu Boden. »Der springende Punkt ist, dass ich quasi *aufblühe*. Ich kann mich endlich ausleben und verändere das Leben der Menschen zum Besseren. Und ich arbeite mit einem Unternehmen zusammen, das mich unterstützt und Erfolg belohnt. Also, kommst du zu meiner Mercedes-Party?«

»Aber wie hast du genug Pflaster verkauft, um dir so ein Auto leisten zu können? Du bist doch noch nicht einmal einen Monat im Geschäft!«

»Ich bin einfach so brillant.« Mama grinste. »Und ich musste das Auto nicht einmal *kaufen*. Ich lease es, und die Firma gibt mir einen monatlichen Bonus in bar, um den Leasingvertrag zu bezahlen. Solange ich meinen Status behalte, muss ich nie eine einzige Zahlung für das Auto leisten. Ist das nicht unglaublich? Ich bekomme ein kostenloses Auto!«

»Was?« Von allem, was ich heute bisher gehört hatte, war das *bei weitem* das Lächerlichste. »Mama, das ist *kein* kostenloses Auto. Das ist kein Geschenk. Das ist eine verdammte Falle, damit du weiterhin jeden Monat Tausende dieser blöden Pflaster kaufst. Das ist wieder wie bei dieser Smoothie-Firma und den Wobbleators, und wie war das mit diesen hochwertigen Babyartikeln ...«

Mama schnaubte. »Ich würde es begrüßen, wenn du mich etwas mehr unterstützen würdest.«

»Ja, Mina.« Morrie trat vor, legte seinen Arm um Mamas Schultern und strahlte sie an. Er warf mir sein unbekümmertes Grinsen zu. »Deine Mutter hat etwas Bemerkenswertes erreicht. Wir sollten sie unterstützen, anstatt sie zu kritisieren.«

»Siehst du? Morrie respektiert meine Träume. Er erkennt

die Unternehmerin in mir, und sieht in mir eine gleichgesinnte Geschäftsfrau, die sich nicht scheut, auf ein revolutionäres Produkt zu setzen ...«

»Das tue ich, Frau Wilde.« Morrie streckte seine Schachtel aus. »Cronut?«

»Nein danke. Bei all diesen gesunden Nährstoffen, die in meinen Blutkreislauf gelangen, habe ich keinen Bedarf an verarbeitetem Zucker und Gluten ...« Mama zögerte nur einen Moment. »Oh, na gut, aber nur einen. Diese Pflaster haben so gut funktioniert. Ich habe seit drei Tagen kaum etwas gegessen. Da macht ein kleiner Cronut auch keinen Unterschied. Tatsächlich werde ich ihn kaum schmecken! Eigentlich ... sollte ich besser noch einen nehmen, nur für den Fall. Ich will ja nicht völlig abmagern. Alles in Maßen, sagt man doch.«

»Bitte nehmen Sie so viele, wie du magst.« Morrie grinste.

»Du bist ein Schatz, Morrie. Könntest du bitte meine Tochter überzeugen, morgen Abend vorbeizukommen? Es wird fabelhaft. Ich habe den Gemeinschaftsraum gemietet, ein DJ kommt, und Richard hat mir einen schönen Champagner besorgt. Natürlich wird mein neues Auto direkt vor der Tür geparkt sein. Flourish hat mir Produkte im Wert von fünfhundert Pfund zum Verschenken gegeben und so viele gesunde Smoothies, wie wir trinken können!«

Oh nein, nicht noch mehr Smoothies. Ich seufzte. »Natürlich komme ich. Wir werden alle kommen.«

Mama reichte Morrie die Hand und dann mir. »Oh, danke. Ich bin mir sicher, ihr werdet eine tolle Zeit haben. Und wenn du erst einmal mein Auto gesehen hast, überlegst du es dir vielleicht noch einmal mit der Buchhandlung und wirst Teil meiner Downline. Die Provision ist wirklich großzügig und es gibt so viele Möglichkeiten ...«

»Ist es schon so spät?« Morrie warf einen Blick auf sein Handy. Er gähnte herzhaft. »Helen, es tut mir so leid, dass ich so schnell gehen muss, aber ich habe die Nacht in London verbracht und musste im Morgengrauen aufstehen, um Cronuts zu kaufen, bevor ich meinen Zug erwischte. Ich bin total erschöpft. Ich muss ins Bett. Aber ich sehe euch Damen morgen Abend.«

Morrie beugte sich hinunter, um mich auf die Wange zu küssen. »Lauf jetzt bloß nicht wieder weg«, flüsterte er. Sein Atem auf meiner Wange sandte einen Hitzeschwall durch meinen Körper. Morrie zog sich mit einem trägen Lächeln zurück und verschwand die Treppe hinauf. Mama starrte ihm nach, als könnte die Kraft ihres Blicks ihn zwingen, zurückzurennen und um meine Hand anzuhalten.

Mama seufzte. »Er ist wirklich unglaublich. Du hast so ein Glück, Mina.«

Hinter ihr räusperte sich Heathcliff.

»Ja, das habe ich. Ehrlich gesagt bin ich auch ziemlich müde.« Ich tat mein Bestes, um zu gähnen.

»Aber es ist doch erst kurz nach neun!« Mama schmollte. »Ich dachte, wir könnten zum Frühstück ausgehen, um zu feiern.«

»Tut mir leid. Ich habe heute Morgen noch ein paar wichtige Dinge zu erledigen. Aber wir sehen uns dann morgen.«

»Ich werde diejenige im nagelneuen Mercedes sein.« Mama strahlte, als ich sie zur Tür hinausbeförderte. Sobald sie draußen war, schlug ich die Tür zu, schob den Riegel vor und starrte Morrie finster an, der sich auf dem obersten Treppenabsatz versteckte und mühsam ein Lachen unterdrückte.

»Warum hast du das getan?«, schrie ich. »Du ermutigst sie nur. Das ist nicht lustig. Es ist eine komplette *Katastrophe*. Mama kann sich die Raten für dieses Auto nicht leisten ...«

»Entspann dich, meine Schöne.« Morrie war im Nu die

Treppe hinunter. Er drehte mich herum und drückte meinen Rücken gegen die Regale. Eine Hand umschloss mein Handgelenk und hielt es über meinem Kopf fest. Sein Gesicht verhärtete sich vor Lust, während der Blick aus seinen eisigen Augen über meinen Körper streifte. »Ich habe es getan, weil du, wenn du erst einmal mit Helen angefangen hast, den ganzen Tag damit beschäftigt sein wirst, sie davon zu überzeugen, ihre neueste Geschäftschance aufzugeben. Ich habe andere Pläne für dich.«

»Ach ja?« Ich wollte ungläubig klingen, aber die Worte kamen mir nur gehaucht über die Lippen. Morries Grapefruit- und Vanilleduft überkam mich und löschte alle meine Sinne aus.

»Ja.« Morrie leckte mit seiner Zunge über seine Unterlippe. Seine Augen glühten vor Hunger. »Ich habe schon seit Tagen ein Auge auf deinen Körper geworfen, aber du warst zu beschäftigt mit organisierten Veranstaltungen, der Jagd nach Mördern und der Sorge um deinen Vater, und ich musste diese blöde Reise machen. Wann hast du mal Zeit für Morrie, damit er dich schänden kann? Wann passt ein lustvoller Fick in deinen vollen Terminkalender?«

»Mich schänden?« Ich grinste, obwohl mir bei diesen Worten ein köstlicher Schauer über den Rücken lief. »Ich bin kein jungfräuliches Opfer.«

»Oh, das weiß ich.« Morrie streifte mit seinen Lippen meine Wange und legte eine Spur federleichter Küsse auf meine Haut.

»Es ist nicht meine Schuld, dass du nach London gefahren bist«, fügte ich keuchend hinzu, als er meine Brustwarze durch mein T-Shirt rieb. Sie war bereits hart. Seine Berührung sandte einen warmen Schauer durch meine Brust, der direkt zwischen meine Beine schoss.

»Stimmt.« Morries Lippen streiften mein Ohrläppchen. »Aber die lange, einsame Zugfahrt gab mir die Gelegenheit, mir all die schmutzigen Dinge vorzustellen, die ich dir antun möchte. Die *wir* dir antun wollen.«

»Wir?«

Ich warf einen Blick über Morries Schulter. Heathcliff und Quoth standen in der Tür. Quoth hielt sein Handy hoch und zeigte einen Nachrichtenstrom zwischen den beiden. Wortfetzen erregten meine Aufmerksamkeit ... »leck sie am ganzen Körper, bis sie schreit ...« »... du könntest sie oral befriedigen, während ich ...« »... wir beide gleichzeitig in ihr ...«

Mein Herz raste so stark, dass ich dachte, ich würde einen Herzstillstand erleiden. Aber nein, es war nur der Gedanke daran, wie die drei planten, was sie mit mir machen wollten, wie sie mich zum Schreien bringen wollten ...

»Er mag ein Arschloch sein, aber er ist sehr einfallsreich«, fügte Heathcliff hinzu.

»Habt ihr euch beide geschrieben?« Ich starrte Heathcliff geschockt an. »Oder hat Quoth dir das vorgelesen? Ich muss nur wissen, wie ...«

Als Antwort stürmte Heathcliff in den Flur, legte seine Hand auf meine Wange und presste meinen Mund auf seinen. Sein Kuss nahm mir jede Chance, mehr über ihre Pläne zu erfahren.

Ingrid Bergman hat einmal gesagt, dass ein Kuss ein wunderbarer Trick der Natur sei, um das Sprechen zu unterbinden, wenn Worte überflüssig sind. Heathcliff küsste so, als hätte er etwas zu sagen, ein verzweifelter Drang tief in ihm, der sich nicht anders ausdrücken ließ. Seine Lippen zogen mich immer wieder in diesen Drang hinein, bis der Austausch zwischen unseren Körpern eine eigene Art von Sprache war, reich und lyrisch und durchzogen von wilder, unstillbarer Hitze.

»Nach oben«, befahl Morrie mit belegter Stimme. »Ihr alle. Sofort.«

Heathcliff nahm mich in seine Arme, ohne den Kuss zu unterbrechen. Er trug mich die Treppe hinauf und umging dabei mit Leichtigkeit die niedrigen Decken und wackeligen Bücherregale. Quoth beeilte sich, das Schild auf »Geschlossen« umzudrehen. Morrie folgte Heathcliff und die Anspannung in seinem Gesicht, während er uns beobachtete, war fast unerträglich. Ich hatte Morrie noch nie so verzweifelt gesehen. Es war berauschend. Es war verdammt geil.

Ich tue ihm das an. Ich bringe ihn dazu, die Kontrolle zu verlieren.

Wir stürmten durch die Tür und in die Wohnung im Obergeschoss. Heathcliff setzte mich auf dem Boden des Wohnzimmers ab. Sofort war Morrie auf mir. Seine Lippen eroberten die meinen, während seine Hände über meinen ganzen Körper streiften. »Heathcliff, schür das Feuer«, befahl Morrie mit seiner strengsten Stimme.

Oooh, das wird Heathcliff nicht gefallen.

»Mach du es«, knurrte Heathcliff. Seine Lippen ließen mir die Haare im Nacken zu Berge stehen, als er meine Schultern entlang küsste. »Ich bin beschäftigt.«

Die Spannung zwischen ihnen knisterte und brannte auf meiner Haut, als sie mich mitten ins Herz traf. *Mhmmmm, was für ein köstlicher Ort.* Die beiden konnten meinen Körper jederzeit als Schlachtfeld benutzen, wenn es sich so gut anfühlte.

»Ich mache es«, sagte Quoth, immer der Friedensstifter, und durchquerte den Raum. Ich verlor mich in Heathcliff und Morrie, die mich küssten und leckten und zwischen sich hin und her zogen, ihre Körper und Zungen heiß an mir. Heathcliff zog mir mein Hemd über den Kopf. Morrie umfasste meine Brust und zwickte die Brustwarze durch den Stoff meines BHs. Heathcliffs Härte drückte in meinen Oberschenkel, als er den Verschluss meines Gürtels öffnete, seine Finger in den Bund meiner Jeans hakte und sie an meinen Oberschenkeln runterzog.

»So viel dazu einem ruhigen Abend vor dem Kamin.«

Grimalkin. Scheiße. Ich hatte die zur Großmutter gewordene Katze völlig vergessen. Wir schauten alle auf, aber die Jungs ließen mich nicht los. Grimalkin spähte von Heathcliffs Stuhl aus mit einem amüsierten Gesichtsausdruck zu uns herüber.

»Macht euch keine Gedanken um mich. Ich stamme aus der Zeit der bacchantischen Rituale. Nichts an eurer amourösen Verstrickung stört mich, außer dass sie meine eigenen Freizeitaktivitäten in die Quere kommt.« Sie stellte eine Flasche Wein ab, stand auf und kreuzte ihre langen Beine, um ein schwarzes Maxikleid von mir zu enthüllen, das sie irgendwo auf Morries Boden gefunden haben musste. *Mist, ich mochte dieses Kleid, und jetzt kann ich es nicht mehr tragen.* »Ich bin ein Geschöpf der Nacht, und es gibt so viele Fantasien, die ich gehegt habe, während ich in diesem Katzenkörper gefangen war, die ich mir nun erfüllen möchte. Ich werde ausgehen. Erwartet nicht, dass ich vor Ablauf von mindestens drei Tagen zurückkomme.« Damit warf sie ihr Haar über die Schulter, schnappte sich einen Mantel von der Stange an der Wand und stolzierte hinaus.

»Sie hat meinen Lieblingsmantel gestohlen«, sagte Morrie.

»Das ist mir egal«, knurrte Heathcliff und presste seine Lippen auf meine. So einfach war Grimalkin vergessen.

Die Wärme des Feuers trieb uns näher zusammen. Heathcliff schob mich auf eine Wand zu. So sehr ich es auch liebte, wenn er so dominant und von seinen Gefühlen mitgerissen war, wollte ich dieses Mal die Kontrolle haben. Ich wollte ihn zappeln sehen.

Ich legte meine Handflächen auf Heathcliffs Schultern und gab ihm einen Schubs. Es war, als würde ich gegen eine Backsteinmauer stoßen, aber es gelang mir. Er stolperte über die Kante des Couchtischs und sank in seinen Stuhl.

»Genau da, wo ich dich haben will«, sagte ich, setzte mich auf ihn und rieb meine Hüften an seinem Schritt. Ein Knurren entfuhr seiner Kehle, tief und rau wie bei einem Tier. Es dröhnte durch meine Brust und brachte einen tiefen, ursprünglichen Teil von mir hervor. Meine Lippen suchten die seinen, während meine Finger die Knöpfe öffneten und seinen Schritt entblößten. Ich griff in seine Boxershorts und holte sein Glied heraus, wobei ich meine Finger um seinen harten Schaft legte.

Heathcliffs Augen bohrten sich in meine, sein Kiefer angespannt. Er sah aus, als würde er um die Kontrolle über sich kämpfen. Ich beugte mich vor und nahm seine Spitze in den Mund.

Seine Muskeln verkrampften sich, dann entspannten sie sich wieder. Er atmete stoßweise. Ich ging auf die Knie und nahm ihn tiefer in den Mund, wobei ich meine Zunge um seinen Schaft gleiten ließ. Er schmeckte so gut: berauschend und maskulin und mit einem Hauch seines torfigen Geruchs. Mein wilder Mann. Mein Heathcliff.

Sein ganzer Körper verkrampfte sich erneut, als ich seinen Schaft aus meinem Mund gleiten ließ und ihn dann wieder in mich aufnahm. Dieses Mal ging ich tiefer und schob ihn bis in meinen Rachen. Er war so lang, dass ich ihn selbst dann nicht ganz aufnehmen konnte, als mein Würgereflex einsetzte. Ich legte meine Hand um seinen Schaft und pumpte ihn, während ich meine Zunge um seine Spitze kreisen ließ.

Heathcliffs Finger verhedderten sich in meinen Haaren. Eine andere Hand glitt meinen Oberschenkel hinauf. Morrie. Natürlich war es Morrie. »Du ruinierst meine sorgfältig ausgearbeiteten Pläne, meine Hübsche«, flüsterte er mir ins Ohr. »Und ich *liebe* es verdammt noch mal.«

Morries Zähne bohrten sich in mein Ohrläppchen, während er die Eichel seines Schwanzes an meiner Öffnung rieb und mich damit neckte. Wir hatten uns alle auf

Geschlechtskrankheiten testen lassen, nachdem wir aus Lachlan Hall nach Hause zurückgekommen waren, sodass wir keine Kondome mehr brauchten. Das Brennen in mir schrie nach mehr und ich krümmte meinen Rücken und rieb meinen Arsch an Morries Schenkeln. Morrie fuhr mit seinen Fingern meinen Rücken hinunter, während er seine Spitze hineinschob, und mir nach und nach etwas mehr gab, bis ich mich vor Vorfreude wand. Mit einem Seufzer versenkte er sich in mir und berührte jeden geheimen Teil von mir. Ich stöhnte gegen Heathcliffs Schwanz, als die beiden mich vollständig ausfüllten.

Mein Mund um den einen, ein anderer in mir. *Das ist herrlich. Aber ich brauche noch einen.*

Ich suchte im Raum nach meinem dritten Freund, aber es war so dunkel, dass der Lichtstrahl des Feuers das einzige Licht war. Ich deutete mit meiner freien Hand in seine Richtung. Einen Moment später tauchte Quoth aus der Dunkelheit auf. Er vergrub seine Finger in meinem Haar, küsste meinen Hals und meine Schulter entlang, sodass sich die winzigen Härchen auf meiner Haut aufstellten.

Ich legte eine Hand um Quoths Arm und zog ihn näher zu mir heran. Meine Hand umkreiste seinen Schwanz und ich pumpte ihn im gleichen Rhythmus wie Heathcliff. Mein Blick huschte zwischen den beiden hin und her, während das flackernde Feuerlicht über ihre Gesichter tanzte. Mein sanfter Künstler, mein gequälter Antiheld. So unterschiedlich und doch so perfekt. *So mein.*

Mit jedem Stoß schob Morrie Heathcliffs Schwanz tiefer in meinen Rachen. Es war fast so, als würde er Heathcliff durch mich hindurch ficken. Ich konnte die Spannung spüren, die sich zwischen ihnen aufbaute, während sie meinen Körper zwischen sich hin und her warfen. Zwei Naturgewalten – eine wild und ungezügelt, die andere kontrolliert und vorsichtig, kämpften um die Vorherrschaft.

Heathcliff gab zuerst nach. Mit einem Schrei grub er seine Nägel in meine Schulter. Sein Schwanz wurde steifer und ich schmeckte das Salz seines Orgasmus auf meiner Zunge. Keuchend zog er sich mit zuckenden Muskeln zurück. Sein Stuhl ächzte unter seinem Gewicht.

Ich drehte mich zu Quoth um und nahm ihn in den Mund. Quoth schloss die Augen und seine Finger strichen mit weichen, sanften Kreisen über mein Haar. Durch seine Berührungen fühlte sich meine Zuwendung wie ein heiliger, ehrfürchtiger Akt an.

»Fuck«, stöhnte er, als ich ihn hart rannahm.

»Das gefällt dir wohl, Vögelchen«, grunzte Morrie. Er schob seine Hand unter mich und berührte mit der Fingerspitze meine Klitoris. Der Schmerz in mir brannte und ließ Funken durch meine Gliedmaßen schießen. Mit jedem starken, tiefen Stoß schob Morrie meine Lippen an Quoths Schwanz entlang und rieb meine Klitoris mit seinem Finger.

So intensiv. So gut. So ... oooooooh.

Meine Lippen umklammerten Quoth und ich stöhnte um seinen Schwanz herum, während ein Orgasmus durch mich hindurchströmte. Quoths Finger in meinem Haar fühlten sich wie himmlische Lichtstrahlen an. Morrie rammte seinen Schwanz tief in mich hinein, beugte sich über mich und kratzte mit den Zähnen an meinem Ohr. Er schnurrte und genoss es, wie mein Körper sich gegen ihn lehnte und wie sich meine Muskeln um seinen Schwanz schlossen.

Quoth zog sich zurück und schlurfte mit weit aufgerissenen Augen zurück. »Mina, du bist wunderschön«, flüsterte er.

»Setz dich auf Morrie«, befahl Heathcliff von seinem Stuhl aus.

Sobald meine Beine mitspielten, tat ich, was er befahl. Morrie streckte seine Beine aus und ich setzte mich auf seine Schenkel, ließ mich auf ihn herab und spürte, wie er neue und aufregende Stellen in mir berührte. Morrie packte meine Schenkel und half mir, mich zu heben und zu senken.

Heathcliff riss sein Hemd herunter, ging auf die Knie, kroch vorwärts und legte seinen Kopf zwischen meine Schenkel. Sein Bart kitzelte meine empfindliche Haut, während er mit seiner Zunge um meine Klitoris kreiste. Heathcliff leckte mich mit unregelmäßigen Bewegungen, während ich Morries Schwanz in einem trägen Rhythmus ritt.

Reiche, berauschende Empfindungen durchströmten meinen Körper. In meinem Bauch baute sich Druck auf. Ich widerstand dem Drang, meine Augen zu schließen und mich den Empfindungen hinzugeben, entschlossen, jeden Moment dieser Nacht dem visuellen Gedächtnis zu widmen. Morries Finger umkreisten meine Brustwarzen, Heathcliffs Rückenmuskeln verkrampften sich, während sein Kopf zwischen meinen Beinen hin- und her wippte.

Seine Zunge, so nah an Morries Schwanz ...

Ein zweiter Orgasmus durchfuhr mich, stärker als der erste; ein Orkan, der durch meinen Körper peitschte, bei dem sich meine Glieder verkrampften und meine Adern mit flüssigen Blitzen verwüstet wurden. Ich fühlte mich so, als würde ich in zwei Teile gerissen. Die Intensität, die beiden Jungs so nah zu haben, so synchron miteinander, fast so, als ginge es nicht mehr nur um mich. Meine Beine wurden zu Wackelpudding und ich rutschte von Morries Schwanz und fiel auf den weichen Teppich.

Raue, starke Hände hoben mich an den Schultern an. Heathcliff neigte den Kopf und presste seine Lippen auf meine. Ich konnte mich auf seinen Lippen schmecken. Seine Hand glitt nach unten, um meine Klitoris zu streicheln. Meine Adern summten noch von den letzten beiden Orgasmen und mein Körper konnte die Berührung kaum ertragen. Ich sank zurück auf Morries Schwanz und zog Heathcliffs Hand zwischen meinen Beinen weg, wobei ich sie versehentlich (überhaupt nicht versehentlich) auf Morries Oberschenkel legte.

Heathcliffs Augen verdunkelten sich. Morries Atem stockte. Ich richtete mich auf und ließ mich auf Morries Schwanz fallen, und ein Stöhnen entfuhr meinen Lippen. Blitze zuckten in der Luft zwischen uns, als ich mich der Vorstellung hingab, dass die beiden mit ihren Gesichtern nur Zentimeter voneinander entfernt waren, die Lücke zwischen sich schlossen, schlossen und ... Heathcliffs Blick huschte zwischen mir und Morrie hin und her ...

»Wenn du ihn küssen willst, dann beeil dich gefälligst«, scherzte ich.

Meine Worte lösten die Spannung, und ein Blitz knisterte auf meiner Haut. Heathcliff knurrte und beugte sich vor, presste seine Lippen auf meine und legte die ganze Kraft seiner Erregung in seinen Kuss. Hinter mir gruben sich Morries Zähne in meine Schulter, als er in mir kam. Sein Körper zuckte vor Lust.

Morrie zog sich keuchend zurück. Ausnahmsweise war er sprachlos. Auch Heathcliff zog sich zurück. Ich wandte mich Quoth zu, meinem wunderschönen Rabenjungen, immer geduldig, immer verständnisvoll. Ich nahm sein Gesicht in meine Hände und zog seine Lippen an die meinen.

»Ich weiß nicht, was du mit ihnen angestellt hast«, murmelte er. »Es ist faszinierend.«

»Sie spielen jetzt keine Rolle«, flüsterte ich. »Dieser Moment, genau hier, ist für uns.«

Ich küsste Quoth mit voller Leidenschaft, denn er bedeutete mir alles. Er verlangte nie etwas, stellte immer alle anderen vor sich selbst. Und ich wollte, dass er sich einmal so fühlte, als würde er angebetet werden.

Ich kroch auf ihn, presste meinen Körper an seinen und meine Hand glitt nach unten, um seinen Schwanz zu umfassen.

Quoth stöhnte gegen meine Lippen und der Klang war heißer und berauschender als der meiner Lieblings-Punk-Sängerin.

Ein Klopfen an meiner Schulter riss mich aus meinen Träumereien. »Was meinst du, meine Hübsche?«, Morrie hielt das Gleitmittel hoch, das er seit der Jane-Austen-Experience aufbewahrt hatte.

Ich schüttelte den Kopf.

»Stell dir vor, wir beide in dir, wie wir dich ausfüllen, dich so verehren, wie du es verdienst ...« Sein Blick schweifte zu Heathcliff, und ich wusste, dass er sich das alles vorstellte, ihre Schwänze so nah beieinander in mir, fast berührend ...

Ich wollte es ebenfalls. Mein Körper sehnte sich danach. Aber ich wusste, dass ich noch nicht bereit war. All das, wie sie zu teilen, war so neu. Ich brauchte Zeit, um zu verstehen, was es bedeutete, bevor ich zuließ, dass Morrie sein ganzes abartiges Selbst auf meinen Körper entfesselte.

»Ich sage nicht nein«, sagte ich. »Aber ich sage: ›Nicht heute Nacht‹. Ich bin noch nicht bereit dafür.«

Morrie sah aus, als wollte er protestieren, als wäre er bereit, eine Reihe überzeugender, im Voraus vorbereiteter Vorwürfe vorzubringen. Er warf Heathcliff einen Blick zu, und als er wieder zu mir sah, war der Moment vorbei.

»Kann ich dich wenigstens dazu bringen, noch einmal zu kommen, während Quoth in dir steckt?«, fragte er.

»Ja ...«, grinste ich. »Das könntest du tun.«

Morrie legte sich auf den Boden und winkte mich zu sich, damit ich mich über ihn knien konnte. Ich stützte meine Hände neben seinen Hüften auf allen Vieren ab und schaute auf das lodernde Feuer. Mit einer Hand auf meinem unteren Rücken führte Morrie mich tiefer, bis ich direkt über seinem Mund war.

»Geh in Position, Vögelchen«, sagte er, und sein Atem auf meiner geschwollenen Klitoris schickte mich fast in eine weitere Erlösung. »Heute Nacht werden wir Mina zum Fliegen bringen.«

Quoth glitt in mich hinein und füllte mich vollständig aus. Als er sich zurückzog und sich tiefer in mich versenkte, umspielte Morries Zunge meine Klitoris. Jede Berührung war perfekt platziert und ließ meine Adern vor Musik singen. Morrie konnte mich wie ein Instrument spielen und als er sich mit Quoth vereinte, war es, als würde eine ganze verdammte Symphonie in meinem Körper spielen.

Als Quoth in mich hineinstieß und seine Hüften drehte, um noch tiefer einzudringen, schob Morrie zusätzlich einen Finger hinein.

»Oh!«, schrie ich auf.

Ich musste mich sehr anstrengen, um nicht unter ihm zusammenzubrechen. Der Gedanke, dass zwei von ihnen auf diese Weise in mir waren, es war einfach ... es war einfach ... bei Isisssssssss ...

Feuer verzehrte mich, als ich kam. Mein Körper verflüssigte sich. Ich rutschte von Morrie und bildete eine Pfütze auf dem Teppich. Hitze rollte über meine Haut und jede Empfindung wurde auf meinen Körper und in mir, auf meine Seele übertragen.

»Das war ... unglaublich«, hauchte ich. Die Jungs schmiegten sich an mich und bildeten ein Nest. Heathcliff presste seine Brust an meinen Rücken. Morrie hob meinen Kopf und legte ihn auf seinen Bauch, während Quoth sich um meine Beine schlang und seinen Arm schützend über meinen Oberkörper legte. Wir vier passten perfekt zusammen. Wie Puzzleteile.

»Ich liebe euch so sehr«, flüsterte ich. Die Wahrheit in meinen Worten ließ mir das Herz schwer werden. »Alles fühlt sich weniger beängstigend an, wenn ihr da seid.«

»Du hast nichts, wovor du Angst haben müsstest«, knurrte Heathcliff. Seine Brust bebte.

»Nein, überhaupt nicht«, sagte ich sarkastisch. »Nur, dass ich blind werde, den Laden verliere, zusehen muss, wie eine unschuldige Frau ins Gefängnis kommt, und gegen Graf Dracula kämpfen muss. Nein, es gibt überhaupt nichts, wovor man Angst haben müsste.«

»Wir werden dich immer beschützen«, sagte Quoth. Er warf Heathcliff und Morrie einen Blick zu. »Nicht wahr?«

»Immer«, fügte Heathcliff hinzu.

Morries Lippen öffneten sich, aber er sagte nichts. Aus dieser Nähe konnte ich seine Gesichtszüge im flackernden Feuerschein erkennen. Obwohl er lächelte, blickte er eine Million Meilen kilometerweit in die Ferne.

»Du hast bereits bewiesen, dass du uns nicht brauchst, um dich zu schützen, meine Hübsche«, sagte er und wandte den Blick ab. »Du bist klug und einfallsreich und kreativ. Wenn jemand den Mörder finden, diesen Laden retten und einen jahrhundertealten Vampir aufhalten kann, dann du.«

Mit Graf Dracula auf freiem Fuß brauchte ich alle drei an meiner Seite. Ich brauchte Heathcliffs Wut, Morries Gerissenheit und Quoths Freundlichkeit. Aber Morrie zog sich zurück. Würde er der Erste sein, der den Harem verließ? Wie um alles in der Welt würde ich ihn jemals gehen lassen können?

21

»Beeil dich, Morrie. Es ist nur die blöde Fitness-Pflaster-Veranstaltung meiner Mama. Dafür musst du dich nicht schick machen.«

Morrie stieg die Treppe hinunter, seine maßgeschneiderte Hose perfekt gebügelt, sein Revers so scharf wie ein Messer und mit dem vertrauten bösen Schimmer in seinen Augen.

»Entschuldige, meine Hübsche.« Morrie fuhr sich mit der Hand durch sein kurz geschnittenes Haar. »Perfektion lässt sich nicht überstürzen.«

Ich schob ihn zur Tür, wo Heathcliff und Quoth bereits warteten. Beide sahen gleichermaßen umwerfend aus: Heathcliff in dunklen Jeans und einer ledernen Motorradjacke, Quoth in Anzughosen und einem blutroten Hemd, das in seinem Haar, das wie ein Fluss aus gesponnener Seide über seinen Rücken floss, karminrote Strähnchen hervorhob. »Schwing deinen perfekten Arsch ins Auto. Wir sind spät dran. Ich muss dort sein, bevor meine Mutter überredet wird, eine Yacht zu leasen.«

»Sollen wir Grimalkin einen Schlüssel unter die Matte legen?«, fragte Quoth, während ich meinen Mantel über meine neueste Kreation zog: ein schwarzes Etuikleid, das ich kunstvoll vom Saum bis zur Taille geschlitzt und mit einer Kaskade glitzernder Strasssteine versehen hatte. Es war wieder ein unglaublich ruhiger Tag im Laden gewesen, also hatte ich das Kleid genäht, während Heathcliff Dannys Buch beendet, Quoth gemalt und Morrie an etwas auf seinem Computer herumgefummelt hatte. Es wäre ein wunderbarer Tag gewesen, wenn da nicht meine anhaltende Sorge um ... *alles* gewesen wäre.

»Nein. Geschieht ihr recht, wenn sie sich nicht herablässt, aufzutauchen«, knurrte Heathcliff. »Wenn sie nach Hause kommt, kann sie sich durch die Katzentür quetschen, so wie sonst auch.«

Quoth sah aus, als wollte er widersprechen, aber tat es natürlich nicht. Ehrlich gesagt, stimmte ich Heathcliff zu. Wer ließ schon eine solche Bombe platzen, wie Grimalkin es gestern getan hatte, und verschwand dann einfach über vierundzwanzig Stunden, um die Nacht damit zu verbringen, Athena weiß was zu tun, anstatt uns zu helfen, eine Lösung zu finden?

Eine Katze tat es.

Ein beißender Wind schlug uns entgegen, sobald wir nach draußen traten. Heathcliff legte mir einen Arm um die Schultern, um mich vor der Kälte zu schützen, während wir zum Ende der Straße eilten, wo Jo bereits auf uns wartete. Sie stieß die Beifahrertür auf und ich rutschte neben sie. Die Jungs stiegen hinten ein; Quoth in der Mitte, vornübergebeugt, da er auf beiden Seiten von breiten Schultern eingeklemmt wurde.

»Vielen Dank für die Einladung«, sagte sie grinsend und drehte die Heizung voll auf, als sie vom Bordstein wegfuhr. »Ich war mir nicht sicher, ob du mich nach dem Küchenvorfall noch magst.«

Die Erinnerung daran ließ mich schaudern ich. »Ich glaube

nicht, dass ich die Kaffeemaschine jemals wieder benutzen kann.«

»Ich auch nicht.« Jo lachte. »Ich habe eine neue gekauft. Und ich verspreche, keine zermahlenen Körperteile mehr. Und keine Käfer mehr.«

»Kann ich das schriftlich haben?« Was war nur aus der Welt geworden, wenn ich solch besondere Versprechen von meiner Mitbewohnerin brauchte?

Ein paar Minuten später hielten wir vor dem Gemeinschaftsraum von Argleton. Zu meiner Überraschung stand tatsächlich ein makelloser silberner Mercedes über drei Parkplätze verteilt am Eingang des Gemeinschaftsraums. Nicht weniger als zehn Flourish-Aufkleber waren auf seiner Oberfläche zu sehen. Bei seinem Anblick drehte sich mir der Magen um. *Bitte, lass Mama keinen Ärger bekommen.* Aber ich kannte meine Mutter zu gut, um noch Hoffnung zu haben.

Ich kann nicht glauben, dass dieselbe Frau, die Helena von Troja inspiriert hat, auf so einen lächerlichen Betrug hereinfallen könnte.

Offensichtlich hatte Mama einige Leute von den Wundern der transdermalen Technologie überzeugen können. Eine kleine Menschenmenge drängte sich um den Eingang, wobei nicht wenige von ihnen silberne Pflaster auf dem Arm trugen. Ich ging, begleitet von einem Soundtrack mit dröhnendem Bass hinein. Eine riesige Discokugel in der Mitte des Raumes warf farbiges Licht an alle Wände, und das Flackern ließen meine Augen tränen. In der Mitte des Raumes stand eine lebensgroße silberne Statue auf einem Podest und hielt eine riesige Nachbildung der Pflaster in der Hand. Ich vermutete, dass sie uns anspornen und dazu inspirieren sollte, unsere Gesundheits- und Fitnessziele zu erreichen, aber der Bildhauer war eindeutig nicht besonders talentiert, denn sie sah aus wie eine leicht altbackene ältere Frau mit knubbeligen Knien.

Wir gingen zu einem Tisch in der Ecke, der mit Platten

vollgestellt war. Bei näherer Betrachtung schien es außer einer Schachtel mit 99-Pence-Crackern und einigen Packungen Scheibenkäse kein Essen zu geben. Stattdessen war der gesamte Tisch mit einer Reihe von Smoothies und »Nährstoffshots« bedeckt, die kunstvoll in winzigen Schnapsgläsern auf einem gestuften Ständer angeordnet waren. Jeder von uns nahm sich einen. Ich roch an meinem.

»Ein einzigartiges Bouquet aus erfrischenden Zitrusnoten mit einem kräftigen Körper aus Worcestershiresauce«, verkündete ich und spielte damit auf Morries Weinverkostungen an. Auf keinen Fall würde ich dieses Zeug tatsächlich in den Mund nehmen.

»Guacamole und Löwenzahn hier drüben.« Morrie schüttete sein Glas direkt in den Mülleimer.

»Ich habe Pfirsich und ... vielleicht Stiefelpolitur?« Quoth nahm einen Schluck und verzog das Gesicht. »Jep, definitiv Stiefelpolitur.«

»Ihr seid alle ein Haufen Weicheier. Mir schmeckt es.« Heathcliff riss Quoth das Glas aus der Hand und kippte es in einem Zug runter.

»Das liegt daran, dass wir unsere Geschmacksknospen nicht mit Whisky für fünf Pfund pro Flasche zerstört haben«, konterte Morrie. »Dir ist schon klar, dass die nicht alkoholisch sind?«

Heathcliff stellte sein Glas sofort ab und griff in seine Jacke, um nach seinem Flachmann zu suchen. »Was hat das dann für einen Sinn?«

Während die Jungs über die Vorzüge verschiedener Billigspirituosen stritten, warf ich einen Blick in den Raum und nahm alles in mich auf, was ich sehen konnte. Das musste ein Vermögen gekostet haben ... der DJ, die Lichter, die Statue, die zehn Flaschen Champagner der mittleren Preisklasse, die dort drüben auf dem Tisch standen, ganz zu schweigen von dem verdammten Auto draußen. *Wie bezahlt Mama das alles? Sicher nicht mit dem Verkauf von ein paar Dutzend Flourish-Pflastern ...*

Und wo war Mama? Ich schaute mich erneut um und erwartete, sie mit ihren Gästen reden und lachen zu sehen. Wenn sie sich etwas in den Kopf gesetzt hatte, war sie wirklich charmant und sympathisch. Deshalb war sie auch eine so gute Tarot-Leserin. Sie konnte spüren, was eine Person in diesem Moment hören wollte, und sorgte dafür, dass die Karten dies widerspiegelten. Wenn sie nur diese Pläne, schnell reich zu werden, aufgeben und sich einen richtigen Job suchen und etwas Geld sparen würde ...

Die Statue in der Mitte des Raumes schwankte.

Bildete ich mir das ein?

Muss wohl so sein. Das Blitzlicht spielte meinen Augen einen Streich ...

Nein, da ist es wieder. Die Statue wackelt definitiv. Und ich bin mir sicher, dass sie sich vorher nicht an der Nase gekratzt hat ...

Oh nein.

Bitte NICHT.

Das ist überhaupt keine Statue.

22

Die Statue neigte sich stark nach links. Ich eilte hinüber, packte einen Arm und stützte sie. Warme Haut gab unter meinen Fingern nach. Silberne Farbe blätterte auf den Boden und die gesamte Vorderseite meines Kleides, als Mama gegen mich sackte.

»Hallo, Mina«, lallte sie. »Ich bin so froh, dass du es geschafft hast. Hast du deinen hübschen Freund mitgebracht?«

»Morrie ist hier irgendwo. Mama, was ist los? Warum bist du mit silberner Farbe bedeckt? Und warum klingst du betrunken?«

»Ich bin nicht betrunken! Ich trinke nur noch Flourish-Smoothies ... oh, außer natürlich meinem Champagner zum Feiern ...« Mama deutete auf den Tisch in der Ecke, aber ihr ganzer Körper sackte nach vorne. Sie rutschte zu Boden und klammerte sich an meine Beine, als wären sie das Einzige, was sie aufrecht hielt. »Ich wollte innovativ sein. Sandy, meine Mentorin, sagt, dass man sich von der Masse abheben muss. Sie sagte, man muss die Flourish-Marke verkörpern. Ich bin ganz allein auf diese Idee gekommen. Ist das nicht genial?«

»Oh, sicher, total genial.« Ich deutete auf Heathcliff, der mit einem Stuhl herbeieilte, auf den ich Mama plumpsen lassen konnte. »Ich glaube, mit Marke verkörpern meinte Sandy, dass du dich gesund ernähren und Sport treiben sollst, und nicht, dass du dich buchstäblich in ein Flourish-Maskottchen verwandeln sollst ...« Mir drehte sich der Magen um, als Mamas Kopf zur Seite fiel. Farbgeruch stieg mir in die Nase und meine Schläfen brannten vor Schmerz. Ein widerlicher Gedanke kam mir in den Sinn. »Mama, hast du überprüft, ob diese Farbe für die Anwendung auf der Haut geeignet ist?«

»Die Farbe stammt aus dem Baumarkt. Die würden sie nicht verkaufen, wenn sie nicht sicher wäre!«

Verdammt. Ich drückte meine Finger durch die Farbe auf ihrer Wange und schnupperte an den abblätternden Teilen. Mir wurde schwindelig von den Dämpfen. »Mama ... hast du dich mit *Sprühfarbe* bedeckt?«

»Ich glaube, ich muss mich hinlegen«, murmelte Mama und rutschte vom Stuhl.

Sie ist nicht benommen, weil sie betrunken ist. Sie ist benommen, weil sie seit wer weiß wie langer Zeit Farbe eingeatmet hat. Halte sie wach! Ich zog Mama hoch und schlug ihr auf die Wangen. »Dieser Scheiß ist giftig! Du hast giftige Farbe auf deiner ganzen Haut verteilt. Dein Körper kann keinen Sauerstoff durch die Poren bekommen. Kein Wunder, dass du umkippst.« Ich zog sie wieder hoch und versuchte, die Farbe abzureiben. Aber sie war mittlerweile getrocknet und klebte wie Leim auf ihrer Haut. Hinter mir hatte Morrie sein Handy am Ohr und rief einen Krankenwagen.

»Hör auf, dich aufzuregen, Schatz«, murmelte Mama. »Du bist immer so gestresst. Du musst das Flourish-Pflaster ausprobieren. Das wird dich richtig beruhigen ...«

»Aus dem Weg.« Heathcliff drängte sich mit einem Arm voller Smoothie-Shots und einer großen Fahne, auf der für die Dienste des DJs geworben wurde, an einer sich versammelnden

Menschenmenge vorbei. Er hielt die Shotgläser über Mama und schüttete ihr die klebrigen Smoothies über den Kopf, die Schultern und die Arme.

»Hör auf damit, du Ungläubiger!«, schrie Mama. Silberne Farbe rann in glänzenden Flüssen über ihre Haut. Heathcliff biss die Zähne zusammen, als er mir das Banner zuwarf.

»Dieser Ungläubige hat dir vielleicht gerade das Leben gerettet.« Ich rieb mit dem Banner über ihre jetzt nasse Haut und versuchte, so viel Farbe wie möglich zu entfernen. Es ging jetzt so viel leichter und die Farbe löste sich in großen silbernen Flecken, vermischt mit den bunten Smoothies, mit dem Banner ab. Der DJ schrie Heathcliff an, dass er für den Ersatz des Banners bezahlen müsse. In der Ferne ertönte die Sirene eines Krankenwagens.

»Es hätte schlimmer kommen können«, sagte Morrie, während er das andere Ende der Fahne anhob und Farbe von Mamas Rücken abrieb.

»Wie? Wie hätte es schlimmer kommen können?«

»Jeder könnte sich plötzlich in eine Katze verwandeln.« Morrie grinste. »Zu früh?«

NACHDEM MAMA vom Krankenwagen abgeholt worden war, standen die Leute herum und wussten nicht, was sie mit sich anfangen sollten. Ich hatte mit ihr ins Krankenhaus fahren wollen, aber sie hatte darauf bestanden, dass ich die Party weiterleite. Nicht, dass jetzt noch viel von einer Party übrig war. Der DJ war verärgert gegangen und es gab niemanden, der den Champagner öffnete oder die Berge von kostenlosen Flourish-Pflastern und Smoothie-Mischungen verteilte.

Quoth war es, der den Abend rettete. Er ging hinter das Mischpult, setzte die Kopfhörer auf und legte ein paar süße

Tanzlieder auf. Die Freundinnen von Frau Ellis begaben sich auf die Tanzfläche, gefolgt von einer Gruppe junger Mädchen. Heathcliff warf jedem, der so aussah, als würde er gleich mit ihm sprechen, kostenlose Werbegeschenke zu. Schon bald hatten alle im Raum silberne Pflaster auf dem Arm kleben und tanzten zu Lady Gaga.

Morrie ließ die Korken des billigen Champagners knallen und Heathcliff spülte Schnapsgläser aus, damit wir aus ihnen trinken konnten. Jo fuhr los und kam mit einem Stapel Pizzen zurück, die schnell verschlungen wurden, bevor die hungrigen Tänzer wieder auf die Tanzfläche zurückkehrten. Eines war sicher, ich konnte eine Crew zusammentrommeln, die eine tolle Party auf die Beine stellte.

»Lust auf eine Runde?« Morrie streckte mir seine Hand entgegen.

Ich warf einen Blick auf seine makellosen Budapester. »Meinst du, deine Schuhe halten das aus?« Ich mochte Musik zwar, aber ich war nicht gerade ein Tanzteufel. Eher ein unkoordiniertes Nashorn.

»Ich habe zu Hause noch jede Menge Paare. Ich werde diese gerne für das Vergnügen opfern.« Morrie nahm meine Hand. Obwohl das Lied schnell und mitreißend war, hielt er mich fest und seine Hand ruhte besitzergreifend auf meinem Kreuz, was mein Herz höherschlagen ließ.

»Also ... diese verdammte Katze ist deine Großmutter, Graf Dracula will dein Blut saugen und du hast zugestimmt, einer mutmaßlichen Mörderin zu helfen, ihren Namen reinzuwaschen.« Morrie wirbelte mich am Rand der Tanzfläche herum. »Was habe ich sonst noch verpasst?«

Da fiel mir ein, dass ich ihn noch etwas Wichtiges fragen wollte. »Grey Lachlan ist gestern in den Laden gekommen und hat versucht, Heathcliff zum Verkauf zu überreden.«

»Ah. Und Heathcliff hat ihm gesagt, wo er sich das hinstecken kann?«

»Das hat er auf jeden Fall, aber nicht bevor Grey behauptet hat, dass er über den Zustand unserer Finanzen Bescheid weiß. Er hat auch gesagt, dass er weiß, dass deine Gelder auf einem Bankkonto auf den Kaimaninseln eingefroren sind, weil gegen dich ermittelt wird.«

Ich beobachtete Morries Gesicht genau. Im schwachen Licht konnte ich nichts erkennen, aber seine rechte Augenbraue zuckte leicht. »Du solltest diesem Mann keine Beachtung schenken. Er ist ein Angeber und ein Schwätzer.«

»Das weiß ich, aber kannst du mir mit Hand aufs Herz versichern, dass nicht ein Funken Wahrheit in dem steckt, was er gesagt hat?«

Ich wartete. Morrie atmete zischend durch die Zähne aus. Seine Finger drückten in meinen Rücken. »Es ist etwas Wahres dran.«

»Bist du deshalb nach London gefahren? Und ist das auch der Grund, warum du nicht angeboten hast, den Laden aus unserer aktuellen Finanzkrise zu retten?«

Morrie antwortete nicht.

Besorgnis kroch mir den Rücken hinunter. »Bist du in Schwierigkeiten?«

Morrie öffnete den Mund, um etwas zu sagen, aber dann wanderte sein Blick von meinem Gesicht auf etwas auf der anderen Seite des Raumes. »Ich werde das in Ordnung bringen, Mina. Ich habe einen vorübergehenden Rückschlag erlitten, das ist alles. Die einzige Person, die mein Netzwerk aufdecken könnte, ist Sherlock Holmes selbst, und er steckt immer noch in einem Buch fest, den nichtexistierenden Göttern sei Dank. Alles ist in Ordnung.«

»Sag so etwas wie ›alles ist in Ordnung‹ nicht. Es macht mir Sorgen, dass du etwas Schändliches planst.«

»Ich? Niemals.« Morries Blick huschte wieder über meine Schulter. Seine Finger glitten meinen Arm hinunter, und ich dachte nicht länger an sein kriminelles Imperium. Seine Hände auf mir, sein starker Körper, der mich über die Tanzfläche führte, ... das war alles, was ich wollte ...

Was guckt er so?

Ich trat ihm etwas fester als beabsichtigt auf die Zehen. Morrie zuckte zusammen, aber sein Blick kehrte nicht zu mir zurück. Als Heathcliff vorbeischlenderte und Dotty in seinen Armen herumwirbelte, beugte sich Morrie vor und zischte: »Ist das nicht Miranda aus dem Argleton Arms Hotel?«

Ich warf einen Blick über die Schulter, konnte aber bei all den flackernden Lichtern nichts erkennen. Heathcliff machte sich nicht einmal die Mühe, hinzusehen. »Wen kümmert's?«

»Uns. Ich weiß zufällig, dass sie an den meisten Wochentagen an der Rezeption arbeitet. Es ist wahrscheinlich, dass sie an dem Morgen gearbeitet hat, an dem Danny getötet wurde.« Morrie reckte den Hals. »Sie war wahrscheinlich die letzte Person, die ihn lebend gesehen hat, abgesehen vom Mörder. Sie geht auf den Getränketisch zu. Heathcliff, nimm unsere Frau. Ich regle das.«

Heathcliff ließ Dotty wie eine heiße Kartoffel fallen und schlang seine Arme um mich. Wir tanzten eng aneinandergeschmiegt, während Morrie sich durch die Menge duckte und direkt auf Miranda zuging. Jetzt konnte ich sehen, dass Miranda eine langbeinige Blondine mit einem beeindruckenden Ausschnitt war, der aus ihrem Pullover mit V-Ausschnitt herausquoll. Nach wenigen Augenblicken warf sie ihr Haar zurück und lachte über etwas, das Morrie gesagt hatte. Morrie reichte ihr ein Glas Champagner und sie berührte seinen Arm und lächelte ihn an, während sie mit der Zunge über ihre Unterlippe fuhr. Ein Blitz der Wut durchzuckte mich, als ich sie lachen und flirten sah.

Hm. Das ist seltsam. So etwas hatte ich noch nie empfunden, wenn die Jungs mit anderen Frauen sprachen. Obwohl ich wusste, dass Morrie dort drüben versuchte, mit allen Mitteln Informationen aus Miranda herauszubekommen, fühlte ich mich beim Beobachten nicht unbedingt eifersüchtig, sondern besitzergreifend. Ich wollte zu ihm gehen, meinen Arm um seine Schultern legen und beiläufig erwähnen, dass er mir gehörte, mir allein.

Aber das ist nicht fair. Ich war mit allen dreien zusammen und es machte ihnen nichts aus. Sie stritten sich die ganze Zeit über mich, aber sie stritten sich über alles, also war ich in dem Fall nichts Besonderes. Sie hatten sich bereitwillig dazu erklärt, nur mit mir zusammen zu sein, und ich ... Ich kam nicht einmal damit klar, dass Morrie mit einer heißen Blondine flirtete, um an wichtige Informationen zu kommen?

Ich mochte dieses stechende Gefühl nicht, das mir den Rücken hinunterlief. Ich vermutete, dass es weniger damit zu tun hatte, Morrie ganz für mich allein haben zu wollen, als vielmehr mit meiner Angst, dass sie mich eines Tages zwingen würden, mich zwischen ihnen zu entscheiden, und ich nicht in der Lage wäre, das zu tun.

Ich brauchte etwas zum Ablenken. Zum Glück hatte ich genau das Richtige in meinen Armen.

»Hast du jemals ein Date gehabt?«, fragte ich Heathcliff, lehnte mich an ihn und legte meinen Kopf auf seine Schulter. Heathcliff konnte nicht so tanzen wie Morrie, aber er erlaubte mir, auf seinen Füßen zu stehen, während er unbeholfen hin und her schlurfte. »Bevor du mich getroffen hast, meine ich.«

Er schüttelte den Kopf. »Ich hatte nie Interesse daran. Auch wenn Morrie ein Online-Dating-Profil für mich erstellt hat.«

»Nein, das hat er nicht!« Ich konnte es mir kaum vorstellen.

»Doch. Er hat mich wie einen grüblerischen, gefühlvollen Künstler dargestellt. Ich habe mich mit einem Mädchen getroffen, das mir eine Null-Sterne-Bewertung hinterlassen hat.«

»Das glaube ich nicht.«

»Es ist wahr. Sie sagte, ich wäre kein gequälter Bad Boy, sondern einfach nur ein Idiot, und die Zeit mit mir sei die reinste Folter gewesen.«

»Das klingt, als wäre sie das Problem gewesen, nicht du.« Ich vergrub meine Finger in seinem zerzausten Haar. »Ich kann nicht glauben, wie man jemandem eine Null-Sterne-Bewertung geben kann. Allein fürs Erscheinen bekäme man doch wenigstens einen Stern.«

»Anscheinend habe ich diese Wirkung auf Menschen.« Heathcliffs Lippen streiften meinen Kopf. Die Geste war so untypisch sanft, dass mein Herz einen Sprung machte. Für einen Moment vergaß ich Morrie und das seltsame Gefühl in meiner Wirbelsäule.

Dann erhaschte ich wieder einen Blick auf Morrie und Miranda. Sie hatten ihre Köpfe zusammengesteckt und unterhielten sich angeregt. Das unangenehme Gefühl kehrte mit voller Wucht zurück.

Ich drehte Heathcliff in die andere Richtung, damit ich nicht hinsehen musste. »Hast du jemals darüber nachgedacht, was du mit dir anfangen würdest, wenn du Nevermore nicht mehr leiten müsstest?«

Er schnaubte. »Warum sollte ich das tun? Dein Vater hat mir einen Job gegeben. Ich werde nicht gehen. Was sollte ich denn sonst tun? In die Moore gehen und nach meinem Geburtsrecht suchen, einem Haus und Land und einer Ex-Geliebten, die es nicht gibt?«

»Ich meine es ernst. Stell dir mal vor, das Schlafzimmer im Obergeschoss wäre kein Tor zu Raum und Zeit und diese Buchmagie, was auch immer das ist, hätte nicht zufällig fiktive Figuren zum Leben erweckt, und es gäbe keinen Vorrat an gefährlichen okkulten Büchern, der im Lagerraum versteckt wäre, und keine Quelle mit uraltem mystischem Wasser irgendwo unter den Fundamenten. Wenn Nevermore nur ein ganz normaler Buchladen wäre und du nur ein ganz normaler Typ, würdest du ihn dann leiten wollen?«

»Ja.«

Seine Antwort überraschte mich. »Warum?«

»Weil du da bist.«

»Heathcliff Earnshaw, das ist keine Antwort. Ich habe gefragt, was *du* willst. Du kannst Kunden nicht ausstehen. Du willst nicht lernen, wie man den Computer benutzt. Die Hälfte der Zeit interessierst du dich nicht einmal wirklich für die Bücher.«

»Ich habe es dir gerade gesagt. Ich möchte mit dir zusammen sein, Mina. Und du liebst die Buchhandlung. Bevor du kamst, waren es nur staubige Regale voller Papier, Morrie und Quoth waren nervige Ärsche und die Kunden schienen direkt aus der Hölle geschickt worden zu sein, um mich zu quälen. Aber dann kamst du mit all deinen verrückten Ideen. Mit dir macht es *Spaß*.«

»Hast du gerade das Wort Spaß ohne Ironie benutzt? Ich glaube, ich werde ohnmächtig.«

»Es stimmt. Durch dich habe ich wieder Lust, das Leben zu genießen, auch wenn ich diesen verdammten Computer nie benutzen werde.« Der Hauch eines Lächelns spielte um Heathcliffs Mund. »Wenn es stimmt, was Grimalkin sagt, dann hast du, meine Liebe, mich vielleicht überhaupt erst hierhergebracht, zu dir. Warum sollte ich also gehen wollen?« Er starrte mich finster an. »Willst du, dass ich gehe? Ist es das?«

»Auf keinen Fall.« Ich küsste seine stoppelige Wange. »Aber in letzter Zeit habe ich mir überlegt, dass wir nicht für immer so leben können. Was wir jetzt haben, du, ich, Morrie, Quoth, ist *fantastisch*, aber es kann nicht ewig so bleiben. Diese Welt akzeptiert eine Beziehung wie unsere nicht, und früher oder später wird es zu Problemen kommen. Jemand wird aussteigen wollen.«

»Ich nicht.« Er schüttelte den Kopf. Es schien unmöglich, aber das Schwarz seiner Augen wurde noch schwärzer. »Du etwa?«

»Nein. Niemals. Wir sind wie … Ich habe noch nie irgendwo reingepasst, nicht in der Schule, nicht in dieser Stadt, nicht einmal wirklich in New York City. Ich war das Puzzleteil in der Schachtel, das aus einem komplett anderen Puzzle stammte. Aber mit euch dreien zusammen zu sein, ist, als würde man die richtigen Puzzleteile zusammenfügen. Wir passen alle zusammen und ergeben ein schönes, lebendiges Bild. Aber einer von uns wird es irgendwann leid sein, nur einer von vieren zu sein. Und was ist mit Heirat? Kindern? Was ist mit dem Sorgerecht? Was ist mit Kino zum Pärchenpreis? Was ist damit, wie diese Stadt uns behandeln wird, sobald sie herausfindet, dass wir alle miteinander ausgehen?«

»Mir ist es egal, was die Leute denken«, knurrte er.

»Eines Tages könnte es dir etwas ausmachen. Vielleicht.«

»Unwahrscheinlich.«

»Oder vielleicht Quoth. Oder Morrie. Wir können nicht gerade normale Dinge tun. Wenn wir alle zusammen auf ein Date gehen, werden die Leute uns anstarren. Wie würden wir zusammen ein Haus kaufen? Wie regeln wir die Lebensversicherung oder die Aufteilung der Hausarbeit? Wer putzt das Badezimmer? Wie zum Teufel unterschreiben wir unsere Weihnachtskarten?«

»Das ist leicht. Wir verschicken einfach keine Weihnachtskarten.«

»Ich meine es ernst! Die Welt ist nicht dafür geschaffen, eine Beziehung wie unsere zu akzeptieren. Wir gehen den schwierigsten Weg, und ich habe Angst, dass einer von uns eines Tages aufwachen und sich wünschen wird, dass es einfacher wäre.«

»Das wird nicht passieren.« Heathcliff verengte seine dunklen Augen zu mir. »Weißt du warum?«

»Warum?«

Heiße Lippen pressten sich auf meine. Heathcliffs Kuss erfüllte mich mit seinem Verlangen und ließ mich in der Quelle seiner Liebe ertrinken. Es war ein Kuss, der beredter und leidenschaftlicher sprach, als Worte es je könnten.

Heathcliff zog sich zurück. Seine Brust hob und senkte sich. Ich rang nach Luft. Dieser Kuss ... er sagte mir, dass, soweit es Heathcliff betraf, alle meine Sorgen völlig unbegründet waren. Die Gewissheit, die in diesem Kuss steckte, machte mich stark.

Morries Kopf tauchte zwischen uns auf. »Tut mir leid, dass ich die Party unterbreche, ihr Turteltauben. Aber ich habe Neuigkeiten.«

»Hat Miranda dir einen Smoothie über den Kopf geschüttet?«, fragte ich und versuchte, nicht allzu hoffnungsvoll zu klingen.

»Natürlich nicht. In nur wenigen Minuten erlag sie meinem nicht unerheblichen Charme und verriet mir alle Details über Dannys letzten Morgen. Laut Miranda kam Brian zuerst im Hotel an, allein, gefolgt von Angus eine halbe Stunde später, der Dannys Frau Penny begleitete. Danny und Amanda kamen nach Mitternacht. Sie saßen etwa eine Stunde in der Bar, bevor sie ins Bett gingen. Miranda sagte, sie hätten heftig geflirtet. Sie sagte auch, dass sie zusammen nach oben gingen und es schien, als würden sie ... ›die ganze Nacht vögeln‹, wie sie es ausdrückte. Ich persönlich bevorzuge etwas Poetischeres, wie sich die Hörner abstoßen oder ein bisschen Ferkelei, Mittagsschlaf für Erwachsene, die Badewanne abdichten, der Venus dienen, Brötchen backen, in der Horizontalen tanzen, nach Forellen in einem besonderen Fluss tasten, Blitzkrieg mit dem Fleischgewehr, auf die Klappen einhämmern ...«

Auf die Klappen einhämmern? Ich verdrehte die Augen. »Wir haben es verstanden. Woher hast du überhaupt diesen ganzen Kram?«

»Ich bin ein Mann mit vielen Talenten. Willst du den Rest meiner Geschichte hören?«

Ich seufzte. »Ja. Bitte fahre fort, ohne poetische Euphemismen.«

»Am Morgen hat Miranda Danny gegen fünf Uhr morgens das Hotel verlassen sehen. Er war in bester Stimmung, flirtete mit ihr und erkundigte sich nach den Möglichkeiten, zu Abend zu essen bei seiner Rückkehr. Ein paar Minuten nachdem er gegangen war, rief Angus an der Rezeption an und bat um ein paar Handtücher, die im Flur vor seinem Zimmer deponiert werden sollten. Miranda verließ den Empfang und ging mit den Handtüchern nach oben. An Angus ´ Tür hing das ›Bitte nicht stören‹ - Schild. Als sie den Stapel vor Angus ´ Zimmer ablegte, konnte sie nicht umhin, die Geräusche eines ziemlich heftigen Liebesspiels aus dem Zimmer zu hören.«

»Hat sie die Stimme der Frau erkannt?«

»Sie sagt, es wäre Amanda Letterman gewesen.«

Ich konnte es kaum glauben. »Also hat Amanda sowohl Danny als auch Angus gevögelt, in derselben Nacht, unter demselben Dach wie Brian? Der Typ muss davon gewusst haben.«

»Ganz meine Meinung. Und er war die wahrscheinlichste Person, die Beverlys Schal aufgehoben haben könnte. Ich bin mir nur nicht sicher, ob er für Dannys Tod verantwortlich ist. Wenn es bei diesem Mord um Untreue ging, warum dann Danny? Warum nicht Amanda? Was hat Brian außer Rache davon? Dieser Mord war vorsätzlich. Der Mörder hat sich die Art des Todes genau überlegt. Er will damit eine Botschaft senden. Alles deutet darauf hin, dass es mit dem Mord an Abigail Ingram zu tun hat. Das bedeutet, dass alle Beweise immer noch auf Beverly hindeuten.«

Aber meine Gedanken kreisten in eine ganz andere Richtung. »Oder vielleicht ging es bei allem nur darum, eine Ablenkung zu schaffen. Wenn jemand wusste, dass Angus und Amanda miteinander schliefen ...«

Morrie rieb sich das Kinn. »Das ist möglich. Es kann sein, dass es nicht Angus am Telefon gewesen war. Miranda sagte, er hätte müde und gedämpft geklungen. Der Mörder hätte Miranda bitten können, die Handtücher nach oben zu bringen, da er wusste, dass Angus das ›Bitte nicht stören‹ - Schild aufgehängt hatte. Da Miranda aus dem Weg war, konnte der Mörder an der Rezeption vorbeischleichen, um Danny im Laden zu treffen.«

»Das klingt kompliziert«, sagte Heathcliff. »Wäre es nicht sinnvoller, einfach einen Notausgang zu benutzen?«

Morrie schüttelte den Kopf. »Alle Ausgänge sind alarmgesichert, um zu verhindern, dass Gäste sich zum Rauchen hinausschleichen.«

»Hätte Miranda nicht anhand der Telefonnummer sehen können, aus welchem Zimmer der Anruf kam? Und wenn sich jemand an der Rezeption vorbeischleicht, hätte die Polizei das doch sicher auf dem Überwachungsvideo gesehen.«

»Das ist das Argleton Arms Hotel, nicht das Waldorf. Solche Technik haben die nicht. Die Überwachungskamera über der Eingangstür ist seit Monaten kaputt.«

»Eines wissen wir mit Sicherheit«, sagte ich. »Angus und Amanda haben ein Alibi. Sie haben einander. Bleiben noch Brian Letterman und Dannys Frau Penny, die kein Alibi haben. Beide hatten einen Grund, Danny zu hassen, und beide hatten reichlich Gelegenheit, ihm aus dem Hotel zu folgen. Und das gilt natürlich auch für Jim Mathis oder andere Verdächtige, die uns noch nicht bekannt sind.«

Heathcliff schnaubte. »Natürlich gibt es noch eine andere Möglichkeit. Dass Beverly Ingram Danny wirklich getötet hat.«

Ich schüttelte den Kopf. »Ich kann es einfach nicht glauben.«

»Na gut, na gut«, murmelte Heathcliff. »Wir werden diese sinnlose Suche fortsetzen. Wie lange wollen wir noch auf dieser Party bleiben? Der ganze Champagner ist alle.«

Ich warf einen Blick in die Runde. Die Party schien sich dem Ende zuzuneigen. Der Einzige, der noch tanzte, war Quoth, der hinter dem Mischpult stand, während ihm beim Headbangen zu Blur die schwarzen Haare ums Gesicht flogen.

Ich grinste. »Na gut. Ich schätze, es ist Zeit, Schluss zu machen. Du suchst Jo. Ich schnappe mir Partylöwe Quoth. Er muss heute Nacht viel Schlaf bekommen, weil wir morgen früh diese Kunstschule besuchen werden.«

23

Meine Nerven lagen blank, als Quoth und ich vor dem Argleton Arms Hotel in den Bus stiegen. Ich wünschte mir so sehr, dass heute alles glatt für ihn laufen würde. Dies war das erste Mal, dass er etwas für sich selbst tat, aus eigener Initiative, und wenn etwas schiefgehen würde, würde er sich wieder in sein Schneckenhaus zurückziehen und sein strahlendes Lächeln würde noch seltener sein als sonst.

Neben mir platzte Quoth beinahe vor Aufregung. Seine Freude war ansteckend und ich konnte spüren, wie alle Augen im Bus auf ihn gerichtet waren. Wie auch nicht, wenn er auf seinem Sitz hin und her rutschte und dabei sein üppiges Haar durcheinanderwirbelte?

Der Bus setzte uns direkt vor dem Campus ab. Quoth nestelte an seiner Kleidung herum, während wir durch die Tore zum Verwaltungsgebäude gingen. Ich griff nach seiner Hand und drückte sie.

Wir betraten ein helles, luftiges Atrium. Eine ganze Wand wurde von einem riesigen abstrakten Triptychon bedeckt, wobei sich die großen Tafeln über zwei Stockwerke erstreckten.

Die glänzende Farbe war so dick aufgetragen worden, dass sie in scharfen Graten hervorstand und den Tafeln eine taktile Nuance verlieh, die zum Anfassen einlud. Studenten schlurften hin und her, schwangen ihre Büchertaschen und unterhielten sich mit lauten, aufgeregten Stimmen.

»Hallo«, sagte ich zu der Frau hinter dem Tresen. »Wir sind Mina Wilde und Allan Poe. Wir sind hier, um uns die Kunstabteilung anzusehen.«

»Natürlich. Frau Anders erwartet Sie bereits. Sie wird gleich unten sein.«

Ein paar Augenblicke später erschien eine Frau mit leuchtend rosa Haaren, gekleidet in ein fließendes, mehrfarbiges Maxikleid und einen leuchtend violetten Strickschal. Sie schüttelte uns nacheinander die Hände. »Willkommen. Ich bin Charlotte Anders und freue mich sehr darauf, Ihnen den Campus zu zeigen, Allan. Ich habe mir Ihr Portfolio angesehen. Ihre Arbeit ist *beeindruckend*. Nicht mein Geschmack, ein bisschen zu düster für mich, fürchte ich, aber ich denke, Sie werden hier gut reinpassen.«

Quoths Gesicht hellte sich bei ihren Worten auf. Sie drehte sich zu mir um. »Bewerben Sie sich auch, Mina?«

»Nein, ich ...«

»Mina ist eine erstaunliche Kreative«, unterbrach Quoth sie. »Sie hat die Kleidung, die sie trägt, selbst entworfen. Sie hat an der New York Fashion School Mode studiert und für Marcus Ribald gearbeitet.«

Jetzt war ich an der Reihe, rot zu werden. Bei der Erwähnung von Ribalds Namen leuchtete das Gesicht von Frau Anders auf. »Wow, das ist ja großartig. Ich liebe Ribalds Arbeit. Das Kleid, das er 2017 auf der New York Fashion Week aus Nägeln und Schrauben entworfen hat? Umwerfend! Wir sind natürlich nichts im Vergleich zur Fashion School, aber ich zeige dir gerne unsere Mode- und Textilworkshops ...«

»Eigentlich bin ich nur hier, um Quoth, ähm, Allan zu unterstützen«, sagte ich. »Ich könnte mir durchaus vorstellen, noch einmal zur Schule zu gehen, aber nicht im Modebereich. Ich brauche einen Berufswechsel.«

»Nun, wir haben viele tolle Programme, vor allem im künstlerischen Bereich, und wir sind viel näher als New York City. Kommen Sie, ich zeige Ihnen die Kunstabteilung.« Frau Anders führte uns durch einen hellen, luftigen Atelierraum. Die Schüler arbeiteten an einzelnen Stationen an großen Leinwänden oder bastelten an Stahlskulpturen. In der hinteren Ecke hatte ein Mädchen ihren nackten Körper mit den Farben des Regenbogens bestrichen und wälzte sich auf einer großen Leinwand, die den halben Boden bedeckte. Jeder Zentimeter der Wände war mit Gemälden, Drucken, Radierungen und Fotografien bedeckt, von denen eine interessanter war als die andere.

In einem anderen Gemeinschaftsraum befanden sich kleinere private Ateliers, jedes mit riesigen Fenstern, aus denen man auf den Park hinausschaute. Quoths Augen wurden groß wie Untertassen, als er die schönen Räume und die mit Kunstbedarf gefüllten Schränke betrachtete. Wir sahen ein Holz- und Metallbearbeitungsatelier, die Töpferöfen und die Fotostudios.

»Was halten Sie davon, Allan?«, fragte Frau Anders, als wir durch den Flügel der Lehrerschaft gingen, in dem kleinere Tutorien stattfanden und die Dozenten ihre Büros hatten. »Sehen wir uns im nächsten Semester?«

Quoths Finger drückten die meinen. »Ich denke schon.«

»Ausgezeichnet. Ich kann Ihnen unsere Anmeldeformulare geben, bevor Sie gehen ... Oh, ich würde Ihnen gerne noch jemand Besonderen vorstellen.« Frau Anders klopfte an eine Tür am Ende des Gemeinschaftsraums. »Marjorie? Ich habe hier zwei potenzielle Studenten für dich.«

»Neue Opfer?« Die Frau hinter der Tür kicherte wie eine Hexe aus dem Märchenbuch. »Bring sie herein.«

Frau Anders stieß die Tür auf und bat uns herein. Als Erstes fiel mir die runde Frau mit den rosigen Wangen und den glasigen Augen auf, die sich in ihrem Stuhl umdrehte, um uns zu begrüßen. Ein weißer Gehstock lehnte an ihrem Schreibtisch und zu ihren Füßen machte ein schwarzer Labrador im Geschirr ein Nickerchen.

Der Raum war mit den bemerkenswertesten Kunstwerken gefüllt. Kräftige Farbtupfer schienen von den Wänden zu springen. Auf jeder Oberfläche standen Skulpturen: gewundene Tonformen, polierte Treibholzschnitzereien und viele Metallgegenstände, die aussahen, als würden sie sich bewegen. Das Fenster war voller Klangspiele und hängender Skulpturen. Sogar ihr Wickelkleid war laut und lebhaft; bunte Quadrate wie ein Gemälde von Mondrian. An ihren Ohren baumelten lindgrüne Dreiecke und ein passendes Armband umschloss ihr Handgelenk. Meine Augen reagierten auf die Farbe und das Licht und erzeugten ihre eigenen tanzenden Muster.

Die Frau drückte eine Taste auf ihrer Tastatur, um ihren Computer stummzuschalten, der mit roboterhafter Stimme eine Liste von E-Mail-Adressen ausgab. »Willkommen, willkommen«, sagte sie, faltete die Hände und starrte auf einen Punkt links von Quoth.

In diesem Moment wurde mir klar, dass diese Frau blind war.

24

»Ich bin Marjorie Hansen, Kursleiterin hier, und ich freue mich sehr, dass Sie hier sind«, sagte sie und deutete auf ein paar mit Farbe bespritzte Stühle gegenüber ihrem Schreibtisch. »Bitte, setzen Sie sich. Möchten Sie etwas Tee?«

Ich nickte und merkte dann, dass das dumm war. »Ja, bitte.«

Ich erwartete, dass Frau Anders den Raum verlassen würde, um Tee zu holen, aber sie setzte sich neben uns. Marjorie drehte sich zu einem kleinen Teetablett neben ihrem Schreibtisch und schaltete einen Wasserkocher ein. Sie sammelte angeschlagene Tassen in leuchtenden Farben ein und ordnete sie auf dem Tablett an, wobei sie uns nach unseren Vorlieben fragte. Ich bemerkte Braille-Etiketten auf ihren Teedosen und ein kleines Gerät neben den Teelöffeln.

Neben ihrem Computer standen ein schräger Zeichentisch und eine flache Oberfläche, auf der Tonblöcke und Bildhauerwerkzeuge gestapelt waren. Quoth schaute mich mit großen, besorgten Augen an. Er drückte meine Finger und überprüfte, ob es mir gut ging. Ich erwiderte den Händedruck mehr fasziniert als betroffen. Marjorie war die erste blinde Person, die ich abgesehen von Herrn Simson, meinem Vater, getroffen hatte. »Haben Sie die Kunstwerke an den Wänden geschaffen, Marjorie?«, fragte ich.

»Das meiste davon«, antwortete sie. »Bei meiner Arbeit dreht sich alles um Bewegung. Ich mag Kunst, die sich ständig verändert, nie statisch ist. Deshalb habe ich mich für dieses Eckbüro entschieden. Ich kann die Fenster öffnen und die Brise hereinlassen. An einem windigen Tag klingt es hier drinnen mit all dem Klappern und Scheppern wie eine Heavy-Metal-Band.«

Ich lachte. »Das glaube ich.«

»Verraten Sie mir ihren Namen?«

»Ich bin Mina.«

»Und ich bin Allan«, sagte Quoth.

»Sind Sie beide daran interessiert, sich für einen unserer Kunststudiengänge einzuschreiben?«

»Ich schon.« Quoths Stimme klang wie Musik. Er klang so unbeschwert und glücklich, dass mir das Herz aufging. »Mina ist gekommen, um mich zu unterstützen, obwohl ich hoffe, sie davon überzeugen zu können, sich mir anzuschließen. Sie ist unglaublich kreativ.«

Das Wasser war heiß. Marjorie befestigte das kleine Gerät oben an einer Tasse und goss das Wasser ein. Als der Wasserstand knapp unter dem Rand war, gab das Gerät einen lauten Piepton von sich, und sie legte es beiseite und reichte mir die Tasse.

»Das lassen wir Mina besser selbst entscheiden«, sagte sie, lehnte sich zurück und nippte an ihrer eigenen Tasse. »Erzählen Sie mir von Ihrer Arbeit, Allan.«

Quoth griff nach seiner Mappe, aber dann erinnerte er sich daran, dass das sinnlos war. Stattdessen beschrieb er einige seiner jüngsten Werke, die Dinge, die er gerne malte, wie er sich mit einem Pinsel in der Hand fühlte und die Künstler, deren

Werke er bewunderte. Es waren mehr Worte, als ich ihn jemals mit jemandem sprechen gehört hatte, der nicht ich war. Irgendetwas an dieser Frau beruhigte ihn.

Sie beruhigte auch mich. Die Art und Weise, wie sie sich in ihrem überfüllten Büro bewegte, wie sie Arbeitsstücke aufhob, um sie ihm zu zeigen, oder Bücher in ihrem Regal fand, die er lesen durfte, machte deutlich, dass sie sich dort völlig zu Hause fühlte. Sie wusste, wo alles in diesem organisierten Chaos aufbewahrt wurde. Ich hatte so viele Fragen, die ich ihr stellen wollte: über das Gerät, das an ihren Computer angeschlossen war und ihr den Bildschirm vorlas, über das kleine Werkzeug, mit dem sie den Wasserstand im Tee maß, darüber, wie sie die Farben auswählte, die sie malte, obwohl sie sie nicht sehen konnte.

Stattdessen beobachtete ich sie. Dies war eine erfolgreiche, fähige Frau, die nicht nur als Künstlerin, sondern auch als Kursleiterin Karriere machte. Und sie war blind. Majorie war genau die Art von Person, die ich sein wollte. Ich wollte unbedingt ihre Geschichte erfahren, wie sie den Frieden gefunden hatte, den sie wie ein perfekt sitzendes Kleid trug. Aber mir fehlten die Worte. Ich saß da, wie betäubt und voller Ehrfurcht, als Quoth und Marjorie in ein lockeres Gespräch über Mondrians Verwendung von Form und Geometrie verfielen.

»Sogar mein Blindenhund ist nach ihm benannt.« Majorie stupste ihren Hund Mondrian an, damit wir ihn streicheln konnten. »Ich habe den Namen nicht ausgesucht. Die Menschen, die für die Organisation spenden, die die Hunde ausbildet, geben ihnen ihre Namen. Jedem Wurf wird ein Buchstabe des Alphabets zugewiesen und alle Hunde in diesem Wurf müssen Namen haben, die mit diesem Buchstaben beginnen. Jeder Hund lebt im ersten Lebensjahr bei einem Freiwilligen, dann erhalten sie eine 26-wöchige

Spezialausbildung, bevor sie mit einem Besitzer zusammengeführt werden. Als ich Mondrian zugeteilt bekam, war mir klar, dass es Schicksal ist.« Marjorie kraulte ihn hinter den Ohren. »Und hier sind wir nun, fünf Jahre später, und wir sind füreinander wie eine Familie.«

Mondrian drehte sich um, damit ich seinen Bauch kraulen konnte, und streckte dabei selig seine Zunge heraus. Ich dachte daran, wie viel Spaß es machen würde, einen Welpen im Laden zu haben, besonders wenn er so sanft und hilfsbereit war wie Mondrian.

Als wir zwanzig Minuten später Marjories Büro verließen, fühlte ich mich, als würde ich schweben. Durch die Begegnung mit ihr hatte ich ein Geschenk erhalten, mit dem ich nie gerechnet hatte. Mein Kopf schwirrte vor lauter Ideen, neuen Dingen, die ich mit der Buchhandlung machen könnte, und Möglichkeiten, wie ich weiterhin kreativ sein könnte, selbst wenn ich nichts sehen konnte.

An der Rezeption überreichte uns Frau Anders jeweils einen dicken Umschlag mit Anmeldeunterlagen und einen Kursprospekt. »Ich hoffe, ich sehe Sie beide bald wieder hier«, sagte sie und warf mir einen bedeutungsvollen Blick zu.

»Man weiß nie«, antwortete ich.

Sobald wir draußen waren und zur Bushaltestelle gingen, stellte ich Quoth die Frage, die mich seit dem Betreten ihres Zimmers beschäftigt hatte. »Wusstest du von Marjorie, als du mich gebeten hast, hierherzukommen?«

»Ich schwöre, ich wusste nichts davon ...« Quoth packte meinen Arm. »Mina, das ist Brian Letterman.«

Ich folgte seinem Blick nach vorne, wo ein Mann den Weg vor uns entlangging und auf das Verwaltungsgebäude zuging. Seine Hand lag an seinem Ohr. Vermutlich hielt er ein Telefon, denn ich konnte hören, wie er vor sich hinmurmelte. Aus dieser

Entfernung konnte ich ihn nicht erkennen, aber wenn Quoth sagte, dass es der Verleger war, glaubte ich ihm.

»Er hat erzählt, dass er hier einen Verlagskurs geben würde«, erinnerte ich mich. »Ich wette, er ist auf demselben Campus. Lass uns ihm folgen.«

Wenn ich mit Morrie zusammen gewesen wäre, wäre er bereits in die Büsche getaucht, das Telefon bereit, das Gespräch aufzunehmen. Aber ich war mit Quoth zusammen, der sofort den Blick abwandte. »Es ist ein privates Gespräch. Ich denke nicht, dass wir ...«

»Unsinn«, zischte ich, zog Quoth in die Büsche und holte mein Handy heraus, um das, was wir hörten, aufzunehmen. Ich hatte viel zu viel von James Moriarty gelernt. »Ich werde nicht zulassen, dass dieser Mord den Laden zerstört. Brian Letterman ist einer unserer Verdächtigen, und wir könnten wertvolle Informationen erhalten. Jetzt pssst.«

Ich hielt mein Handy in die Nähe der Buschspitze, gerade als Brian vorbeiging. »... das ist mir klar, Schatz, aber ich kann nicht wirklich etwas tun, solange die Polizei herumschnüffelt.« Brians Stimme war voller Verachtung. Er kam auf die Büsche zu, stand direkt über unseren Köpfen. *Ausgezeichnet, ausgezeichnet.* »Sobald sich die Lage beruhigt hat, werde ich mich Dannys Backlist widmen.«

Er muss von Dannys Büchern sprechen.

Brian fuhr fort. »Genau, Liebling ... laut seinem Anwalt hat er den Papierkram nicht erledigt. Penny müsste die Verhandlungen von vorne beginnen, und in der Zwischenzeit kann ich so viele neue Ausgaben veröffentlichen, wie ich möchte. Dank seines vorzeitigen Todes werden sie sich wie warme Semmeln verkaufen. Selbst wenn wir Penny irgendwann die Rechte zurückgeben müssen, werden wir in der Zwischenzeit einen Haufen Geld verdienen. Das geschieht diesem gierigen

Bastard recht dafür, dass er im Selbstverlag veröffentlichen und alle Tantiemen für sich behalten wollte. Ich bin der Grund dafür, dass seine Karriere das ist, was sie ist, und er versucht, mich auszuschließen? Sieh nur, wohin ihn das gebracht hat, aye?«

Okay, das ist gruselig.

»... unsere Geldsorgen werden vorbei sein, aber nur, wenn wir einen klaren Kopf bewahren. Das bedeutet, dass du in einem schwarzen Kleid zur Beerdigung gehst, das deine Brüste wirklich bedeckt sind, und du eine Stunde lang mit niemandem schläfst oder den Mund aufmachst. Meinst du, das bekommst du hin, Schatz?«

Die Stimme am anderen Ende begann zu schreien. Brian unterbrach das Gespräch und steckte das Telefon in die Tasche.

»Was bedeutet das alles?«, fragte Quoth.

»Es klingt, als habe Danny die Rechte an seiner Backlist widerrufen wollen, um alle seine Bücher selbst zu veröffentlichen«, flüsterte ich. »Das würde Brian von Dannys Tantiemen ausschließen. Nur war der Papierkram noch nicht erledigt, bevor Danny starb, was bedeutet, dass Brian weiterhin von Dannys Nachlass profitiert, bis Penny dazu kommt, den Prozess wieder aufzunehmen ...«

»Aber würde das nicht bedeuten ...«

»Dass Brian einen großen finanziellen Anreiz hatte, Danny zu töten?« Ich beobachtete, wie der Mann mit kaltem Herzen auf den Parkplatz ging. »Ja, ja, das tut es.«

25

»Du hast recht.« Morrie blickte von seinem Computer auf. »Brian Letterman steckt in großen finanziellen Schwierigkeiten. Er lebt von seinen Kreditkarten, sein Geschäft ist am Boden und seine Autoren werden in den Rezensionen verrissen. Hinzu kommt, dass seine Frau süchtig nach Designerhandtaschen und teuren Reisen ist. Die einzigen Bücher, mit denen Brian Gewinn macht, sind Dannys. Ich wette, er hat auf die Tantiemen aus Dannys Memoiren gesetzt, um alles wieder ins Lot zu bringen, aber wenn Danny im Eigenverlag veröffentlicht hätte, würde Brian nichts bekommen.«

»Wir müssen zur Polizei gehen«, sagte ich.

»Das könnten wir tun«, sagte Morrie. »Aber es gibt nicht genug Beweise, um Brian zu verurteilen. Hayes und Wilson haben wahrscheinlich dieselben Informationen und sie halten trotzdem Beverly Ingram in Gewahrsam. In der Zwischenzeit wird der Laden weiterhin leer sein und du wirst mir weiterhin deine sexuellen Gefälligkeiten vorenthalten, bis mein ganzer Körper so blau wird wie meine Eier ...«

»Wir hatten *eine Nacht* lang keinen Sex, weil ich früh ins

Bett musste. Du wirst es überleben. Ich nehme an, du hast eine bessere Idee?«

»Natürlich. Jede Idee, die ich habe, ist von Natur aus überlegen. Brians Frau ist die einzige andere Person, die von seinem geschäftlichen Misserfolg oder diesem Konflikt zwischen ihm und Danny wusste. Wenn jemand den Schmutz darüber verbreiten könnte, was einen sanftmütigen Verleger in einen kaltherzigen Mörder verwandeln könnte, dann wäre sie es. Alles, was wir tun müssen, ist, Amanda Letterman davon zu überzeugen, uns verwendbare Informationen zu geben. Ich bin bereit, mein beträchtliches Vermögen an unrechtmäßig erworbenen Goldbarren darauf zu verwetten, dass sie der Polizei nicht die ganze Wahrheit gesagt hat.«

»Und wie willst du das anstellen?« Ich musste an Morries Flirt mit Miranda auf Mamas Party denken.

»Ich werde diesmal nicht derjenige sein, der uns die Informationen besorgt.« Morrie grinste. »Du hast es auf der Party selbst gesehen. Amandas Geschmack tendiert eher zu einem rauen, ungepflegten Mann als zu einem Prachtexemplar wie mir. Heathcliff, der Begehrte, wird die Überzeugungsarbeit leisten.«

»Du schuldest mir was«, murmelte Heathcliff, als ich ihn in Richtung der verzierten Doppeltüren des Hotels schob.

»Ich habe bereits zugestimmt, den Laden die nächsten zwei Wochen zu übernehmen«, sagte ich. »Das sind zwei Wochen, in denen du oben vor dem Kamin faulenzen, Bücher lesen und meiner Großmutter den Rücken streicheln kannst, ohne dass ein einziger Kunde in Sicht ist. Was willst du mehr von mir?«

»Als wüsstest du das nicht«, knurrte Heathcliff und seine

Augen verdunkelten sich vor Lust. Ein tiefes Schnurren dröhnte in meinem Bauch.

»Hey, ihr zwei, beruhigt euch. Heathcliff muss sich seinen sexuellen Appetit für unser Ziel aufsparen. Rein mit dir, Tiger.« Morrie gab ihm einen kräftigen Schubs. Heathcliff protestierte grunzend, aber er rang sich durch, hineinzugehen.

»Es ist kein Wandschrank!«, rief ich ihm nach.

Ich dachte an das letzte Mal, als ich Amanda gesehen hatte. Morrie hatte Amandas Kalender von ihrem Cloud-Account heruntergeladen und herausgefunden, dass sie jeden zweiten Dienstag im Argleton Arms Hotel zum Nachmittagstee ging. Ich hatte einen Tisch für Heathcliff reserviert und dann ein paar Stunden damit verbracht, ihn in der korrekten Tee-Etikette zu unterweisen, anscheinend etwas, das Nelly Dean ihm nie beigebracht hatte. Morrie hatte ihn in etwas gekleidet, das er für eine Art passabler Eleganz hielt. Dann hatte er alles ruiniert, indem er versucht hatte, Heathcliff zu rasieren, und Quoth hatte eingreifen müssen, um den folgenden Faustkampf zu beenden. Es hat sich jedoch gelohnt, denn Heathcliff schlenderte zur Tür und sah dabei mehr wie ein Gentleman aus als je zuvor. Tatsächlich sah er verdammt gut aus, mit gekämmten Haaren und frischer, faltenfreier Kleidung ...

»Heb deine Kinnlade vom Fußweg auf, Frau«, befahl Morrie mir, als Heathcliff im Restaurant verschwand. »Er mag zwar die Rolle spielen, aber der Mistkerl hat sich geweigert, ein Mikrofon zu tragen, also werden wir hier einfach sitzen und warten müssen, bis er zurückkommt. Hoffentlich erinnert er sich an alles, was sie ihm sagt, denn er hat kein fotografisches Gedächtnis wie ich ...«

»Er wird schon klarkommen, und ich habe nichts dagegen, hier mit dir zu sitzen.« Ich nahm seine Hand. »So haben wir die Möglichkeit, miteinander zu reden.«

»Worüber willst du denn reden? Ich bin Experte für

verschiedene Themen, darunter der Bau von Banksafes, biologische Kriegsführung und die besten Orte in London, um einen Cronut zu kaufen ...«

»Biologische Kriegsführung ...« *Nein, ich werde nicht danach fragen.* »Morrie, irgendetwas stimmt nicht mit dir. Hat es damit zu tun, worüber wir in jener Nacht in Lachlan Hall gesprochen haben?«

»Überhaupt nichts.« Morries eisige Augen huschten in Richtung Hoteltüren.

»Es ist nur so, dass die Art, wie du Heathcliff neulich Abend angesehen hast ...«

»Ach, das.« Morrie wandte den Kopf ab. »Das brodelt schon seit einiger Zeit.«

»Tatsächlich?« Ich wusste, dass Morrie bi war, aber ich hatte nie ein besonderes Knistern zwischen ihm und Heathcliff bemerkt. Obwohl, wenn ich es mir recht überlege, hatte ihr ständiges Gezänk etwas von sexueller Spannung an sich.

»Für mich zumindest.« Morrie starrte auf einen Punkt über meiner Schulter. »Als ich zum ersten Mal in dieser Welt gelandet bin, war ich von Holmes´ Verrat erschüttert. Und da war dieser Typ, dem es egal war, was die Leute von ihm dachten. Er nahm mich auf, gab mir ein Zimmer im Laden und erlaubte mir, mich vor dem Kamin zu betrinken, als mir klar wurde, dass ich Holmes nie wiedersehen würde. Sein Nihilismus war das perfekte Gegenmittel zu meiner eigenen Wut. Ich wollte mich in seinen struppigen, schmutzigen Bart vergraben und ertrinken. Ich habe *Sturmhöhe* wieder und wieder gelesen und davon geträumt, dass er diese obsessive Hingabe eines Tages mir zuwenden würde.«

»Das hast du nicht getan«, spottete ich.

»Das ist vielleicht etwas übertrieben, aber ich *stehe* auf ihn. Diese kaum verhüllte Wut ... es ist köstlich. Ich habe mich einmal an ihn rangemacht, als wir beide betrunken waren. Er hätte mich fast aus dem Fenster im Obergeschoss geworfen.« Morrie lächelte reumütig. »Jetzt, wo wir regelmäßig nackt zusammen sind, mit dir, spüre ich Dinge, Regungen. Es gibt immer noch etwas Unausgesprochenes zwischen uns.«

»Also ist es nur Heathcliff, nicht Quoth?« Ich hasste den Gedanken, dass Quoth außen vorgelassen werden sollte, auch wenn das zum Teil aus egoistischen Gründen so war.

»Quoth ist ein verdammt schönes Exemplar von Mensch, verrat ihm aber nicht, dass ich das gesagt habe. Er ist viel zu edel für mich. Außerdem ist sein Herz vergeben. Quoth liebt dich mit einer Liebe, die mehr als Liebe ist. Es ist die Art von Liebe, die die geflügelten Seraphim des Himmels begehren. Damit kann ich nicht mithalten. Aber Heathcliff ... von diesem majestätischen Wesen gibt es genug für alle. Also ja, ich überlege, ob ich mich mal an ihn ranmachen soll, wenn wir drei das nächste Mal *in flagrante delicto* sind. Den Moment nutzen, carpe diem, so in der Art. Es würde dir doch nichts ausmachen, oder?«

»Dass du auf Heathcliff stehst?« Ich lächelte. »Nein verdammt. Ich finde das total heiß.«

Morries Grinsen hätte das Polareis zum Schmelzen bringen können, so verdammt schön war es.

Ich hob eine Hand. »Aber ... es *stört* mich, dass du mir diese Dinge nicht erzählst. Du hättest mir das schon früher sagen sollen. Wir können keine Beziehung haben, wenn du mir sowas nicht erzählst.«

»Ich erzähle dir doch alles. Ich erzähle dir jeden brillanten Gedanken, der mir in den Sinn kommt.«

»Das stimmt. Du redest viel, aber meistens ist es Blödsinn. Ich möchte etwas über *dich* erfahren, Morrie. Wer bist du wirklich unter all dem Gehabe und der Prahlerei? Verstehst du?«

Morrie nickte und blickte auf die Oberseite seiner glänzenden Budapester.

»Also, wo du das jetzt gerade im Hinterkopf hast, gibt es noch etwas, das du mir sagen möchtest? Irgendetwas?«

Morrie sah zu mir auf. Der gequälte Ausdruck war aus seinem Gesicht verschwunden und durch sein übliches halbes Grinsen ersetzt worden. Er musterte mich und sein Grinsen wurde breiter, während ich rot wurde.

»Was?«, verlangte ich.

»Misstrauen steht dir nicht, meine Hübsche.«

»Tu nicht so unschuldig. Du führst etwas im Schilde. Was hast du angestellt?«

»Ich habe alles angestellt, was ich tun musste, und mehr als ich gehofft hatte.«

»Oh, das ist überhaupt nicht kryptisch.«

Morrie seufzte. »Ich hatte gehofft, dir davon zu erzählen, sobald ich das gesamte Rätsel gelöst habe. Aber da du darauf bestehst, ich habe etwas herausgefunden. Über Dracula.«

»Was? Wie?«

Das Eis in Morries Augen war hart wie Feuerstein. Unbehagen flackerte in meinem Bauch auf. Was auch immer Morrie herausgefunden hatte, es hatte ihn ernst werden lassen, was, wie ich aus Erfahrung wusste, nie ein gutes Zeichen war. »Ich habe letzte Nacht einen Algorithmus geschrieben, um Nachrichtenseiten auf der ganzen Welt zu durchsuchen. Er konzentriert sich auf bestimmte Parameter, nämlich die Arten von Verbrechen, die ein Vampir begehen könnte. Blutvergießen, Enthauptungen, solche Dinge. Dann überprüft er die Geschichten über mehrere Quellen hinweg und erstellt eine Karte von Raum und Zeit, die uns vielleicht etwas über seine Bewegungen verrät.«

»Das klingt nach einem ziemlich komplexen Algorithmus, um ihn an einem einzigen Abend zu schreiben.«

»Nun, es war *meine* Kreation«, sagte Morrie lächelnd. Er ließ nie eine Gelegenheit aus, anzugeben. »Außerdem hatte ich in letzter Zeit viel Zeit. Das Einzige, wovon ich nicht annähernd genug hatte, ist dein Körper, was schade ist, denn ich denke, ein oder zehn weitere Orgasmen könnten dir guttun, um all diesen Argwohn und diese Negativität zu vertreiben.«

»Wenn ich Negativität vertreiben will, gehe ich in Sylvias Laden, um das Räucherwerk zu kaufen, das sie vertreibt. Was hat dir dieser Algorithmus verraten?«

»Schau selbst.« Morrie reichte mir sein Handy.

Ich wischte über den Bildschirm und fand eine komplexe Zeitachse der Ereignisse. Die Spur begann vor über einem Jahr, etwa zu der Zeit, als Heathcliff zum ersten Mal im Geschäft aufgetaucht war. Es gab einen einzigen Zeitungsausschnitt aus dem *Argleton Anzeiger*, in dem über einen Einbruch in ein Barchester Arboretum berichtet worden war. Die Diebe hatten sich mit drei großen Kartons aus dem Staub gemacht, in denen sich seltene Orchideen aus den Karpaten befanden, die in ihrer natürlichen Erde gewachsen waren.

»Ich erinnere mich daran aus dem Roman. Dracula hat versucht, von Transsylvanien nach England zu gelangen, um neues Blut zu finden und seinen Fluch zu verbreiten. Um seine Kräfte zu regenerieren, hat er fünfzig Kisten mit transsylvanischer Erde transportiert.« Meine Hände zitterten, als ich zum nächsten Tab in Morries Programm wischte. »Wenn er sich bereits hier in England befindet, braucht er nur den Boden seiner Heimat, um seine Kraft und seine regenerativen Kräfte wiederzuerlangen.«

»Genau deshalb hat er auch nur drei Exemplare gestohlen, die alle aus Rumänien stammen«, sagte Morrie. »Er fängt klein an.«

Nach einigen Monaten ohne Aktivität dehnte sich die Zeitachse schnell aus, und es tauchten überall auf der Karte weitere Orte auf. Die Artikel enthüllten Diebstähle aus privaten Gärten, Ausstellungen seltener Pflanzen, überall dort, wo Pflanzen aus Rumänien transportiert wurden. Niemand schien die Verbrechen in Verbindung zu bringen, und es gab nur wenige Hinweise und keine Verhaftungen. »Es ist, als ob die Einbrecher über den Zaun geflogen wären, wie ein Vogel oder eine Fledermaus«, schrieb ein Reporter.

Aber es waren nicht die Einbrüche, die mich stutzig machten. Meldungen über seltsame Todesfälle, vermisste Personen, im Wald gefundene Leichen, blutverschmierte Kirchentüren. Für sich genommen war das alles angesichts der hohen Kriminalitätsrate in Großbritannien Routine. Aber in dieser Kombination und in Verbindung mit den dreckigen Einbrüchen ...

Er ist es. Graf Dracula. Er wiederholt die Geschichte aus seinem Roman. Das bedeutet, dass er, sobald er mächtig genug ist, nicht aufhören wird, bis die Flüsse rot von unschuldigem Blut sind.

»Was sind das für gepunktete Linien?«, fragte ich und zeigte auf die Karte.

»Diese führen zu Immobilienverkäufen in den Gebieten, in denen der Dreck gestohlen wurde. Ich dachte mir, wenn Dracula den Plan aus seinem Buch befolgt, wird er in England Grundstücke erwerben, um seine Gräber zu beherbergen. Ich habe die Immobilienverkäufe in den Gebieten um die Todesfälle und Einbrüche herum nachverfolgt, aber bisher konnte ich kein überzeugendes Muster finden, das eindeutig auf bestimmte Adressen hinweist. Es wäre hilfreich, zu wissen, ob er auf viktorianische Doppelhaushälften oder moderne Wohnungen steht.«

Ich warf Morrie meine Arme um den Hals. »Das *ist* genial. Du hast die halbe Arbeit schon erledigt, Morrie. Mit dieser Karte können wir Draculas Bewegungen nachverfolgen. Es sieht so aus, als würde er sich durch die Midlands und das Land hinaufbewegen. Es wird nur ein bisschen Detektivarbeit erfordern, um herauszufinden, welche Immobilien er kauft. Wenn ich mich richtig an das Buch erinnere, müssen wir nur alle seine Gräber finden und sie zerstören, um ihn zu vernichten. Wenn wir ihn dann verletzen, kann er sich nicht mehr heilen.«

»Ich *bin* ein Genie.« Morrie beugte sich vor, um mich zu küssen. »Warum zeigst du mir nicht, für wie schlau du mich hältst?«

Ich küsste ihn, weil er in der Tat sehr klug war und weil seine Stimme auch den leisesten Hauch von Verletzlichkeit enthielt. Morrie schmeckte nach … nach Täuschung und Verzweiflung. Ich verdrängte meine Zweifel und verlor mich in seinen Lippen, seinen Fingern, die über meine Wange streiften und seiner anderen Hand, die über meine Brustwarze strich, …

»Hört auf zu knutschen und holt mich hier raus.« Heathcliff stürmte durch uns hindurch und riss meine Lippen von Morries. Er stakste die Straße hinunter in Richtung Dorfplatz. Morrie und ich rappelten uns auf und eilten ihm nach.

Ich joggte neben ihm her, als er über den Platz stapfte und wie um sein Leben zur Butcher Street eilte. »Wie ist es gelaufen?«

»Diese Frau ist eine Massenvernichtungswaffe«, sagte Heathcliff. Er griff nach oben und rieb sich einen Fleck auf seinem Kragen.

»Ist das … Lippenstift?«, fragte ich.

»Du hast mir gesagt, ich soll überzeugend sein«, knurrte er. »Ich konnte ihr nicht gerade sagen, sie soll von mir runtergehen.«

Wollte ich wissen, was da drinnen passiert war? Meine Gedanken schweiften zu Danny und Amanda im Schrank von Nevermore. *Nein, ich will es definitiv nicht wissen.*

»Und, hast du etwas herausgefunden?«

»Ich habe bestätigt, was wir bereits wussten. Brian ist hoch verschuldet. Danny wollte vor Gericht seine Rechte an seinen Büchern zurückerlangen, um sie selbst zu veröffentlichen. Wenn Danny gewonnen hätte, wäre Brian ruiniert gewesen. Es klingt, als wäre Dannys Ankündigung seiner Memoiren der letzte Tropfen gewesen, der das Fass zum Überlaufen brachte.« Heathcliff wischte sich einen weiteren Lippenstiftfleck an seinem Ärmel ab. »Außerdem hat Amanda Danny bei seinem Fall geholfen, indem sie ihm Dokumente gegeben hat, die beweisen, dass Brian nicht alle seine Tantiemen bezahlt hat. Anscheinend war Amanda überzeugt, dass Danny Penny verlassen würde, damit sie beide zusammen durchbrennen könnten. Sie hat mir eine Diamantkette gezeigt, die Danny ihr geschenkt hat.«

»Wow. Sonst noch was?«

»Ja. Amanda erledigt ein wenig Verwaltungsarbeit für ihren Mann im Verlag. Sie sagte, dass die Frau, Beverly, sie vor ein paar Tagen kontaktiert und sich als Literaturagentin ausgegeben hat, die nach neuen Talenten sucht. Sie hat viele Fragen zu Dannys Terminkalender gestellt. Amanda hat ihr eine Freikarte für die Veranstaltung und den Entwurf von Dannys Memoiren geschickt, den sie auf Brians Festplatte gefunden hat. Ich glaube, sie hat absichtlich versucht, Unruhe zu stiften.«

»Interessant. Beverly sagte, sie habe die Plakate für die Veranstaltung in der Stadt gesehen und das Ticket selbst gekauft«, sagte Morrie.

»Genau.« Heathcliff blickte finster drein. »Wenn sie so unschuldig ist, warum hat sie dann gelogen?«

26

»Warum haben Sie mir nicht gesagt, dass Amanda Ihnen eine Freikarte geschenkt hat?«, fragte ich.

Beverly ging in ihrer Zelle auf und ab und rang die Hände. »Weil ich dachte, dass es mich schuldiger aussehen lassen würde, okay? Als hätte ich Danny wochenlang nachgestellt und auf die perfekte Gelegenheit gewartet, zuzuschlagen.«

»Und haben Sie das getan?«

Sie nickte grimmig. »Seit sein neues Buch erschienen ist. Ich kann es nicht erklären. Es hat mich verrückt gemacht, ihn im Fernsehen oder in YouTube-Videos zu sehen, wie er darüber spricht, Passagen über Erdrosselung vorliest und sich genüsslich daran erfreut, was er seiner Figur antut. Alles, was ich wollte, war, den Veranstaltungsorten zu schreiben und sie zu bitten, die Veranstaltungen abzusagen. Ich weiß, dass es verdammt sinnlos ist, aber die Medien hatten bereits deutlich gemacht, dass sie nicht daran interessiert sind, und ich musste einfach etwas versuchen. Sie hat mich ermutigt, hinzugehen und für Aufruhr zu sorgen.«

»Amanda? Warum das?«

»Woher soll ich das wissen?« Beverly zuckte mit den Schultern. »Sie sagte, sie würde mir die Eintrittskarte und Dannys Manuskript geben, wenn ich hingehen und dafür sorgen würde, dass alle hinschauten. Als ob ich seine Memoiren voller Lügen lesen wollte! Ich habe die Datei sofort gelöscht.«

»Aber Sie haben sich entschieden, zur Veranstaltung zu gehen?«

Beverly nickte. »Amanda sagte, wenn ich jemanden anschreien wollte, dann ihren Mann, den Verleger. Er war derjenige, der das Buch herausgebracht hat. Sie sagte sogar, ich soll es vor Fernsehkameras sagen, wenn ich welche sehe. Nun, ich hatte kaum die Gelegenheit dazu, bevor Ihr Grobian von einem Kollegen mich rausgeschmissen hat, aber ich habe ihn draußen ordentlich zur Rede gestellt. Das ist alles, was ich Ihnen sagen kann. Und jetzt verschwinden Sie. Sie sind dabei, das Frühstück zu servieren, und ich möchte den mittelalterlichen Haferschleim, der hier als Essen durchgeht, nicht vor Ihrer Nase essen müssen.«

SOBALD ICH DURCH die Wohnungstür ging, drückte Jo mir ein Weinglas in die Hand. »Wow, es ist, als hättest du magische Kräfte und könntest Gedanken lesen«, lächelte ich, als ich einen Schluck nahm. Nach dem Tag, den ich hatte, brauchte ich den Wein intravenös.

»Ich muss doch wenigstens versuchen, die biblische Plage wiedergutzumachen«, lächelte Jo zurück. »Und ich habe auch Bolognese gemacht.«

Ein köstlicher Geruch von Tomaten und Knoblauch wehte aus der Küche. »Ich vergebe dir.«

Ich ließ mich auf einen Stuhl sinken, während Jo geschäftig umherwuselte, großzügige Portionen Pasta und Bolognese-

Sauce auf Teller gab und Knoblauchbrot und Parmesan bereitstellte. »Was hast du heute so gemacht?«

Ich zuckte mit den Schultern. »Ach, du weißt schon … das Übliche.«

»Bücher einordnen, deine Nase in Polizeiangelegenheiten stecken, mit deinen heißen Freunden rummachen, so in der Art?«

»Genau. Langweiliger Kram. Im Gegensatz zu deinem Tag. Du hast die Autopsie an Danny Sledge durchgeführt«, sagte ich lässig. »Hast du etwas Interessantes herausgefunden?«

»Mina Wilde, du benutzt mich doch nicht etwa, um vertrauliche Informationen über ein Mordopfer zu erhalten, damit du deine eigenen Ziele verfolgen kannst.«

Ich lächelte süß. »Ich unterhalte mich nur mit meiner Mitbewohnerin über ihren Tag und versuche, Interesse an ihrer Arbeit zu zeigen.«

»Na klar doch.« Jos Stimme triefte vor Sarkasmus. Sie stellte ihr Weinglas ab und verschränkte die Finger. »Aber ich bin dabei, weil ich unbedingt mit jemandem darüber reden möchte.«

Ich streute eine großzügige Handvoll Parmesan über meine Bolognese und machte mich über sie her. Sie schmeckte noch köstlicher, als sie roch. »Los, spuck es aus.«

»Nun, wie du weißt, wurde Danny erdrosselt. Die Beweise an der Leiche deuten darauf hin, dass sich jemand von hinten angeschlichen und das Stück Stoff um seinen Hals gewickelt hat. Aber er ist nicht an Erstickung gestorben, wie ich zunächst dachte. Der Mörder hat Danny mit der Mordwaffe von den Füßen gerissen, und der Druck reichte aus, um seine Halsschlagader zu durchtrennen. Er ist an inneren Blutungen gestorben.«

Ich schauderte. »Das klingt brutal.«

»Das ist es. Die Person, die das getan hat, muss relativ stark gewesen sein. Wir möchten keine voreiligen Schlüsse ziehen, aber es ist sehr wahrscheinlich, dass es sich um einen männlichen Angreifer handelt.«

»Also ist Frau Ingram dann frei?«

Jo schüttelte den Kopf. »Der Schal, den du gefunden hast, war in jedem Fall die Mordwaffe. Zahlreiche Zeugen haben behauptet, diesen Schal bei der Lesung am Abend zuvor, um Beverlys Hals gesehen zu haben, ich eingeschlossen. Und es war zufällig derselbe Schal, mit dem Beverlys Tochter vor all den Jahren getötet wurde. Ich habe Spuren von Abigails Blut gefunden, die mit ihrer Akte übereinstimmen, und die Beschreibung des Schals ist dieselbe. Er hatte einen Leopardenmuster.«

»Was hat Beverly dazu gesagt?« *Ich kann nicht glauben, dass sie mir das nicht erzählt hat.*

»Sie meinte, sie hätte keine Ahnung, woher der Schal kam. Sie gab zu, einen Schal mit Leopardenmuster getragen zu haben, aber es war nicht der ihrer Tochter. Soweit sie wusste, hatte die Polizei ihn noch. Sie sagte, sie hätte ihren vor einer Woche im Wohltätigkeitsladen gekauft, in der Hoffnung, dass Danny sich dadurch daran erinnert.«

»Aber das kann doch nicht wahr sein. Gab es da eine Verwechslung? Wie sonst hätte der Schal nach draußen gelangen können?«

»Nein. Laut ihren Unterlagen hat Beverly diesen Schal zusammen mit einigen anderen Habseligkeiten von Abigail vor fünfzehn Jahren abgegeben.«

Scheiße. Das klang immer schlimmer. »Und es gibt keine Möglichkeit zu beweisen, dass die Mordwaffe derselbe Schal war, den Beverly in dieser Nacht getragen hat.«

»Sie sagt, sie habe ihn auf der Party nach Brian Letterman geworfen. Als Hayes ihn dazu befragte, sagte er, dass er auf den Boden gefallen sei und er ihn nicht aufgehoben habe. Wir haben Beamte, die die Mülleimer leeren, für den Fall, dass ein wohlmeinender Bürger ihn weggeworfen hat, aber es ist wahrscheinlicher, dass er für immer verloren ist, oder ...«

Ich beendete den Satz. »... oder Beverly Ingram lügt und sie ist an diesem Morgen mit Abigails Schal zurückgegangen und hat Danny Sledge getötet.«

27

»Ich kann es einfach nicht glauben«, sagte ich.

Wie nur allzu oft saßen wir vier mit hängenden Schultern in der leeren Buchhandlung und diskutierten über einen Mord. Ich saß hinter dem Schreibtisch, einen Ordner vor mir geöffnet, als ob die bloße Anwesenheit unserer schwindenden Konten auf wundersame Weise einen Kunden anlocken könnte. Morrie saß auf der Armlehne des Samtsessels und sein Körper zitterte vor nervöser Energie. Heathcliff lief zwischen den Regalen auf und ab, unsicher, was er mit sich anfangen sollte, jetzt, da ich seinen Stuhl so gut wie an mich gerissen hatte. Quoth saß auf dem Kronleuchter und kaute auf einem Vorrat an Preiselbeeren herum, den er dort oben versteckt hatte.

»Was gibt es da nicht zu glauben?«, brummte Heathcliff. »Sie hat den Kerl, mit dem Schal ihrer Tochter aus Rache für deren Ermordung getötet.«

»Aber wenn du jemanden umbringen wolltest, warum solltest du dann am Abend zuvor die Mordwaffe hundert Leuten zeigen? Außerdem weiß Beverly, dass Danny es nicht gewesen sein kann. Er saß zu der Zeit in einer Gefängniszelle.«

»Dann hat sie es getan, weil er *Der Somerset Würger* geschrieben hat«, warf Morrie ein. »Das hat sie selbst so gesagt. Danny hat sich an Abigails Tod bereichert, und Beverly konnte es nicht ertragen.«

»Wie konnte er mit diesem Quatsch reich werden?« Heathcliff nahm ein Exemplar von Dannys Buch und knallte es auf den Tresen. »Es enthält so viele Ungereimtheiten, dass ein Buch, in dem man sie alle aufzählt, mehr als doppelt so dick wäre. Und ich habe nur die erste Seite gelesen. Wie man das Ding zu Ende lesen kann, ist mir ein Rätsel.«

Aber neulich hat es ihm gefallen, fiel mir ein. Heathcliff versuchte, sich mit Morrie zu streiten.

»*Ich* habe es tatsächlich im Zug nach London gelesen.« Morrie hielt sein Handy hoch. »Es ist gut, wenn auch verdammt brutal. Es wird uns nicht viel weiterhelfen, denn darin war der Gerichtsmediziner der Mörder, und wir wissen, dass Jo keine Mörderin ist. Ich hatte mich darauf gefreut, es mit euch allen zu besprechen, aber es scheint, dass sich niemand so sehr für die Aufklärung dieses Mordes einsetzt wie ich.«

»Du hast es auf deinem *Handy* gelesen?« Heathcliff blickte finster drein und ballte die Hände zu Fäusten.

»Ja, das habe ich.« Morrie stand auf und hielt Heathcliff das Handy vors Gesicht. »Ich habe den Text schön groß gemacht, es in einer Hand gehalten und mit dem Finger gescrollt, während ich mit der anderen Hand an meinem Espresso genippt hatte.«

Okay, *jetzt* habe ich die sexuelle Spannung auch bemerkt. Heathcliffs Nasenflügel blähten sich und seine Schultern verkrampften sich, als er Morrie anstarrte, der seiner brodelnden Wut mit seinem typischen Grinsen begegnete. Während die beiden sich mit finsteren Blicken anfunkelten, knisterte es im ganzen Raum, als würde die Luft zwischen ihnen jeden Moment in Flammen aufgehen.

Ich beugte mich vor, mein Herz schlug bis zum Hals,

während sich in meinem Bauch Hitze staute. *Ich sollte sie trennen, bevor Heathcliff Morrie eine verpasst.*

Aber ich rührte mich nicht.

»Du hast kein Exemplar in der Buchhandlung gekauft«, donnerte Heathcliff. »Die Buchhandlung, die dich und deine kriminellen Aktivitäten beherbergt hat, als du nirgendwo anders hingehen konntest. Die Buchhandlung, die du mit einem Herzschlag retten könntest, indem du einfach einen Scheck ausstellst, du aber zu egoistisch bist, dies zu tun. Nein, stattdessen betrügst du uns alle, indem du in dem Laden-Dessen-Name-Nicht-Genannt-Werden-Darfst einkaufst und dann hierher zurückkommst, um es mir unter die Nase zu reiben ...«

»Wenigstens übertreibst du nicht maßlos.« Morrie klopfte ihm auf die Schulter. »Ich habe ein Buch gelesen. Das ist kein Verbrechen. Beruhige dich, Kumpel. Dir platzt gleich noch ein Blutgefäß.«

Heathcliffs ohnehin schon dunkle Haut verfärbte sich noch dunkler. Ich meinte sogar, Dampf aus seinen Ohren aufsteigen zu sehen.

Solltest du das nicht beenden?, fragte Quoth in meinem Kopf.

Diesmal nicht.

»Du nimmst gar nichts ernst«, knurrte Heathcliff diesmal. »Für dich ist alles nur ein verdammter Witz. Ich weiß, dass ich dir scheißegal bin, genau wie Quoth, aber das hier ist Minas Leben, und es steht kurz davor, ruiniert zu werden, und es ist dir egal ...«

»Es ist mir *nicht* egal. Ich sehe nur nicht, wie Trübsal blasen und Wutanfälle die Dinge in Ordnung bringen sollen. Dein Problem ist, dass du alles zu ernst nimmst.« Morrie grinste. »Sei nicht so ernst, Kumpel. Hab ein bisschen Spaß. Hier, ich zeige dir wie.«

Und er beugte sich vor und küsste Heathcliff direkt auf die Lippen.

28

»Krächz?«, witzelte Quoth, gebannt von ihrem Anblick. Ich erstarrte. Mein Körper wurde von einem Rausch der Lust erfasst, als Morries Lippen Heathcliff mit einer federleichten Berührung neckten. Heathcliffs Augen verengten sich und er hob die Faust. Ich zwang mich, von meinem Stuhl aufzustehen, weil ich dachte, er würde Morrie schlagen.

Stattdessen legte er seine riesige Hand auf Morries Hinterkopf und drückte dessen Gesicht fest an seines. Ihre Münder trafen sich in einem heißen, heftigen, strafenden Kuss und ihre Zungen verschlangen sich.

Ja, ja, ja, sagte Quoth.

Du klingst nicht überrascht, dachte ich.

Oh, ich habe das schon lange kommen sehen. Ehrlich gesagt dachte ich, dass es viel früher passieren würde. Wie geht es dir damit?

Mehr als gut. Ein Kribbeln breitete sich zwischen meinen Beinen aus, als ich sah, wie diese beiden mächtigen Männer ihren Kampf mit Zungen und Lippen austrugen und etwas offenbarten, das so lange unausgesprochen geblieben war.

Mit einem Keuchen befreite sich Heathcliff aus dem Bann, in den Morrie ihn gezogen hatte. Er legte seine Hände auf Morries Schultern und stieß ihn. Hart.

Morrie segelte durch den Raum und prallte gegen die Regale der Antiken Geschichte. Er stürzte zu Boden und eine Kaskade von Hardcover-Bänden ergoss sich über ihn. Er zuckte zusammen, als sich *Thukydides* in seine Seite bohrte.

»Verschwinde«, knurrte Heathcliff und zeigte auf die Tür.

»Aber ...«

»Ich sagte, *verschwinde*. Ich will dein verdammtes Gesicht nicht mehr sehen.«

»Heathcliff ...« Ich streckte die Hand nach ihm aus, aber er riss seinen Arm weg.

»Fass mich bloß nicht an«, schrie er und stürmte nach oben.

Mir schnürte sich die Brust zusammen. Ich eilte zu Morrie, aber er war bereits auf den Beinen und schob die Bücher beiseite, während er in den Flur floh. Sein Gesicht war kreidebleich. »Ich ... ich gehe jetzt besser.«

»Warte, wir sollten darüber reden.« Ich warf einen Blick auf die Treppe, aber Heathcliff war bereits verschwunden. »Ich bin sicher, sobald Heathcliff sich beruhigt hat, wird er einsehen ...«

»Nein«, sagte Morrie. »Ich kann es nicht ertragen, hier bei ihm zu sein. Nicht jetzt. Ich muss ...«

Die Eingangstür knallte in den Angeln. »Hallo, ihr bemitleidenswerten Menschen. Habt ihr mich vermisst?«

Grimalkin schritt in den Laden, als würde sie erwarten, dass ein Streichquartett ihre Anwesenheit verkündet. Sie trug ein figurbetontes Kleid aus einem verführerischen Stoff, das, wie ich am Schnitt erkennen konnte, ein Designerstück war. Unter dem einen Arm hatte sie eine Reihe von Tragetaschen teurer Marken und unter dem anderen eine braune Papiertüte von *Das Fünfte Rad*, Argletons superteurem Gourmet-Käsehersteller. Die

Ecke eines Kartons mit handwerklich hergestellter Sahne stieß mir in den Oberschenkel, als sie sich zwischen uns hindurch in Richtung Hauptraum schob.

»Ich bin mir nicht sicher, ob ›vermisst‹ das richtige Wort ist.« Ich ergriff Morries Hand und zog ihn hinter mir her. »Was ist das alles für Zeug?«

»Das Nötigste. Jetzt, da ich wieder einen Daumen zum Anfassen habe, habe ich vor, mich auf die Art und Weise zu verwöhnen, an die ich mich gewöhnen möchte.« Grimalkin stellte ihre Taschen auf den Boden. Sie kramte in der Käsetasche herum und holte einen Camembert heraus, den sie mit Begeisterung auspackte.

»Aber ... du bist eine Katze. Du hast kein Bankkonto. Wie hast du dir das alles leisten können?«

Sie zog eine Kreditkarte aus ihrem Ausschnitt und warf sie Morrie zu. »Ich habe schon oft beobachtet, wie er sie benutzt hat, um an Dinge zu kommen, die er wollte. Ich dachte mir, dass es ihm nichts ausmachen würde, wenn ich sie mir ausleihe, um dasselbe zu tun.«

Morries Gesichtsausdruck ließ darauf schließen, dass es ihm tatsächlich etwas ausmachte, und zwar sehr. »W-w-wie viel hast du ausgegeben?«

»Ich habe nicht wirklich hingeschaut«, sagte Grimalkin liebenswürdig, während sie einen riesigen Bissen aus dem Käselaib nahm. »Geld hat für eine Katze nur wenig Bedeutung.«

»Bist du sicher, dass du keine Cracker dazu willst?«, fragte Quoth. Er war vom Kronleuchter heruntergekommen und saß nun in all seiner nackten Pracht auf der Tischkante. »Vielleicht ein bisschen Quittenmarmelade?«

»Wohl kaum.« Grimalkin nahm einen weiteren riesigen Bissen, die Augen vor Wonne geschlossen. Ein Ring aus rotem Lippenstift befleckte die Käserinde.

»Du bist keine Katze mehr«, erinnerte ich sie, aber dann kam mir etwas in den Sinn. »Du kannst also nicht so wie Quoth zwischen deiner menschlichen und deiner Katzenform wechseln? Du bist jetzt für immer als Mensch gefangen?«

»Ich habe mehrmals versucht, mich auf meinen Streifzügen zu verwandeln, aber es hat nicht funktioniert. Egal, wie sehr ich mich konzentriere, ich kann nicht ...«

Ihre Worte erstarben in einem überraschten Aufschrei, als ihr plötzlich Schnurrhaare aus den Wangen wuchsen. Sie ließ den Käse fallen, als ihre geschmeidigen Finger zu einer Pfote mit Fell und Ballen wuchsen. Ihre Knie knickten auf dem Boden ein, während sie nach vorne kippte, ihr Körper sich verrenkte, ihr Rücken sich krümmte und dunkles Fell aus ihrer glatten Haut spross.

Einen Augenblick später trat eine bekannte gefleckte Katze aus einem zerknitterten Designerkleid und stolzierte über den Boden, um an dem Käse zu knabbern. Quoth brach in Gelächter aus.

Blitzschnell erschien Grimalkin, die Frau, wieder. Sie schüttelte ihr Haar aus und testete ihre Finger, indem sie sie krümmte und mit ihren langen Fingernägeln durch die Luft kratzte.

»Hmmm«, schnurrte sie. »Es scheint, als könnte ich doch meine Gestalt verändern. Wahrscheinlich hängt die Verwandlung mit der Nähe zur Quelle zusammen, aus der das Wasser von Meles entspringt.«

»Wo ist diese Quelle überhaupt?«, fragte ich. »Wenn sie unter dem Haus ist, warum hatten wir dann noch nie Abflussprobleme?«

»Oh, Homer hat sich vor Jahrzehnten darum gekümmert.« Sie winkte ab. »Wenn du in den Keller gehst, siehst du, wo sie umgeleitet wurde. Aber erwarte nicht, dass ich mitkomme. Es ist feucht da unten. Ich mag keine Feuchtigkeit.«

»Woher weißt du das alles? Von der Quelle und dem Kommen und Gehen meines Vaters und von Dracula?«

Meine Frage ignorierend, nahm Grimalkin ein Buch vom Tisch und schlug es auf. »Bücher haben ihre eigene Magie. Wusstest du das? Vor allem, wenn die darin enthaltenen Geschichten von einem Meister der Literatur verfasst wurden. Das hast du schon dein ganzes Leben lang gespürt, Liebes. Deshalb hast du deine Jugend auch genau in diesem Laden verbracht. Du wurdest vom Wasser des Meles und von der Magie der Worte und Geschichten angezogen, so wie dein Vater vor dir. Aber Geschichten können ihre eigenen Streiche spielen. Bestimmte Bücher ... bestimmte Charaktere ... sie haben ihre eigene Magie. Und als dein Vater seinen Samen an dich weitergab, verwässerte er seine eigene Magie und schwächte die Barriere zwischen dieser Welt und der Welt der Bücher. Wenn ein Charakter stark genug ist, wenn er oder sie so sehr beschädigt wurde, dass er oder sie seine Geschichte verlassen möchte, um sie abzubrechen, bevor sie zu Ende ist, kann er durch die Barriere fallen und real werden.«

Ich wurde blass, erschüttert von ihren Worten. »Willst du damit sagen, dass die fiktiven Figuren in diesem Laden nur meinetwegen zum Leben erweckt werden?«

Grimalkin nahm einen weiteren Bissen Käse und antwortete nicht. Meine Hand flog zu meiner Tasche und berührte den Brief meines Vaters. Diesmal trug es nicht viel dazu bei, mein klopfendes Herz zu beruhigen.

»Woher weiß ich, dass du nicht lügst?«, fragte ich. »Du bist seit mehreren tausend Jahren eine Katze. Du hast seit dem Fluch von Poseidon kein Gespräch mehr mit Homer geführt. Wie kannst du also all diese Dinge wissen?«

»Weil Menschen, insbesondere einsame Menschen, die Buchhandlungen besitzen und ihre Liebsten aus der Ferne beobachten, anstatt ihnen die Wahrheit zu sagen, dazu neigen, in der Gegenwart von Katzen gesprächig zu werden.« Grimalkin streckte sich auf dem Sofa unter dem Fenster aus und nahm noch einen Bissen von ihrem Käse. »Mein Sohn war da keine Ausnahme. Obwohl ich *Jahrhunderte* damit verbracht hatte, nach ihm zu suchen, habe ich mir manchmal gewünscht, er würde einfach den Mund halten. Käse?« Sie hielt mir eine Sichel aus weißer Rinde hin. Ich schüttelte den Kopf. Grimalkin warf die Rinde auf den Boden und öffnete eine Packung Sahne.

Morrie zerrte an mir. Ich umklammerte seinen Arm fester. »Geh nicht.«

»Er will, dass ich gehe«, sagte Morrie. »Und ich muss gehen.«

»Es tut mir leid.« Er tat mir so leid. Er sah so verletzlich aus, so niedergeschlagen.

»Was tut dir leid?«

»Ich hätte euch beide früher trennen sollen. Aber nach unserem Gespräch wollte ich sehen ...«

Morrie seufzte. »Ich bin derjenige, der hier alles vermasselt, meine Hübsche. Mach dir keine Sorgen um mich. Mir geht es gut. Heathcliff wird sich beruhigen. Alles wird wieder normal. Du wirst sehen. Ich habe einen Plan.«

Als er seinen schlaksigen Körper zur Eingangstür bewegte, hingen seine Schultern herab. Ich hatte ein flaues Gefühl im Magen, dass mir nicht gefallen würde, was auch immer Morrie plante. Überhaupt nicht.

DREI STUNDEN später saß ich zusammengesunken über dem Schreibtisch, spielte mit Quoth Schach, trank meinen dritten Wein heute und versuchte, nicht daran zu denken, dass ich möglicherweise dafür verantwortlich war, dass Graf Dracula auf der Erde wandelte, als Heathcliff die Treppe hinuntergestampft kam. Er beobachtete uns von der Tür aus. Ich konnte spüren, wie sein finsterer Blick über meine Haut kroch. Ich musste all meine Selbstbeherrschung aufbringen, um ihn zu ignorieren, aber ich musste es tun. Heathcliff musste sich die Dinge in seinem eigenen Tempo erarbeiten. Wenn ich ihn drängte, würde er mich als Nächste aus dem Laden werfen, und das konnte ich im Moment nicht gebrauchen.

»Schach«, sagte Quoth und schob seine Dame über das Brett, um meinen König zu bedrohen.

»Mina, ich gehe raus, um den Preis für eine Büchersammlung zu ermitteln«, murmelte Heathcliff. »Möchtest du mitkommen?«

»Aber sicher doch.« Ich stand auf. Der Erwerb von Beständen aus Nachlässen war ein Teil des Geschäfts, über den ich noch nicht viel gelernt hatte. Zumindest wäre es eine willkommene Ablenkung vom leeren Laden, den Dracula-Ängsten, dem Kuss und einfach ... ach, von *allem*. »Quoth macht mich fertig. Ich könnte eine Ablenkung gebrauchen.«

»Du gibst also auf, wenn du hinten liegst?« Quoth grinste und ließ seine Knöchel knacken. »Kluger Schachzug. Ich habe mir von Morrie einiges abgeschaut. Ich wollte schon aufhören, dich zu schonen.«

Bei der Erwähnung von Morries Namen versteifte sich Heathcliff. Ich griff hastig nach meinem Mantel. »Kannst du den Laden für uns im Auge behalten? Erinnere die Leute daran, dass die Bücher auf diesem Auslagentisch zum halben Preis zu haben sind und ...«

»Spar dir die Mühe.« Heathcliff riss die Eingangstür auf. Sie knallte gegen die dahinterliegende Wand und ließ den alten Rahmen klappern. »Es kommt eh niemand.«

Erinnere mich bloß nicht daran, dachte ich sauer, als ich das Schild auf »Geschlossen« drehte und die Tür hinter uns zuzog. Bei der Geschwindigkeit, mit der sich unsere Konten verschlechterten, würden wir innerhalb eines Monats pleite sein.

Heathcliff steckte die Hände in die Taschen und eilte die Straße hinunter. Ich musste joggen, um ihn einzuholen. Ein bitterer Wind rieb mir das Gesicht wund. Ich legte meinen Arm um seinen und steckte meine Hand in seine Tasche, die sich superwarm anfühlte, mich aber zwang, mit seinem zermürbenden Tempo Schritt zu halten.

»Sollten wir nicht besser eine Mitfahrgelegenheit rufen?«

»Nein. Der Anrufer ist aus dem Ort. Es liegt nur vier Straßen in diese Richtung.«

»Wie sollen wir die Kisten zurück zum Laden bringen?«, fragte ich.

»Wir machen ein paar Touren.«

Meine Arme schmerzten schon bei dem Gedanken daran. »Ich glaube, du überschätzt, wie viel ich tragen kann. Du solltest einen Kleinbus oder so etwas kaufen, dann kannst du fahren, wann immer du musst.«

»Ich will kein Auto«, murmelte er. »Ich hasse es, dass niemand mehr zu Fuß irgendwohin geht.«

Heathcliff hatte seine Jugend damit verbracht, durch die Moore zu streifen. Er fühlte sich in der Wildnis am wohlsten, wo er sich in Nebel hüllen, geduckt an Bächen und Flüssen entlanglaufen, über felsige Klippen klettern und die Ränder der tödlichen Sümpfe umschleichen konnte. Schlechtes Wetter wie dieses war genau sein Ding.

Meins allerdings nicht. Ich wünschte, ich hätte daran gedacht, mein Handy mitzunehmen. »Gut. Das sind vier Straßen, in denen wir darüber reden können, was passiert ist.«

Heathcliff sagte nichts.

»Du hast Morrie nicht wirklich aus dem Laden geworfen, oder? Nicht für immer?«

Heathcliff grunzte.

»Du musst mit mir sprechen. Er hat dich geküsst. Du hast ihn zurückgeküsst. Was fühlst du gerade? Ich sterbe hier vor Neugier.«

»Ich fühle mich, als hätte ich dich betrogen, so fühle ich mich.«

»Das ist nicht wahr.«

»Es ist wahr. Ich habe dir mein Herz versprochen, Mina. Dir und nur dir allein. Morrie hatte kein Recht, mich zu zwingen ...«

»Aber du musst doch auch etwas für ihn empfinden. Sonst hättest du ihn nicht zurückgeküsst.«

»Das hat ihn für fünf Minuten zum Schweigen gebracht«, knurrte Heathcliff. »Du kannst nicht sagen, dass sich das nicht gelohnt hat.«

Ich lachte. Heathcliff nicht. »Ich möchte, dass du weißt, dass ich euch dabei unterstütze, wenn du und Morrie diese Sache ausprobieren und sehen wollt, wohin es führt, solange wir es vorher besprechen.«

»Es wird keine Besprechung geben, weil nichts passieren wird.«

»Erzähl das mal dem heißesten verdammten Kuss, den ich je erleben durfte«, sagte ich. »Du klingst, als würdest du dir selbst vorschreiben, was du fühlen sollst, anstatt zu akzeptieren, was zwischen dir und Morrie läuft ...«

»Du klingst, als hättest du in der Selbsthilfeabteilung gestöbert«, erwiderte Heathcliff. »Zwischen mir und Morrie läuft nichts, außer dass unsere Freundschaft immer schlechter wird. Morrie hat es nicht so gemeint, er wollte uns nur alle davon ablenken, dass er ein egoistischer Idiot ist. Ich will nicht darüber reden.«

»Du kannst nicht einfach abschalten und deine Gefühle ignorieren ...«

»Gott sei Dank sind wir da«, murmelte Heathcliff und schlug ein weißes Holztor mit solcher Wucht auf, dass ich das

Holz splittern hörte. Er stürmte vor mir den Weg hinauf und wartete nicht darauf, dass ich aufholte.

Das Haus war ein wunderschönes viktorianisches Gebäude im gotischen Stil mit einer weißen Gitterveranda und frisch gestrichenen Wetterschenkeln. Auf dem Rasen vor dem Haus bemerkte ich ein Schild mit einem riesigen »VERKAUFT«-Aufkleber. *Es ist eine Schande, ein so schönes Haus zu verlassen.* Ich hoffte, dass es daran lag, dass die Eigentümer eine neue Gelegenheit beim Schopf ergriffen hatten, und nicht aus anderen Gründen.

Heathcliff klopfte an die Tür. Eine lächelnde alte Dame, eingemummelt in einen schwarzen Schal, öffnete und bat uns herein. »Die Bücher sind hier drüben«, sagte sie. »Edward und ich lieben die Sammlung sehr, aber natürlich können wir sie nicht alle mit aufs Hausboot nehmen.«

»Hausboot?«

»Ja!« Sie sprühte geradezu vor Begeisterung. Es war bezaubernd. »Edward und ich hatten nie viel Geld. Die Instandhaltung dieses großen alten Hauses hat all unsere Ersparnisse verschlungen. Aber dann kam Grey Lachlan und bot das Vierfache des Immobilienwertes. Nun, das Angebot war zu gut, um es auszuschlagen.«

»Grey Lachlan?« Mir fiel vor Entsetzen die Kinnlade herunter. »Sie wissen doch, dass er ein großer Bauunternehmer ist. Er wird dieses schöne alte Haus abreißen und eine Reihe moderner Stadthäuser bauen.«

»Oh, Himmel, nein! Wir hätten nie verkauft, wenn das der Fall wäre. Grey hat das Haus für seine Frau gekauft. Er sagte, dass sie daran interessiert sei, ein Gastgewerbe aufzubauen, und da ihre Jane-Austen-Erfahrung durch diese fiesen Morde verdorben wurde, dachte sie, sie könnte sie stattdessen von hier aus betreiben. Anscheinend wird es thematische Nachmittagstees und einen Ball und allerlei andere ausgefallene Dinge geben. Das klingt wunderbar, und es ist schön, zu wissen, dass das Haus stolz zur Schau gestellt wird, während wir unseren Ruhestand genießen. Nun, hier sind die Bücher.« Sie deutete in einen großen Raum mit einem Erkerfenster mit Blick auf den Vorgarten. »Ich bringe Ihnen etwas Tee.«

Mit Schrecken starrte ich auf die Bücherregale, die vom Boden bis zur Decke reichten. Wie konnte Heathcliff nur annehmen, dass wir all diese Bücher in den Laden schleppen würden? In diesen Regalen stapelten sich mindestens zweitausend Bücher.

Scheinbar unerschrocken begann Heathcliff, Bücher aus den Regalen zu nehmen. Mit nur einem Blick auf die Buchdeckel sortierte er sie in zwei Stapel.

»Welcher Stapel enthält die Bücher, die wir behalten?«, fragte ich ihn.

»Der da.« Er zeigte auf den kleineren Stapel, der hauptsächlich Eisenbahnbücher enthielt. »Alles, was mit Flugzeugen, Zügen, lokaler Geschichte oder Whiskyverkostung zu tun hat, kommt auf diesen Stapel. Alles, was man nicht im Bus lesen würde, kommt auf den Müllstapel. Fang in dieser Ecke an und arbeite dich zu mir vor.«

Ich nahm Bücher aus den Regalen und sortierte sie in drei Stapel. Bücher, die wir behalten wollten, Bücher, die wir zurücklassen wollten (ich konnte es nicht ertragen, Bücher als »Müll« zu betrachten), und Bücher, nach denen ich Heathcliff fragen wollte. Der dritte Stapel war bei weitem der größte.

Als wir fertig waren, hatten wir jedes Buch aus den Regalen geholt und zwei kleine Kartons gepackt, die wir in den Laden zurückbringen mussten.

Die Frau sah enttäuscht aus. »Das ist alles?«

»Ja«, sagte Heathcliff. Er öffnete seine Brieftasche und holte drei Zwanzig-Pfund-Scheine heraus, die er der Dame gab.

»Rufen Sie den Wohltätigkeitsladen in Barchester an. Die werden den Rest abholen.«

»Okay. Wie lautet deren Nummer ...?« Aber Heathcliff war bereits mit einem Karton Bücher den Weg hinuntergegangen.

»Ich rufe sie für Sie an, wenn Sie möchten.« Ich lächelte die Dame an. Sie strahlte zurück. »Vielen Dank, dass wir uns Ihre Sammlung ansehen durften. Genießen Sie Ihr Hausboot!«

»Das werde ich. Danke, meine Liebe.« Die Frau steckte einen von Heathcliffs Scheinen in meine Tasche. »Sie sind viel freundlicher als dieser schreckliche Mann.«

Er ist nicht schrecklich. Er wurde nur gerade von seinem besten Freund geküsst und weiß nicht, wie er damit umgehen soll. Aber ich lächelte und nahm das Geld an.

Ich wollte versuchen, noch einmal mit Heathcliff über Morrie zu sprechen, aber er war mir so weit voraus und die Bücher waren so schwer, dass ich meine ganze Energie darauf konzentrieren musste, einen Fuß vor den anderen zu setzen. Bei jedem Schritt zog das ganze Gewicht an meinem Körper.

Auf halbem Weg setzte ich meine Kiste am Straßenrand ab und ließ mich danebenfallen. Einen Moment später stand Heathcliff stirnrunzelnd über mir.

»Was machst du da? Es ist eiskalt hier draußen.«

»Ja, das ist es.« Ich rieb meine Hände unter meinem Kapuzenpullover. »Ich habe beschlossen, dass ich mich einfach hier hinsetzen und darauf warten werde, dass die Erosion mich sicher zum Eingang des Ladens zurückbringt.«

»Mina.«

»Die Kiste ist schwer. Ich mache eine Pause. Es wird mir besser gehen, sobald ich meine Finger wieder spüren kann.«

Heathcliff stellte seine eigene Kiste ab, zog meine auf seine und hob beide an. »Die Erosion wartet auf niemanden«, rief er, während er in zügigem Tempo in Richtung Laden losging.

Ich holte ihn ein, als er gerade die Kisten im Gemeinschaftsraum abstellte. »Alles in Ordnung?«, fragte er.

Nein, nichts ist in Ordnung. Mein Leben hatte endlich einen Sinn und alles fügte sich zusammen, und dann mussten Danny Sledge und meine Katzenoma und Dracula und du und Morrie und dieser verdammte Grey Lachlan kommen und alles kaputt machen. »Warum kauft Grey die ganze Stadt auf?«, fragte ich.

Heathcliff zuckte mit den Schultern.

»Ich mag das nicht. Irgendetwas daran stinkt zum Himmel. Er wird doch Nevermore nicht in die Finger bekommen, oder?«

Heathcliff zuckte erneut mit den Schultern. »Du hast die Konten gesehen. Wie lange können wir noch durchhalten?«

Ich zuckte zusammen. Ich hatte gehofft, er hätte einen magischen Plan in der Hinterhand, einen geheimen Deal mit der Bank, den er in letzter Minute aus dem Hut zaubern würde. Aber das war natürlich eher Morries Stil. »Vielleicht sollten wir Morrie bitten, uns aus der Patsche zu helfen, nur dieses eine Mal ...«

»Ich werde Morrie nicht um sein Geld anbetteln«, schnauzte Heathcliff.

Na gut. »Es tut mir leid.«

»Ich dachte, du wolltest sein Geld sowieso nicht verwenden, da es zweifellos aus den Gewinnen krimineller Aktivitäten stammt?«

»Das will ich auch nicht.«

»Ich will aber auch nicht den Laden verlieren.«

Während Heathcliff die leeren Kisten wegräumte, bemerkte ich ein kleines Stück Papier auf der Fußmatte. »An die Bewohner des Nevermore Bookshop« stand in einer eleganten Schrift darauf. Mein Herz schlug schneller und meine Hand flog zu meiner Tasche, in der ich immer noch den Brief meines Vaters aufbewahrte.

Aber das war nicht die Handschrift meines Vaters. »Heathcliff, hast du das gesehen?«

Ich reichte Heathcliff den Umschlag. Stirnrunzelnd fuhr er mit dem Finger über das Siegel, um es zu brechen, und entfaltete ein kleines Stück Papier und einen Zeitungsartikel. Er reichte mir den Artikel.

Ich hielt ihn gegen das Licht und überflog ihn. Es war ein Artikel aus dem Argleton Anzeiger, der vor fünfzehn Jahren erschienen war. Die Schlagzeile lautete: »Jugendliche aus der Region wegen Drogenhandels verurteilt.« Dieses siebzehnjährige Mädchen, wer auch immer sie war, hatte große Probleme bekommen, nachdem sie beim Verkauf an Kinder aus der Gegend erwischt worden war. Da sie noch minderjährig war, war ihr Name nicht gedruckt und auch kein Bild von ihr gezeigt worden, sodass ich keine Ahnung hatte, wer sie war. Abigail? Oder jemand anderes?

Seltsam. Jemand wollte, dass wir das bekommen. Aber wer? Und warum? Hat das etwas mit dem Drogenhandel zu tun, den Danny und Jim früher betrieben haben? Ich drehte mich zu Heathcliff um, der stirnrunzelnd auf die Notiz blickte.

»Was steht da?«, fragte ich.

Heathcliff senkte das Papier. »Da steht: Sie haben ein Date mit einer Beerdigung.«

29

Hunderte von Trauernden nahmen an Dannys Beerdigung teil. Er war so etwas wie der berühmteste Einwohner von Argleton gewesen, und jeder wollte als sein enger persönlicher Freund angesehen werden. Als Morrie und ich die Kirche betraten, drehten sich die Köpfe nach uns um. Meine Haut kribbelte von all den Blicken, die auf mich gerichtet waren. Ich packte Morrie und zog ihn in die hinterste Kirchenbank.

»Von hier hinten kann man nichts sehen«, gab Morrie zu bedenken.

»Es ist eine Beerdigung. Ich weiß, wie es ausgeht«, flüsterte ich zurück. »Ich finde nur, wir sollten nicht vorne sitzen, wo Danny doch in unserem Laden getötet wurde, und alle denken, dass Nevermore verflucht ist oder so. Außerdem können wir von hier hinten die Leute beobachten.«

»Stimmt.« Morrie nickte in Richtung Gang, während immer mehr Menschen in die Kirche strömten. »Da sind Brian und Amanda. Meine Güte, sie sind das Bild der ehelichen Glückseligkeit, nicht wahr?«

Ich blinzelte, aber in der dunklen Kirche, die mit schwarz

gekleideten Trauernden gefüllt war, konnte ich niemanden erkennen. »Ich kann nichts sehen.«

»Brians Hemd ist zerknittert und er trägt nicht zusammenpassende Socken. Amandas Brüste quellen aus ihrem Kleid und sie trägt diese groteske Halskette, die Danny ihr gekauft hat. Außerdem nimmt sie etwas auf ihrem Handy für ihren YouTube-Kanal auf. Und schau mal.« Morrie blätterte im Programm, das mit einer ganzseitigen Anzeige für *Der Somerset Würger* bedruckt war. »Brian versucht, den Verkauf anzukurbeln.«

»Ekelhaft. Siehst du Penny Sledge irgendwo?«

»Ja, sie sitzt vorne bei Angus. Sie ist die perfekte trauernde Witwe, komplett mit schwarzem Schleier und allem. Der lilahaarige Typ, Jim Mathis, sitzt ein paar Reihen weiter hinten und sieht in einem Anzug im Stil der 20er Jahre sehr elegant aus. Ich werde ihn vielleicht nach dem Namen seines Schneiders fragen.«

Die Trauerfeier begann. Anstelle von Kirchenliedern wurde ein Metallica-Song gespielt. Der Priester verzog das Gesicht, als die Gemeinde, während des Gitarrensolos aufstand und den Kopf senkte. Ich konnte nicht anders, als im Takt der Trommeln mit dem Kopf zu nicken. Danny war vielleicht ein untreuer Mistkerl, aber er hatte einen ausgezeichneten Musikgeschmack.

Nachdem der Priester ein Gebet gesprochen und seine übliche Rede über die Reise der unsterblichen Seele gehalten hatte, stand Angus auf. Er sprach mit Eloquenz über Dannys Karriere und was es für ihn bedeutet hatte, mitzuerleben, wie Danny sein Leben umgekrempelt und seine Geschichten mit der Welt geteilt hatte. Gegen Ende war er sogar ein wenig gerührt. »Ich habe nicht nur eine Inspiration verloren. Ich habe auch einen lieben Freund verloren.«

Als Nächstes sprach Penny. »Danny war ein echter Wichser ohne Sinn für Anstand oder Schicklichkeit. Ich vermisse weder sein dummes Gesicht noch seine derben Witze oder die Art, wie er seinen Schwanz nicht in der Hose halten konnte. Ich werde jedoch sein Geld vermissen. Aber mit dem Erlös aus seinem Nachlass kann ich mir ein respektables Haus unter respektablen Menschen in London kaufen, und das ist das beste Vermächtnis, das er sich erhoffen kann.«

Wow. Danny war ein Arschloch gewesen, aber so etwas auf seiner Beerdigung zu sagen, war ziemlich hart. Ich erinnerte mich daran, dass Angus und Amanda zwar beide ein Alibi für Dannys Tod hatten, der Verbleib von Brian, Penny und Jim jedoch noch ungeklärt war und alle drei ein ziemlich starkes Motiv hatten, Danny tot sehen zu wollen.

Angus und Brian schlossen sich den Sargträgern an, um den Sarg hinauszutragen. Morrie und ich warteten, bis die meisten Trauergäste ihnen nach draußen gefolgt waren. Trotzdem hörte ich, wie die Dorfbewohner über uns tuschelten, als wir uns der Menge anschlossen, die darauf wartete, Blumen auf Dannys Sarg zu legen.

»Die sind doch aus der Buchhandlung, in der er ermordet wurde, oder?«

»Es ist ein bisschen krank, dass sie hier auftauchen. Sie müssen viel Geld damit verdienen, dass sie der Ort sind, an dem der berühmte Autor Danny Sledge sein grausames Ende fand.«

Ich wünschte, es wäre so, dachte ich verärgert.

»Hmmpf. Das würde genau zu dem neuen Mädchen passen. Sie hat versucht, den Ort mit Veranstaltungen und Whiskyverkostungen und so weiter zu kommerzialisieren. *Whiskyverkostungen?* In einer *Buchhandlung*? So etwas Krasses habe ich noch nie gehört. Anscheinend stammt sie aus der Sozialsiedlung, was ja keine Überraschung ist, oder? Diese Mädchen sind immer geldgierig. Ich habe allen, die ich kenne, gesagt, dass sie diesen Ort nicht betreten sollen. Es ist verabscheuungswürdig.«

»Keine Klasse! Ich werde es den Damen in der Kirche sagen. Wir werden sie boykottieren.«

Toll. Einfach nur toll.

Nach dem Gottesdienst tummelten sich die Gäste auf dem Parkplatz vor der Kirche und gingen in den Raum der Sonntagsschule, wo Tee, Kaffee und eine Auswahl an Speisen aufgetischt worden waren. Ich machte mich schnurstracks auf den Weg zum Essen, denn wenn ich schon als geldgieriges armes Mädchen verschrien war, wollte ich wenigstens eine kostenlose Mahlzeit bekommen.

»Schau mal, mit wem Penny da redet.« Morrie stupste mich an, die Hände voller Würstchen im Schlafrock.

Er deutete auf das andere Ende des Raums, aber ich konnte nichts sehen. »Lass uns näher ran gehen.« Ich berührte Morries Hand und wir gingen den Buffettisch entlang. Ich stopfte drei Würstchen in mich hinein, während ich weiter nach vorne schlurfte. Schließlich war ich nah genug dran, um Penny zu erkennen, die mit gesenktem Kopf mit einem großen, schmächtigen Kerl sprach, den ich sofort erkannte. Jim Mathis.

Kannten sich die beiden? Interessant. Ich hätte nicht gedacht, dass Danny noch etwas mit Jim zu tun haben würde, nachdem er ihn verraten hatte. Woher kannte Penny ihn also?

Nach ein paar Minuten Gespräch hielt Jim sein Handy hoch und deutete an, dass er einen Anruf tätigen müsse. Penny nickte und Jim verschwand nach draußen.

»Warte hier«, sagte ich zu Morrie und zog meinen Mantel an. »Behalte Penny im Auge.«

Wenn Heathcliff heute an meiner Seite gewesen wäre, hätte er mich nie allein einen Verbrecher wie Jim jagen lassen. Aber Heathcliff war nicht hier. Er weigerte sich, sich im selben Raum wie Morrie aufzuhalten, also war er im Laden geblieben. Quoth war irgendwo in den Bäumen, aber er würde nicht wissen, was vor sich ging. Morrie nickte und näherte sich Penny. Ich schlich mich davon und folgte Jim, der an der Seite der Kirche entlangging. Am Ende eines kurzen Betonwegs blieb er stehen und stützte seinen Ellbogen auf einen steinernen Torpfosten. Ich lehnte mich mit dem Rücken gegen einen Pfeiler und hoffte, dass ich dahinter unsichtbar war.

Ich wagte einen Blick um die Ecke. Jim schaute in die andere Richtung. Er zündete sich eine Zigarette an und sog den Rauch in seine Lungen, während er das Telefon an sein Ohr drückte. »Ja, ich bin beim Gottesdienst. Hast du mich nicht gesehen? Es war Danny hier, Danny da, bla bla bla.«

Die Person am anderen Ende sprach eine Weile.

»Wir müssen auf den richtigen Zeitpunkt warten«, sagte Jim. »Es gibt zu viel Presse. Zu viel Aufmerksamkeit. Alle halten Danny für einen verdammten Helden. Ich denke, wir sollten warten ...«

Die Person am anderen Ende sprach wieder. Ich wünschte, ich könnte hören, was sie sagte.

»Ja, gut. Wir machen es auf deine Art. Ich muss zurück.« Jim drückte die Zigarette mit der Schuhspitze aus. »Mach dir nicht ins Hemd. Du weißt, dass ich immer alles geregelt bekomme. Ich werde tun, was getan werden muss.«

Er wirbelte herum und ging auf mich zu. Ich bückte mich und murmelte vor mich hin, während ich durch den Garten krabbelte. »Ich glaube, ich habe es hier irgendwo fallen lassen«, sagte ich etwas lauter, als er vorbeiging. Er bot mir keine Hilfe an.

Ich traf mich mit Morrie auf der anderen Straßenseite und wir sahen zu, wie Dannys Sarg in die Erde herabgelassen wurde. Ich suchte die Menge nach Jim ab, konnte ihn aber nirgendwo in der riesigen Menschenmenge sehen. Im Raum der Sonntagsschule wurden Erfrischungen serviert. Die Trauernden hingen auf dem Friedhof herum, um bei einer vermeintlich traurigen Gelegenheit nicht zu gierig auf kostenlose Würstchen und Scones mit Sahne zu wirken.

»Ich hoffe, du hast etwas Abscheuliches entdeckt«, sagte Morrie, nahm meinen Arm und führte mich von der Menge weg, damit wir reden konnten. »Ich habe mir angehört, wie Penny Sledge bis zum Erbrechen darüber geprahlt hat, wie sie Dannys Backlist neu beleben wird, jetzt, wo sie die Rechte daran hat. Neue Cover, ein stilvolleres Branding. Sie sagte, sie würde vielleicht sogar einen Ghostwriter engagieren, um unter seinem Namen eine ›literarischere Reihe‹ zu produzieren. Die Frau hat keine Ahnung, wenn sie glaubt, dass Dannys Fans darauf warten, dass seine Krimis zu introspektivem Blödsinn werden.«

Morrie wurde von einem markerschütternden Schrei unterbrochen.

»Was war das?«, rief jemand.

»Es kam aus dem Bibelstudienraum!«

Morrie und ich eilten zum Eingang der Sonntagsschule und bahnten uns einen Weg durch die verwirrten Trauernden. Angus und Jim traten mit ernster Miene aus einem zweiten Raum im hinteren Teil des Gemeinschaftsraums. Sie versperrten mit ihren Körpern den Eingang zu diesem Raum.

»Bitte, treten Sie alle zurück«, sagte Angus, schritt vor und fuchtelte mit den Armen, um die Menge weiter zurückzudrängen. »Etwas Schreckliches ist passiert. Die Polizei ist auf dem Weg und wir wollen nicht, dass jemand in Panik gerät ...«

Ich duckte mich unter Angus´ Arm hindurch und stolperte in den Raum. Mein eigener Schrei blieb in meiner Kehle stecken.

Brian Letterman lag auf dem Teppich, sein Körper völlig regungslos. Seine Hände umklammerten seinen Hals und seine glasigen Augen traten aus seinem verzerrten Gesicht hervor. Um seinen Hals war ein hauchdünnes schwarzes Tuch fest verdreht.

30

»**E**r wurde in den Raum der Sonntagsschule gezerrt und erwürgt«, erklärte Jo, während sie sich auf eine Kirchenbank im vorderen Teil der Kirche fallen ließ, wo ich und die anderen Hauptzeugen versammelt waren, während Hayes und Wilson uns befragten. »Genau das gleiche Muster wie beim letzten Mord, nur dass dieses Mal die Waffe am Tatort zurückgelassen wurde.« Sie hielt ein schwarzes, hauchdünnes Tuch mit einer Pinzette hoch und steckte es in eine Papiertüte. Irgendetwas daran kam mir bekannt vor, aber ich konnte nicht sagen, was es war.

»Ich habe dieses Tuch schon einmal gesehen«, sagte ich und berührte den Brief meines Vaters in meiner Tasche. Ein Kopfschmerz breitete sich in meinen Schläfen aus. »Ich wünschte nur, ich könnte mich daran erinnern, wo.«

Ich warf einen Blick auf die nächste Bank, wo Hayes und Wilson Angus Donahue befragten. Ich strengte mich an, etwas von dem Gespräch aufzuschnappen. Als ehemaliger Polizist und erste Person am Tatort, nachdem die Kellnerin Brians Leiche gefunden und geschrien hatte, hatte Angus wahrscheinlich einige Ideen.

»Als wir alle über die Straße zum Friedhof gingen, bemerkte ich zufällig, wie Brian mit Jim Mathis in die Sonntagsschule ging. Zuerst habe ich mir nichts dabei gedacht. Ich weiß, dass Jim als Ghostwriter für Brians Frau gearbeitet hat.«

Hat er das?

»Ist das dieselbe Amanda, mit der Sie die Nacht im Argleton Arms verbracht haben?«, fragte Hayes, während Wilson sich eifrig Notizen machte.

»Das war nur ein kleiner Spaß«, sagte Angus. »Amandas Ruf ist in unseren Kreisen kein Geheimnis, nicht einmal vor ihrem Ehemann. Brian wusste alles darüber. Ich glaube, es gefiel ihm fast besser, wenn sie mit anderen Kerlen unterwegs war. Das bedeutete, dass sie deren Geld ausgab, nicht seins.«

»Und hat sie auch mit diesem Jim Mathis geschlafen?«

Angus zuckte mit den Schultern. »Wahrscheinlich. Er hat ihr dabei geholfen, einen kitschigen Erotikroman zu schreiben. Ich vermute, sie haben für eine der Szenen praktische Recherchen durchgeführt.«

Widerlich.

»Sie haben Brian und Jim also in die Sonntagsschule gehen sehen«, drängte Hayes. »Was ist dann passiert?«

»Dann bin ich mit den anderen Gästen auf die andere Straßenseite zum Friedhof gegangen. Sie sollten bestätigen können, dass ich am Grab war. Ich war der Erste, der Erde ins Grab geworfen hat. Ich habe Brian und Jim erst wieder gesehen, als ...« Er zuckte erneut mit den Schultern. »Nun, Sie haben es gesehen.«

»Ist Ihnen auf dem Friedhof etwas Ungewöhnliches aufgefallen?«, fragte Hayes.

»Abgesehen davon, dass Penny Sledge genüsslich einen Erdklumpen auf den Sarg geworfen hat, nein. Für mich schien es eine normale Beerdigung zu sein.« Angus ließ den Kopf hängen. »So normal, wie es sich eben anfühlt, seinen besten Freund zu verlieren.«

»Danke, Angus.« Hayes klappte seinen Block zu und ging zu Jo hinüber. »Hat dein Team noch etwas anderes gefunden?«

»Leider haben all diese Leute, die im Raum der Sonntagsschule herumgetrampelt sind, die wenigen handfesten Beweise, die es vielleicht gab, ruiniert.« Jo tätschelte die kleine Schachtel mit den Beweismitteltüten, die sie zur Vorbereitung des Transports in ihr Labor mit Etiketten versah. »Ich werde mehr wissen, sobald ich die Leiche untersucht habe, aber ich würde sagen, dass die Verbrechen offensichtlich zusammenhängen.«

»Wenn der Mörder dieselbe Person ist, die Danny getötet hat, bedeutet das, dass Beverly Ingram unschuldig sein muss«, warf ich ein. Hayes runzelte die Stirn.

»Das stimmt«, sagte Jo. »Aber ich habe nicht gesagt, dass es dieselbe Person war.«

»Aber du hast gesagt, dass sie zusammenhängen. Glaubst du, es könnte zwei verschiedene Mörder geben?«, fragte ich.

Jo zuckte mit den Schultern. »Es ist nicht meine Aufgabe, nachzudenken. Das ist Hayes ´ Job. Ich liefere nur die Daten.«

»Richtig.« Hayes tippte mit seinem Stift auf seinen Block und sah Jo stirnrunzelnd an. »Und du solltest auch keine vertraulichen Informationen über unsere Fälle an eine Zivilistin weitergeben, schon gar nicht an eine neugierige wie Frau Wilde.«

Ich akzeptierte die Zurechtweisung. »Hat Wilson Ihnen erzählt, dass ich Jim Mathis vorhin am Telefon gehört habe? Er hatte zu jemandem gesagt: ›Wir müssen auf den richtigen Zeitpunkt warten. Es ist zu viel Presse da. Ich werde tun, was getan werden muss‹, was ein wenig unheimlich klingt, wenn Sie mich fragen. Es klingt, als hätte ihn jemand angestiftet, Brian zu ermorden.«

»Danke für die Information, Frau Wilde, aber niemand hat Sie um Ihre Interpretation gebeten. Tatsächlich wurden Sie ausdrücklich davor gewarnt, sich aus polizeilichen Ermittlungen herauszuhalten ...«

»Jim war auch der Typ, den Danny verpfiffen hat, um eine kürzere Haftstrafe zu bekommen«, schoss ich zurück. »Warum sollte er auf Dannys Beerdigung auftauchen, wenn nicht, um Ärger zu machen? Ich glaube, ihr habt die falsche Person im Gefängnis, und Brians Tod beweist es.«

Hayes tippte auf sein Telefon. »Dieser Anruf, den Jim getätigt hat ... fand er gegen Viertel nach zwei statt?«

»Ja, das kommt ungefähr hin.«

»Genau zu der Zeit, als Beverly Ingram auf der Wache einen Anruf tätigte?«

Oh. Scheiße.

»Ich kann mir nicht vorstellen, dass sie es war! Jim klang so, als wäre die Person am anderen Ende bei der Beerdigung gewesen. Außerdem, selbst wenn es Beverly war, bedeutet das gar nichts! Ich habe nur gehört, dass sie über Dannys Beerdigung gesprochen haben. Es hätte auch um etwas völlig anderes gehen können.«

»Frau Wilde.« Hayes´ Stimme klang streng. »Mir scheint, als wollten Sie sich in offizielle Polizeiangelegenheiten einmischen.«

»Nein, aber ich ...«

»Wir sind derzeit sehr damit beschäftigt, Zeugen zu befragen. Wachtmeisterin Wilson hat Ihre Aussage bereits aufgenommen, Sie können jetzt also gehen.«

»Aber ...«

Hayes deutete nach draußen. »Wenn Sie weitere Informationen für uns haben, wenden Sie sich bitte an Wachtmeisterin Wilson.«

Ich funkelte ihn an, während ich meine Sachen

einsammelte. »Sie machen einen großen Fehler!«, schrie ich, als Morrie und ich die Kirche verließen. »Und ich werde es beweisen!«

~

»ICH KANN NICHT GLAUBEN, dass Beverly immer noch im Gefängnis sitzt!«, rief ich.

»Du musst zugeben, dass dieser Anruf Beverly und Jim Mathis in Verbindung bringt«, sagte Heathcliff.

»Das glaube ich nicht. Die Person, mit der Jim sprach, war bei der Beerdigung, wollte aber etwas unter vier Augen besprechen, ohne dass jemand es mitbekommt. Aber selbst, wenn Beverly mit Jim gesprochen hat, warum sollte sie Brian töten wollen? Wenn sie Danny ermordet hat, hat sie sich dann nicht schon gerächt? Und würde sie Jim nicht hassen, weil er auch mit Abigail zusammen war? Er hätte genauso gut ihr Mörder sein können.«

»Brian hat das Buch veröffentlicht«, sagte Heathcliff. »Beverly hat sich bei der Lesung draußen mit ihm gestritten. Sie hat ihm all diese Briefe geschrieben und ihn aufgefordert, das Buch zurückzuziehen, aber er hat sich geweigert. Sie sieht ihn als ebenso schuldig an.«

Verdammt. Das ist ein schlüssiges Argument. Kein Wunder, dass die Polizei Beverly immer noch in Gewahrsam hat. »Also hat Beverly Jim Mathis angeheuert, um Brian zu töten? Selbst wenn Jim aus Geldgier gehandelt hat, kann ich mir das einfach nicht ...«

»Du kannst es dir nicht vorstellen, weil du willst, dass diese Frau unschuldig ist«, betonte Heathcliff ärgerlich.

»Du bist nutzlos. Wo ist Morrie? Ich will mich mit ihm darüber auslassen.«

Heathcliff starrte zur Seite. »Er ist oben, an seinem Computer.«

Ich hob eine Augenbraue. »Oh wirklich? Du hast ihn wieder in den Laden gelassen?«

»Er hat am Fenster gekratzt. Ich konnte mich nicht konzentrieren. Er ist so verdammt nervig.«

Ich grinste. »Du hast ihn wieder in den Laden gelassen.«

»Er ist auf Bewährung. Eine falsche Bewegung und er fliegt raus.« Heathcliff schlug sein Buch zu und sah mich mit seinen stürmischen Augen an. »Auch wenn er ein verdammt königlicher Küsser ist.«

Ich grinste von einem Ohr zum anderen, als ich die Treppe zur Wohnung hinaufstieg. Ich fand Morrie nicht wie erwartet an seinem Computer, sondern wie er Leib und Leben riskierte, indem er auf Heathcliffs Stuhl über einem abgegriffenen Laptop gebeugt saß, auf dessen Bildschirm etwas zu sehen war, das wie Tomatensauce aussah. »Was ist das? Sieht nicht aus wie deiner.«

»Ist es auch nicht.« Morrie sah nicht einmal vom Bildschirm auf. »Das, meine Liebe, ist Danny Sledges Laptop.«

Ich setzte mich neben ihn. »Wie bist du da rangekommen? Ist der nicht in der Asservatenkammer auf dem Polizeirevier?«

»Mach dir keine Gedanken über das Wie oder Warum. Ich bringe ihn heute Abend zurück aufs Revier.« Morrie hämmerte mit behandschuhten Händen auf die Tasten ein. »In der Zwischenzeit dachte ich, wir sollten uns mal in Dannys Dateien umsehen.«

»Was hast du bisher gefunden?«

»Nicht viel. Der Typ hat einen Suchverlauf, der so schmutzig ist, dass er mit meinem mithalten könnte, aber das liegt daran, dass er ein Krimiautor ist. Es gibt viele Notizen und natürlich seine Manuskripte ... das Einzige, was ich nicht finden konnte, ist das Manuskript, an dem er gearbeitet hat.«

»Seine Memoiren?«

Morrie nickte. »Es gibt einen Ordner dafür, aber der ist leer. Bei der Lesung sagte Danny, dass er bereits damit begonnen hatte, daran zu arbeiten, also sollte es hier *irgendetwas* geben. Ich schaue mir die Protokolle noch einmal an, um zu sehen ... hmm, das ist interessant.«

»Was ist?« Ich beugte mich vor, um auf den Bildschirm zu schauen, aber alles, was ich sehen konnte, waren Codezeilen.

Morrie zeigte auf unverständliches Zahlen- und Buchstabenchaos. »Laut diesem Protokoll hat Danny an einem Dokument in diesem Ordner gearbeitet. Er hatte auch mehrere PDFs, möglicherweise Forschungsmaterial. Allerdings hat er alles gelöscht.«

»Wann hat Danny die Dateien gelöscht?«

Morrie runzelte die Stirn und starrte auf den Bildschirm. »Das ergibt keinen Sinn. Laut Protokoll wurde die Löschung am Mittwoch vorgenommen, einen ganzen Tag *nach* Dannys Ermordung.«

31

Ich starrte auf den Bildschirm und dachte über diese neueste Information nach. »Du meinst also, dass entweder Dannys Geist es getan hat oder jemand anderes auf Dannys Computer zugegriffen hat.«

»Dazu müssten sie Dannys Passwörter kennen«, sagte Morrie. »Sie haben sich als Danny angemeldet. Ich kann keine Hacking-Versuche feststellen. Es muss also jemand gewesen sein, dem er vertraute.«

»Und jemand, der Zugang zu seinem Computer in seiner Suite im Argleton Arms hatte«, fügte ich hinzu.

Morrie und ich drehten uns zueinander. »Penny Sledge«, sagten wir beide genau zur gleichen Zeit.

»Wir wissen, dass sie sich nicht grün waren«, zählte Morrie die Fakten auf. Sein Gesicht leuchtete vor Aufregung. »Dannys Untreue und andere schamlose Eskapaden waren in den Medien ausführlich dokumentiert worden. Penny hat sich damit abgefunden, um an seinem Gewinn teilzuhaben, aber vielleicht hat sie, als Beverly Ingram in die Lesung kam, einen Weg gesehen, ihn endlich loszuwerden. Sie wusste, dass Danny dabei war, seine Rechte zurückzuerlangen, und dass er durch die Selbstveröffentlichung einen riesigen Gewinn machen würde. Aber sie wusste nicht, dass die Rückübertragung noch nicht abgeschlossen war.«

»Ja«, rief ich. »Sie hat gesehen, wie Beverly ihr Halstuch nach Brian geworfen hat, und hat es auf dem Heimweg von der Straße aufgehoben. Sie hat sich als Angus ausgegeben und an der Rezeption angerufen und sich aus dem Hotel geschlichen. Aber wie hat sie ihn überwältigt? Jo sagte, dass der Mörder höchstwahrscheinlich ein Mann war ...«

»Jim Mathis«, sagte Morrie mit funkelnden Augen. »Sie hat Jim Mathis angeheuert, einen Gauner, der zum Auftragsmörder wurde.«

»Das ist es! Sie hat sich wahrscheinlich an diesem Morgen mit Jim getroffen, ihm das Tuch gegeben und ihm gesagt, er solle Danny abfangen. Aber woher kannte sie Jim? Würde er sie nicht hassen, weil sie Dannys Frau war? Und es erklärt nicht, wie sie ihn auf der Beerdigung anrufen konnte, wenn du sie doch die ganze Zeit beobachtet hast.«

»Sie ist in die Küche gegangen!«, rief Morrie. »Während du weg warst, ist sie in die Küche gegangen, um die Marke des Kaffees zu überprüfen, den sie benutzt haben. Anscheinend entsprach er nicht ihrem Standard. Ich konnte ihr nicht folgen, ohne Verdacht zu erregen. Sie war nur ein paar Augenblicke weg, aber es war lang genug, um einen kurzen Anruf zu tätigen.«

»Das war's also. Jim rief Penny an. Er hatte Bedenken wegen der Aufmerksamkeit, die Dannys Beerdigung auf sich gezogen hatte. Aber sie bestand darauf. Also ist Jim zurückgekehrt, lockte Brian in den Bibelstudienraum und erwürgte ihn.«

»Ich wette, Jim hatte große Freude daran, Danny zu

erwürgen«, rief Morrie aus und genoss die blutigen Details des Falls. »Und dann ist er danach zum Autorenworkshop gegangen, um sich an seiner Tat zu ergötzen.«

»Aber was ist ihr Motiv für Brian?«

»Er hat das Manuskript gelesen, also kannte er die Wahrheit über sie«, sagte ich. »Sie wollte ihn zum Schweigen bringen.«

»Du bist so heiß, wenn du einen schmutzigen Mord aufklärst.« Morries Lippen streiften meine. Ich lehnte mich an ihn und vertiefte den Kuss.

Die Luft um uns herum war elektrisch geladen. Widerwillig zog ich mich zurück und wandte mich wieder dem Computer zu. »Wenn das alles wahr ist, warum hat sie dann die Memoiren gelöscht? Es muss etwas daringestanden haben, wovon Penny nicht wollte, dass es jemand sieht. Ein Beweis, der sie überführen würde. Kannst du etwas davon wiederherstellen?«

»Sieht nicht so aus ...« Morrie hämmerte auf die Tasten. »Nein, warte ... Ich kann eine frühere Version wiederherstellen. Sie wird einige seiner letzten Änderungen nicht enthalten, aber vielleicht ist da etwas drin.«

Ich wartete mit klopfendem Herzen, während Morrie auf die Tasten hämmerte. Sein Bein wackelte vor Aufregung. Ein paar Minuten später krähte er triumphierend. Sein Blick huschte über die Seite. »Es sind tatsächlich die Memoiren ... Ich kann es kaum erwarten, das zu verschlingen. Danny Sledge hat ein schmutziges Leben voller krimineller Missetaten geführt, genau mein Typ ... warte mal. Ich habe etwas gefunden.«

Morrie tippte auf den Bildschirm. »Danny beschreibt eine Freundin von sich. ›Ich lernte Penny im Sommer dieses Jahres kennen, das eines der wichtigsten Jahre meines Lebens werden sollte. Sie war sechzehn, aber sie kleidete und benahm sich wie fünfundzwanzig. Ich war völlig hin und weg von ihrem Gehabe und ihren Allüren. Jim ebenfalls. Wir stritten um sie, wie wir um alle Mädchen stritten. Im Gegensatz zu Abigail, die sich nicht entscheiden wollte, entschied sich Penny für mich. Ich hatte gewonnen, haha. Nimm das, Jimmy!‹ «

»Penny hat Danny also kennengelernt, als er ein Gauner war«, flüsterte ich. Plötzlich wurde mir alles klar. Ich griff in meine Tasche, um den Zeitungsartikel herauszuholen, aber er war nicht da. Ich erinnerte mich, dass ich ihn gestern unten gelesen hatte. Ich hatte ihn wahrscheinlich auf Heathcliffs Schreibtisch liegen lassen. »Ich wette, dass es in dem Artikel um sie ging. Und sie kannte auch Jimmy. Sie hätte ihn bei der Veranstaltung wiedererkannt, selbst wenn Danny zu abgelenkt war, um es zu bemerken ...«

Morrie nickte, während er weiterlas. »Hier steht alles. Alles darüber, dass Penny wegen Drogenhandels eingebuchtet wurde. Als sie aus der Jugendstrafanstalt entlassen wurde, hatte Danny Jim verpfiffen und war auf dem besten Weg der Besserung. Er sagt, Pennys Eltern seien reiche Snobs gewesen, die viel Geld dafür bezahlt hätten, dass ihr Name nicht in der Zeitung stünde und ihr Verbrechen nicht in ihrer Strafakte lande.«

»Darum geht es hier«, flüsterte ich. »Penny muss Dannys Memoiren gelesen haben. Sie wusste, dass ihr Geheimnis auffliegen würde, wenn er sie veröffentlichen würde. Du hast gesehen, wie sehr sie auf ihr Image bedacht ist. Es wäre ihr furchtbar peinlich, wenn all ihre literarischen Freunde aus London wüssten, dass sie früher eine drogendealende Kriminelle war. Sie hat Danny getötet, um die Veröffentlichung der Memoiren zu verhindern, und Brian, weil er sie gelesen hatte.«

»Danny hat erzählt, dass er seine Arbeit normalerweise als erstes Angus zeigte«, gab Morrie zu bedenken.

»Das bedeutet, dass Angus auch in Gefahr ist.« Ich griff mir meinen Mantel und meine Tasche. Morrie stand auf, aber ich rannte bereits zur Tür. »Ruf die Polizei«, rief ich.

»Und wo willst du hin?«

»Ich muss eine Frau wegen eines Schals aufsuchen.«

32

»Ich brauche diesen Zeitungsartikel«, rief ich, als ich die Treppe hinunterpolterte.

»Dir auch Hallo«, erwiderte Heathcliff, als ich in den Hauptraum stürmte.

»Keine Zeit für Hallos.« Ich blätterte durch den Stapel Papiere und Taschenbücher auf dem Schreibtisch. *Wo ist er?* »Ich muss diesen Artikel finden und ihn der Polizei bringen.«

»Er ist nicht hier. Jemand hat vor etwa einer Stunde für dich angerufen.«

»Wer?«

Heathcliff zuckte mit den Schultern. »Keine Ahnung. Es wurde kein Name hinterlassen. Es war eine Frau.«

»War es Mama?« Sie war gestern mit leichten Kopfschmerzen aus dem Krankenhaus nach Hause entlassen worden, aber ansonsten ging es ihr gut. Ich hatte vorgehabt, sie nach der Arbeit zu besuchen. Ich hoffte, dass sie sich nicht noch mehr Ärger eingehandelt hatte, aber ich wusste, dass das zu viel verlangt war.

Heathcliff zuckte erneut mit den Schultern.

»Du bist mir echt keine Hilfe.« Ich suchte unter dem

Schreibtisch, als mir einfiel, dass ich den Artikel gestern Abend mit nach Hause genommen hatte, um ihn mir nochmal anzusehen, aber dann hatten Jo und ich Wein getrunken und ich hatte ihn vergessen. Seufzend vor Ärger kramte ich meine Schlüssel aus meiner Handtasche.

»Ich gehe zurück in die Wohnung«, sagte ich. »Wir wissen, dass Penny Sledge die Morde begangen hat, und der Artikel beweist es. Morrie ist unterwegs, um sie zu beobachten und sicherzustellen, dass sie niemanden Weiteren umbringt. Du musst Jim Mathis finden. Wir glauben, dass sie ihn angeheuert hat, um ihre Morde für sie zu begehen. Oder finde Angus Donahue. Er wird das nächste Opfer sein.«

Heathcliff stand auf. »Ich weiche nicht von deiner Seite, solange da draußen ein Mörder frei herumläuft.«

»Ich werde nur von meiner Wohnung zur Polizeistation gehen. Mir passiert schon nichts. Ich kann Quoth mitnehmen, wenn es dir so wichtig ist.«

Heathcliff schüttelte den Kopf. »Quoth ist losgegangen, um seine Bewerbung zur Kunstschule zu bringen. Das ist das Problem, wenn man sich für etwas Besseres hält. Er ist nicht da, wenn wir ihn brauchen.«

»Sag das nicht! Quoth hat sich das verdient.« Ich spähte in die Ecke, wo Grimalkin in Katzengestalt auf dem Samtstuhl saß und sich vorsichtig den After putzte. »Grimalkin wird mit mir mitkommen.«

»Miau.« Grimalkin reckte den Hals und warf mir einen Blick zu, der deutlich sagte: »Lass mich in Ruhe. Ich bin mit wichtigen Katzengeschäften beschäftigt.«

Heathcliff runzelte die Stirn. »Was soll sie denn tun, wenn jemand mit einer Garrotte auf dich losgeht?«

»Ihm hoffentlich die Augen auskratzen.« Ich nahm eine protestierende Grimalkin auf den Arm und steckte sie in meine übergroße Tragetasche. »Außerdem bin ich kaum ungeschützt, wenn du und Morrie die beiden Mörder im Auge behalten. Und jetzt mach schon! Morrie hackt sich gerade in Jims Handy. Er kommt runter, sobald er einen Standort für dich hat.«

»Das gefällt mir nicht!«, rief Heathcliff mir hinterher, als ich aus dem Laden floh.

»Sag Morrie, er soll es wieder gut küssen!«, schrie ich zurück und schlug die Tür hinter mir zu.

~

WÄHREND ICH IN Richtung Wohnung joggte und Grimalkin protestierend heulte und nach meinem Arm schlug, wählte ich Jos Nummer. »Hey, Jo. Bist du beschäftigt?«

»Ich bin gerade dabei, die Mordwaffe zu analysieren.«

»Ich könnte dir vielleicht etwas Zeit ersparen. Mir ist wieder eingefallen, wo ich dieses schwarze Tuch schon einmal gesehen habe. Es ist Penny Sledges Trauerschleier.«

»Wirklich?«

»Ja, wirklich. Sie hat ihn während des Gottesdienstes getragen. Morrie hat ihn bemerkt und ich habe ihn an ihr gesehen, als sie an mir vorbeiging. Aber als sie ihre Aussage bei Hayes gemacht hat, hat sie ihn nicht mehr getragen.«

»Hmmmm«, sagte Jo. »Das ist interessant. Danke, Mina. Ich werde es an Hayes weitergeben.«

»Sag ihm, dass Penny die Mörderin ist, und ich etwas habe, dass es beweisen wird. Ich fahre jetzt nach Hause, um es zu holen, und bringe es dann gleich zur Wache«, sagte ich.

»Oh, wie spannend. Fass nur nichts im zweiten Fach unten im Kühlschrank an. Ich mache ein Experiment mit fleischfressenden Mikroben und wenn du die Cornish Pasty isst, wirst du einen schrecklichen, schmerzhaften Tod sterben.«

»Zur Kenntnis genommen.«

»Oh, laut dem diensthabenden Beamten hat Beverly nach

dir gefragt«, sagte Jo. »Ich glaube, sie möchte unbedingt mit dir reden. Anscheinend hat sie in der Buchhandlung angerufen, aber ich vermute, dass Heathcliff abgenommen hat.«

Ich stöhnte. Das muss der Anruf gewesen sein, den Heathcliff vorhin erhalten hatte. »Ich werde sie auf der Wache treffen. Es wäre gut, wenn jemand da ist, wenn sie entlassen wird, um zu sehen, ob sie zu Hause Hilfe braucht. Ich glaube nicht, dass sie jemanden in ihrem Leben hat.«

»Du bist ein guter Mensch, Mina.«

»Ich gebe mein Bestes. Ich bin jetzt da. Ich muss los.« Ich joggte die Stufen hinauf und steckte meinen Schlüssel ins Schloss. Als ich gestern Abend nach Hause gekommen war, hatte ich den Zeitungsartikel auf den Küchentisch gelegt. Irgendetwas daran hatte mich nicht losgelassen, aber ich konnte nicht sagen, was es war. Bis jetzt.

Ich eilte durch die Wohnung. Ah, ja. Da war er, genau wie ich ihn in Erinnerung hatte. Als ich den Artikel aufhob und in meine Handtasche steckte, erhaschte ich aus dem Augenwinkel eine Bewegung.

Was ist das?

Ich trat vor den Kamin. Anstelle des ausgestopften Affen und der Schrumpfköpfe, die normalerweise den Kaminsims schmückten, hatte jemand eine Reihe großer Glocken aufgestellt. In jeder befanden sich Schwärme großer, ekelhafter Insekten, die sich alle um verschiedene Fleisch- und Stoffklumpen stritten.

Ameisen, Spinnen, Käfer und ...

Ja ... das sind definitiv Heuschrecken.

Wut stieg in mir auf. Jo hatte *versprochen*, dass es keine weiteren Krabbeltiere geben würde. Warum hatte sie nach dem letzten Mal wieder Heuschrecken ins Haus gebracht?

»Das war's«, murmelte ich und steckte die Gläser mit den Käfern in meine Tasche. Sie klirrten gegeneinander. Ich hoffte, dass sie nicht zerbrachen. Ich würde sie in Jos Labor bringen, das sich in der Nähe der Wache befand, und ihr sagen, dass entweder sie oder ich umziehen müsste.

»Miiiaaaauuuu!«, beschwerte sich Grimalkin, als sie gegen die Gläser schlug.

Ich schloss ab und joggte zur Polizeistation. Ich war überrascht, als ich den diensthabenden Beamten über den Tresen gebeugt und tief schlafend sah. Ich klingelte, um ihn zu wecken, aber er rührte sich nicht.

»Entschuldige, Kumpel, das wird nicht lange dauern. Ich will nicht ewig mit diesen kleinen Viechern in meiner Tasche herumhängen.« Ich kritzelte meinen Namen und meine Daten auf das Besucherblatt, damit er keinen Ärger bekam, und schlüpfte an ihm vorbei zum Büro von Kommissar Hayes.

Als ich meinen Kopf hineinsteckte, musste ich feststellen, dass es leer war. Sie müssen wohl einer Spur nachgegangen sein. Ich versuchte es mit Hayes Handy, aber es kam direkt die Mailbox. Ich legte den Artikel auf den Schreibtisch, aber es fühlte sich seltsam an, ihn einfach so liegen zu lassen. Tatsächlich fühlte sich die ganze Wache seltsam an. Es war unheimlich ruhig. *Muss ein arbeitsreicher Tag für die Strafverfolgung in Argleton sein.*

Ich weiß. Ich gehe runter in die Zellen, um Beverly zu sehen. Ich werde ihr die gute Nachricht überbringen, dass ich ihren Namen reinwaschen konnte. Wenn Hayes oder ein anderer Beamter bis zu meiner Rückkehr nicht zurückgekehrt ist, werde ich dem Artikel eine Notiz beifügen.

Ich kannte mich auf dem Revier aus, seit ich in dieser einen schrecklichen Nacht als Hauptverdächtige an dem Mord an Ashley in die Zellen gebracht worden war. Ich ging die Treppe hinunter und den feuchten Korridor zwischen den Zellen entlang. Der ganze Ort stank nach Pisse.

»Beverly?«, rief ich. »Hier ist Mina Wilde. Sie wollten mit mir reden? Ich habe gute Nachrichten für Sie. Ich ...«

Sie kam mit weit aufgerissenen Augen auf mich zu. »Mina, verschwinden Sie von hier!«

»Aber ich muss doch ...«

»Pass auf!«, schrie sie. »Er ist direkt ...«

Beverleys Schrei erstickte in einem Schluchzen, als sich etwas Kaltes und Glitschiges um meinen Hals schlang. Eine raue Stimme flüsterte mir ins Ohr. »Hallo, Frau Wilde.«

33

»**R**ühren Sie sich nicht vom Fleck, Mina. Oder ich verdrehe diesen Schal und Sie sind eine tote Frau.«

Die sanfte Stimme hallte in meinen Ohren wider: unglaublich laut und in jeder Hinsicht unmöglich, weil ... er nicht der Mörder sein konnte. Er hatte ein Alibi ... *ein Alibi* ...

Morrie hatte eines von Dannys früheren Büchern gelesen. Er hatte mir erzählt, was für eine großartige Geschichte es wäre, in der der Mörder eine Aufnahme benutzt hatte, um ein Alibi vorzutäuschen, und Danny hatte seine Ideen von ...

»Lassen Sie sie los, Angus.« Beverly zischte. »Sie hat nichts getan. Sie wollen doch nur mich.«

»Das geht nicht.« Angus´ Stimme war ruhig. »Ich muss alle losen Enden zum Abschluss bringen. Als Danny mir sagte, dass ich die Memoiren nicht lesen dürfe, wusste ich, dass er herausgefunden hatte, dass ich der Mörder war. Ich musste ihn aufhalten. Brian kannte ebenfalls die Wahrheit, also musste er gehen. Und du, Bev ... du hast recht. Ich bin hierhergekommen, um dich zu erledigen. Du bist mir ein Dorn im Auge und hörst einfach nicht auf, auf deiner toten Tochter herumzureiten! Was für ein Glück, dass Mina zufällig auch hier ist. So kann ich zwei

Fliegen mit einer Klappe schlagen. Oder einem Schal, sozusagen. Ich habe diesen hier, den ich in der Nacht von Dannys Lesung vom Boden aufgehoben habe. Das passt gut. Er sieht genauso aus wie Abigails Schal von damals. Ich werde es so aussehen lassen, als hätte Mina dich aus dem Gefängnis befreit, und du hättest dich gegen sie gewandt, sie zu Tode gewürgt und dich dann in deiner eigenen Zelle erhängt.«

Seine Worte sickerten durch den Nebel in meinem Kopf, während ich nach Luft rang, aber sie ergaben keinen Sinn. *Angus kann nicht der Mörder sein. Er kann nicht ...*

Natürlich. Mein rasender Verstand rief alle Informationen ab, die wir über Abigails Mord aufgedeckt hatten. Ich hätte nie daran gedacht, Angus zu verdächtigen, weil er ein Polizist war ... aber das brachte ihn in die perfekte Position, um den Mord Danny anzuhängen, und als das nicht funktioniert hatte, weil Danny ein Alibi hatte, den Fall für ungelöst zu erklären, und *oh Isis ...*

Beverly hatte gesagt, dass die DNA-Spuren nicht aussagekräftig genug gewesen waren, dass Angus sein Bestes getan hatte, um den Mörder zu finden, aber es nicht genügend Beweise gegeben hatte. Was, wenn es nicht genügend Beweise gegeben hatte, weil Angus seine eigenen Spuren verwischt hatte?

Der Schal. Abigails Schal, mit dem der Mörder Danny erwürgt hat, ... Angus musste ihn aus der Asservatenkammer der Polizei genommen haben. Er hatte ihn all die Jahre als Andenken aufbewahrt. Aber warum sich mit Danny anfreunden ... und warum Danny jetzt töten ... und Brian und Beverly ...

Angus zog mir das Tuch fester um den Hals. Alle meine Gedanken wurden abgeschnitten, als mich Panik überkam. Meine Hände suchten krampfhaft nach irgendetwas. Rote Striemen tauchten vor meinen Augen auf, wurden größer und von Funken fluoreszierenden Lichts unterbrochen. Mein Kopf brüllte.

Meine Tasche klapperte gegen die Gitterstäbe, als Angus mich hochhob. Meine Finger schlossen sich um etwas Glattes und Kaltes. Glas. Die Gläser!

Ich umklammerte das nächstbeste Glas fester. Meine Muskeln protestierten lautstark. Obwohl meine Sinne schwanden und meine Sicht nachließ, schwang ich meinen Arm nach oben und schlug Angus das Glas ins Gesicht.

»Aaaaargh!«, schrie er und ließ mich los. Ich fiel auf die Knie und rang nach Luft. Angus taumelte zurück und schlug sich auf die Haut. In der Dunkelheit konnte ich gerade noch eine Spur roter Punkte erkennen, die über seine Haut marschierten.

»Mach sie weg! Mach sie weg!«, schrie er und fiel auf die Knie. »Es brennt!«

»Miiiiiaaaaauuuu!« Grimalkin schritt auf ihn zu, über die Käfer hinweg, und schlug ihm mit ihren Krallen ins Gesicht.

Mir dröhnten die Ohren. Ich wusste, dass ich nur noch wenige Augenblicke hatte, bevor ich ohnmächtig werden würde. Ich tastete in meiner Tasche herum, um an mein Handy zu kommen, aber ich konnte es zwischen all den Gläsern nicht finden. »Grimalkin, hol Hilfe ... finde Morrie ...«, keuchte ich. Bei jedem Wort schmerzte meine Kehle. Ich lehnte meine Wange gegen das Gitter, während in meinem Kopf winzige Vogelbabys kreisten.

Alles wurde schwarz.

34

»Ich kann nicht glauben, dass unser Mörder von Feuerameisen zur Strecke gebracht wurde.« Morrie beugte sich vor und drückte mir einen schwachen Kuss auf die Wange. »Du bist wirklich etwas Besonderes, Mina Wilde.«

»Bedräng sie doch nicht so!«, donnerte Heathcliff und drückte Morrie zurück an die Wand.

Morrie schüttelte sich und zeigte Heathcliff seinen typischen Schmollmund. »So eine grobe Behandlung des Mannes, der seit zwei Tagen wie ein übler Geruch über ihr schwebt.«

»Könnt ihr euch nicht endlich wieder küssen?« Quoth rollte mit den Augen. »Das wird Mina aufheitern.«

»Ich stimme Quoths Vorschlag zu«, sagte ich, obwohl mir die Worte im Hals brannten. Angus hatte meine Stimmbänder etwas in Mitleidenschaft gezogen, und ich sollte es in den nächsten Wochen ruhig angehen lassen. Das würde schwierig werden, wenn mir dieser Haufen ständig im Nacken saß.

Morrie beugte sich vor und spitzte die Lippen. Heathcliff riss sich los und lehnte sich mit dem Rücken gegen die Wand.

Morries gespielter Schmerz war so liebenswert, dass ich in Gelächter ausbrach, was meiner Kehle *wirklich* wehtat.

Nach zwei Tagen in diesem Krankenhaus wurde mir ein wenig langweilig. Uns allen. Heathcliff, Morrie und Quoth waren nicht von meiner Seite gewichen und schliefen abwechselnd in dem harten Plastikstuhl neben meinem Bett ein, während jemand im Laden Dienst hatte. Wenn die Besuchszeit vorbei war, versteckte sich Quoth unter meinem Bett und flog dann hoch, um sich über der Tür niederzulassen und die ganze Nacht über auf mich aufzupassen.

Eine Krankenschwester steckte ihren Kopf in den Raum und verdrehte die Augen. »Mina Wilde, Sie haben *noch* einen Gast.«

Ich grinste. Ich war ziemlich beliebt gewesen. Mein Zimmer war mit Blumensträußen aus dem ganzen Dorf gefüllt. Mama war jeden Tag da gewesen und hatte meine Arme mit Flourish-Pflastern bedeckt, die die Krankenschwestern entfernten, sobald sie gegangen war. Beverly war gekommen, um mir dafür zu danken, dass ich ihren Namen reingewaschen hatte, und hatte mehrere scheußliche Schals aus dem Wohltätigkeitsladen mitgebracht, die ich niemals tragen würde (weil sie a) scheußlich waren und b) nachdem ich fast zu Tode erwürgt worden war, ich auf keinen Fall je wieder einen Schal tragen würde). Jo war mit einem riesigen Schokoladenkuchen in Form einer Heuschrecke vorbeigekommen. Mehrere Dorfbewohner waren gekommen, um mir dafür zu danken, dass ich den Mörder gefunden hatte. Richard hatte mir einen ganzen Kasten Apfelwein dagelassen. Heathcliff bestand darauf, ihn »zur sicheren Aufbewahrung« mit in den Laden zu nehmen. Sogar Penny Sledge war vorbeigekommen, um mir überschwänglich dafür zu danken, dass ich den Mörder ihres Mannes gefunden hatte. Ich war froh, dass ich nicht sprechen sollte. So musste ich ihr nicht sagen, dass ich fälschlicherweise davon überzeugt gewesen war, dass sie die Mörderin wäre.

»Sie haben schon die Höchstgrenze überschritten«, die Krankenschwester schaute die Jungs und Grimalkin, die um mein Bett herumschwirrten, stirnrunzelnd an. »Regeln sind Regeln. Ich lasse sie erst herein, wenn ...«

»Junge Dame!« Eine vertraute Stimme bellte vom Flur her. »Ich möchte, dass Sie wissen, dass ich einen ziemlich knackigen jungen griechischen Gott in meinem Hotelzimmer auf Santorin zurückgelassen habe, um meine Freundin zu besuchen. Ihre Regeln sind mir völlig egal!«

Die Tür wurde aufgerissen und Frau Ellis stürmte herein. Die Krankenschwester machte »Hmph«, zog sich aber aus dem Zimmer zurück und zog die Tür hinter sich zu.

»Mina, Liebes.« Frau Ellis beugte sich über das Bett und drückte mir hundert feuchte Küsse ins Gesicht. »Ich bin so froh, dass es dir gut geht. Wie bringst du dich nur immer in solche Schwierigkeiten?«

Ich lächelte sie an und brachte ein Krächzen zustande: »Ich glaube, ich habe ein paar Tricks von einer bestimmten alten Dame gelernt.«

Frau Ellis erwiderte das Grinsen und wandte sich dann den drei Jungs zu. »Ihr Jungs solltet auf sie aufpassen. Ihr könnt sie nicht einfach herumlaufen lassen, bis jemand sie erwürgt.«

»Nein, das können wir nicht«, knurrte Heathcliff. »Wir sollten sie in Watte packen und im Laden einschließen. Nur so wird sie es lernen.«

»Das stimmt.« Frau Ellis trat vor, um Heathcliff und Morrie zu umarmen. Als sie sich Quoth näherte, bemerkte sie Grimalkin in menschlicher Gestalt, die sich auf dem einen bequemen Stuhl in der Ecke des Raumes räkelte. »Wer ist das?«

»Ich bin Minas Oma«, säuselte Grimalkin.

»Oma?« Frau Ellis warf einen Blick auf Grimalkins makellose Haut. »Möchten Sie sich meiner Strickgruppe anschließen? Die Damen und ich würden gerne etwas über Ihre Hautpflege-Geheimnisse erfahren.«

Grimalkin sah aus, als würde sie lieber mit einem Welpen baden, als die Strickgruppe von Frau Ellis zu ertragen. Sie stand auf und duckte sich unter Frau Ellis ausgestreckten Armen hindurch. »Wenn Sie mich entschuldigen, ich glaube, ich höre eine Maus im Flur, um die ich mich kümmern muss.«

Frau Ellis nahm auf Grimalkins freiem Stuhl Platz. »Ich musste zwei verschiedene Flüge nehmen, um hierher zu kommen, und habe einen verzweifelten griechischen Poolboy zurückgelassen. Ich erwarte also eine großartige Geschichte. Erzählt mir alles über die Morde.«

»Es war Angus Donahue, Dannys Freund«, erklärte Morrie. »Wie sich herausgestellt hat, ist er so eine Art verrückter Serienmörder. Vor all den Jahren hat Angus Beverlys Tochter getötet, sowie ein weiteres Mädchen in Barchester und zwei weitere ein paar Jahre zuvor in Stoke-on-Trent, wo er seine Polizeiausbildung gemacht hat. Er hat der Polizei alles gestanden.«

»Bitte, Herr Moriarty.« Frau Ellis winkte ihn zu sich, damit er fortfuhr. »Ich verlange jedes schmutzige Detail.«

»Mit Vergnügen«, grinste Morrie. »Angus war mit Abigail zusammen gewesen, aber er mochte es nicht, dass sie sich auch mit anderen Männern traf. Er hat sie deswegen zur Rede gestellt, und sie hat ihm ins Gesicht gelacht. Also hat er den Schal mit dem Leopardenmuster von ihrem Bett genommen, ihn ihr um den Hals gewickelt und ihr die Luft abgedrückt. Er dachte, er könnte es Danny oder Jim anhängen, also verließ er das Zimmer in einem Chaos und die Tür offen. Erst später fand er heraus, dass ein anderer Polizist sie früher am Abend verhaftet hatte und sie zu diesem Zeitpunkt schon in den Zellen gesessen hatten. Sie nahmen Abigail eine DNA-Probe ab – ein Beweis für den Geschlechtsverkehr, den sie eine Stunde vor ihrem Tod gehabt hatte. Nur manipulierte Angus diese Beweise und verfälschte die Ergebnisse, damit sie nicht auf ihn hindeuteten. Alle seine Fingerabdrücke am Tatort wurden verworfen, weil er der leitende Ermittler war. Er ist all die Jahre damit davongekommen.«

»Als Danny sich gebessert hatte und nach einem Polizisten suchte, mit dem er sich bezüglich seiner Bücher beraten konnte, hat er sich mit Angus getroffen. Unser Mörder lieferte schmutzige Geschichten aus seinen früheren Fällen, und Danny verwandelte sie in Bestseller-Romane. Das heißt, bis Danny Angus wegen Details zu den Erdrosselungen für seinen neuesten Roman bedrängte. Angus, der dachte, er wäre inzwischen in Sicherheit, half Danny, eine Geschichte zu erfinden, die so raffiniert war, dass sie niemals wahr sein konnte: die Geschichte eines Gerichtsmediziners, der einen Gauner durch Manipulation von Beweisen für die Morde verantwortlich machte. Während Danny *Der Somerset Würger* schrieb, kam ihm der Gedanke, dass die Details der Geschichte ein wenig zu wahr klangen und dass es eine Person gab, die Abigail absolut hätte töten *können*: Angus.«

»Als Danny verkündete, dass er seine Memoiren schreiben würde, Angus diese aber erst nach der Veröffentlichung lesen dürfe, wurde Angus unruhig. Solange Danny sich an die Fiktion hielt, war er sicher, aber bei einem Sachbuch ... könnte Danny ihm auf die Schliche kommen. Auf der Party erfuhr er, dass Danny Brian ein Exemplar der Memoiren gegeben hatte, ihm aber nicht, und sein Verdacht bestätigte sich.«

»Amanda erzählte ihm an diesem Abend, dass sie sich mit Beverly Ingram verschworen hatte, damit diese zu der Veranstaltung kam, und dass sie ihr auch eine Kopie der Memoiren zugespielt hatte. Angus wusste, dass Beverly das Buch mit der Lupe lesen und nach Beweisen suchen würde, um Abigails Mörder zu überführen. Er musste sie also alle zum

Schweigen bringen. Und als er Beverly auf der Party mit diesem Schal sah, erkannte er die perfekte Gelegenheit. In dieser Nacht hob er Beverlys Schal vom Fußweg vor dem Geschäft auf, kehrte mit Amanda zurück ins Hotel und tat dann so, als wäre er eingeschlafen, bis sie genervt war und sich in Dannys Zimmer schlich, wo sie sich befand, als Danny am Morgen ging.«

»Kurz nach fünf Uhr morgens rief Angus in der Rezeption an, spielte das Band ab und schlich sich dann aus dem Hotel, während Miranda die Handtücher auslieferte. Später versprach er Amanda, ihr Alibi zu bestätigen und zu behaupten, sie wäre bei ihm gewesen, damit die Polizei sie nicht verdächtigte als die letzte Person, die Danny lebend gesehen hatte. Tatsächlich war sie es, die sein Alibi bestätigt hatte.«

»Angus benutzte also eine Tonbandaufnahme ihres Liebesspiels, um ein falsches Alibi zu erstellen und Miranda von der Rezeption wegzulocken, damit er Danny hinterherschleichen konnte. Er hatte immer noch den Schal von Abigails Mord, den er vor Jahren aus der Asservatenkammer gestohlen hatte. Er schlich sich von hinten an Danny heran, erwürgte ihn und schlich sich davon, als er uns die Treppe herunterkommen hörte.«

»Beeindruckend«, sagte Frau Ellis.

»Es ist Genialität auf höchstem Niveau«, sagte Morrie. »Das werde ich mir merken. Es war ein Trick, den Danny in einem seiner Bücher verwendet hat. So bin ich überhaupt darauf gekommen.«

»Und Brian Letterman?«

»Angus hatte das Manuskript bereits von Dannys Computer gelöscht, bevor die Polizei sein Zimmer durchsuchte. Aber er wusste, dass Brian das frühe Exemplar erhalten hatte. Er wusste, dass Brian, sobald er es lesen würde, wissen würde, dass Angus Danny ermordet hatte, also erwürgte er Brian, bevor er reden konnte. Es war ungünstig, dass Beverly Ingram nicht da war, um die Schuld auf sie zu schieben, aber er versuchte, Jim den Mord anzuhängen, indem er behauptete, er habe gesehen, wie er mit Brian in den Raum der Sonntagsschule gegangen sei, obwohl Jim gerade einen Anruf von Amanda erhalten hatte, die wollte, dass er Kapitel ihres Buches im Internet durchsickern ließ und einen Social-Media-Aufruhr auslöste. Deshalb stahl er Pennys Trauerschleier, nachdem sie ihn abgenommen hatte, um ihren Tee zu trinken. Es war alles sehr clever, und natürlich verdächtigte keiner Angus, weil er ein Ex-Polizist war.«

»Aber was ist mit der armen Mina passiert?« Frau Ellis beugte sich vor, um meine Hand zu drücken.

»Amanda hatte ihr einen Artikel über Penny Sledge geschickt, in dem Penny als Mörderin dargestellt wurde. Amanda wollte sowohl ihren Ehemann als auch Penny ruinieren, um vor der Veröffentlichung ihres Erotikromans einen Medienrummel zu entfachen. Deshalb hat sie Beverley Ingram Dannys Memoiren zugespielt und ihr eine Eintrittskarte für die Veranstaltung gegeben.«

»Diese fiese Schlampe!«, sagte Frau Ellis mit einem Anflug von Häme in der Stimme.

»In der Tat.« Morrie lächelte. »Unsere reizende Mina war auf dem Weg, den Artikel der Polizei zu übergeben. Nur war Angus zuerst auf dem Revier angekommen, mit kostenlosem Kaffee und Cronuts, die alle mit starken Beruhigungsmitteln versetzt waren, für all seine Ex-Polizisten-Kumpels. Nachdem er die Wache geräumt hatte, ging er nach unten, um Beverly in ihrer Zelle mit dem Leopardenmuster-Schal zu erhängen und die letzte Person zu töten, die noch herausfinden könnte, dass er der Mörder war. Aber dann tauchte Mina Wilde mit einer Handtasche voller gefährlicher Insekten auf und drohte, die ganze Sache zu vermasseln. Den Rest kennen Sie.«

»Ich bin so froh, dass es dir gut geht.« Frau Ellis umarmte

mich erneut und drückte mir einen feuchten Kuss auf die Wange.

»Wir hätten dich nie gefunden, wenn Grimalkin nicht gewesen wäre. Sie hat mich vor Penny Sledges Haus aufgespürt und mich direkt zu dir zurückgeführt. Du warst ohnmächtig. Ich hatte solche Angst, dass wir zu spät kommen würden, aber ich habe einen schwachen Puls gefunden und einen Krankenwagen gerufen. Sie kamen gerade noch rechtzeitig.« Morrie drückte meine Hand. »Ich weiß nicht, was ...«

»Juu-huu!« Mamas Stimme hallte durch den Flur. »Ich versuche seit fast zwanzig Minuten, zu dir zu kommen, aber eine sehr unhöfliche Krankenschwester hat mir gesagt, dass ich nicht zu dir darf. Ich habe gewartet, bis sie weggerufen wurde, und bin vorbeigeschlichen ...« Mama versuchte, die Tür aufzustoßen, aber Heathcliffs Körper war im Weg. Er rutschte zur Seite, drückte Morrie gegen die Wand und Mama stolperte ins Zimmer.

»Oh, hallo, Jungs, Frau Ellis.« Mama stellte einen Blumenstrauß auf meinen Nachttisch und beugte sich zu mir, um mich zu küssen. »Mina, ich bin so froh, dass es dir besser geht. Noch ein Tag, dann kannst du nach Hause. Ich wette, du freust dich schon.«

Ich nickte. Ich konnte es kaum erwarten, den Laden wiederzusehen. Heathcliff hatte sich darüber beschwert, dass der Laden seit der Verhaftung von Angus und der Freilassung von Beverly von Menschen nur so aus allen Nähten platzte. Tatsächlich war er heute Abend eine Stunde zu spät ins Krankenhaus gekommen, weil er nicht alle schnell genug zur Tür hinausbefördern konnte. Die beiden Liebesromanautorinnen, die abgesagt hatten – Bethany Jadin und Marie Robinson – hatten angerufen, um einen neuen Termin zu vereinbaren. Sie hatten angeboten, eine Leserparty mit jeder Menge Werbegeschenken und Alkohol und ein paar sexy männlichen Models zu veranstalten. Alle Tickets dafür waren bereits ausverkauft.

Diesen Monat würden wir die Hypothek bezahlen können und sogar noch etwas für das Tagging-System übrighaben. Es würde alles gut werden.

»Ich sterbe vor Hunger auf richtiges Essen«, krächzte ich. »Vielleicht können wir nach meiner Entlassung alle in die Kneipe gehen ...«

»Oh, Mina, nein. Das Essen ist so *ungesund*. All der Zucker und die Konservierungsstoffe und gesättigten Fette. Ich werde dafür sorgen, dass du mit meinem neuesten Geschäftsvorhaben alle deine Vitamine und Nährstoffe bekommst.« Ich stöhnte, als Mama einen riesigen Gegenstand aus ihrer Handtasche auf das Bett hob. »Es ist ein Obst-Snack-Automat. Er ist für Leute, die gesund leben wollen, aber keine Lust auf Obst haben. Man steckt einen ganzen Apfel, Pfirsich oder eine Frucht seiner Wahl in dieses Fach, drückt auf den Knopf und der Automat dehydriert die Frucht, schneidet sie in Scheiben, bedeckt sie mit Salz und spuckt sie hier aus. Das sind Fruchtchips, lecker und gesund. Ist das nicht bemerkenswert?«

Bemerkenswert ekelhaft. Ich versuchte zu stöhnen, aber es tat in meiner Brust weh. »Es ist ... es ist in der Tat bemerkenswert. Was ist mit den Flourish-Pflastern passiert?«

»Oh, ich bin fertig mit denen. Was für eine Bande von Betrügern. Völlig lächerlich. Es ist schrecklich, wie solche Unternehmen die Schwachen und Ungebildeten ausnutzen«, sagte Mama mit grimmigem Blick.

Morrie stieß sie mit dem Ellbogen an. »Erzählen Sie ihr, was passiert ist, Helen.«

Mama errötete. »Mina hat gerade erst ein traumatisches Erlebnis hinter sich. Sie will bestimmt nichts davon hören ...«

In Morries Augen blitzte ein unheilverheißendes Funkeln

auf. »Ich kenne Mina. Sie wird diese Geschichte definitiv hören wollen.«

»Erzähl schon«, krächzte ich.

»Na gut.« Mama seufzte. »Ich hatte einen kleinen Unfall mit meinem Mercedes.«

Meine Brust zog sich schmerzhaft zusammen. »Geht es dir gut? Bist du verletzt?«

»Oh nein, nein. Mir geht es gut. Es ist nur ...« Mama seufzte erneut. »Ich habe mich so darauf gefreut, meinen Mercedes zu bekommen. Ich wollte sehen, was er wirklich kann, weißt du? Es hat nicht viel Spaß gemacht, nur im Schneckentempo zu den Geschäften zu fahren. Dieses Auto wurde für die Rennstrecke gebaut, nicht für die Geschwindigkeitsbegrenzungen entlang der Hauptstraße. Ich wollte richtig Gas geben, meinen neu gewonnenen Reichtum und meine Freiheit genießen!«

»Mama, wurdest du beim Rasen erwischt? Das darfst du nicht. Du könntest dich verletzen oder einen Unfall verursachen und jemand anderen verletzen ...«

»Nein, nein! Ich würde nie zu schnell fahren. Und die nächste Rennstrecke ist unten in Barchester. Ich dachte, ich suche mir eine schöne, offene Weide. Du weißt schon, einen der Bauernhöfe, die an das Anwesen angrenzen, nur um die Maschine so richtig zu entfesseln und zu sehen, was sie kann.«

»Oh, ja?« An dem bösen Grinsen auf Morries Lippen erkannte ich, dass das gut werden würde.

Mamas Erröten vertiefte sich. »Es stellte sich heraus, dass auf der Weide, die ich ausgewählt hatte, eine kleine Herde wertvoller Hereford-Kühe stand. Natürlich habe ich sie nicht mal gesehen, weil die Weide so groß ist! Es hätte kein Problem sein dürfen. Ich war meilenweit von den Kühen entfernt, als ich Gas gab. Nur, dass der mürrische Bauer mich über die Weide auf sein Vieh zurasen sah und die Polizei rief!«

Ich stieß ein raues Lachen aus, das mir in der Kehle brannte, aber das war mir egal. Morrie lachte bereits. Neben mir schnaubte Heathcliff. Quoth hielt sich die Hand vor den Mund, aber ich konnte an seinen funkelnden Augen erkennen, dass auch er lachte. Mamas Gesicht war knallrot, aber sie fuhr fort. »Die Polizei kam mit heulenden Sirenen um die Ecke. Natürlich bin ich in Panik geraten und habe auf die Bremse getreten. Nur dass die Räder jetzt so rutschig von Kuhmist waren, dass sie durchdrehten. Ich kam nicht mehr vorwärts. Alles, was ich versucht habe, hat das Auto nur noch tiefer eingegraben oder noch mehr Mist verspritzt.«

»Die Polizei musste das Auto abschleppen«, brachte Morrie zwischen den Glucksern hervor. »Einer der Beamten hat ein Video gemacht und es auf Facebook gestellt. Willst du es sehen?«

»Na klar.«

»Mina! Morrie!« Mama sah entsetzt aus.

Morrie reichte mir sein Handy. Heathcliff, Quoth und Frau Ellis drängten sich auf dem Bett, um ebenfalls zuzusehen. Ich drückte auf Play und sah, wie meine Mutter mit den Armen herumfuchtelte, wobei die Flourish-Logos sogar noch unter den Schichten von Mist sichtbar waren.

»Mama!« Ich lachte. »Du wirst zum Internetstar!«

»Mina, pssst!«

»Du bist berühmt. Man wird dich überall in deinem Mercedes erkennen ...«

»Das nützt mir jetzt nichts mehr«, schnappte sie. »Als die Leute von Flourish das Video gesehen haben, haben sie natürlich entschieden, dass ich nicht die richtige Einstellung habe, um Vertriebspartnerin für das Unternehmen zu sein, und haben mir meine Mitgliedschaft entzogen.«

Panik durchfuhr mich. »Aber was ist mit den Leasingraten für das Auto? Wie willst du dir das leisten ...«

»Das geht schon«, sagte Morrie. »Ich habe die Sache geregelt.«

Mama legte ihren Arm um Morries Schultern und strahlte. Ich bemerkte, dass er nicht mehr ganz so heiter aussah. Aber ich war zu erleichtert, um ihn danach zu fragen. Das würde später kommen, wenn wir wieder im Laden waren, wenn ich wirklich wieder zu Hause war ...

Heathcliff und Morrie stritten sich wieder. Frau Ellis und Mama begannen eine lautstarke Diskussion über die verschiedenen Arten von Lebensmitteln, die zu Chips verarbeitet werden könnten. Grimalkin schlüpfte in ihrer Katzenform zurück ins Zimmer und verlangte, unter die Bettdecke gelassen zu werden, um sich an meine Beine zu kuscheln. Quoth beugte sich über das Bett und schmiegte seinen Kopf an meinen.

»Ich bin so froh, dass du in Sicherheit bist«, flüsterte er.

Aber bin ich in Sicherheit? War irgendjemand von uns in Sicherheit? Wir hatten vielleicht den Mörder gefasst, aber Graf Dracula war immer noch auf freiem Fuß, trank Blut und baute seine Macht aus. Und dabei hatte ich noch nicht einmal mit eingerechnet, dass meine Großmutter eine Gestalt wandelnde, katzenhafte Wassernymphe war, dass sich mein Sehvermögen verschlechterte und dass Grey die ganze Stadt aufkaufte und sich weigerte, ein Nein als Antwort zu akzeptieren. Ich fühlte mich wie die Figur in Poes *Die Grube und das Pendel*, mit einem Damoklesschwert, das hinter jeder Ecke über mir hing.

Ich sah mich im Krankenzimmer um und betrachtete all die Menschen, die ich am meisten liebte, und ein tiefes Gefühl der Beklommenheit machte sich in meinem Bauch breit. Wir mögen im Moment triumphieren, aber ein böser Vampir und seine Pläne zur Weltherrschaft könnten alles und jeden zerstören, der mir etwas bedeutet.

»Ich will kein Spielverderber sein«, flüsterte ich in Quoths seidiges Haar. »Aber ich glaube, unsere Probleme fangen gerade erst an.«

35

»Ich dachte, du wolltest nichts von dem Krankenhausessen«, murmelte Heathcliff, während er die Stufen zu Nevermore hinaufstolperte und mich in seinen Armen hielt. »Ich dachte, du hättest gesagt, es sei, ich zitiere, ›so ekelhaft, dass ich lieber Flourish-Smoothies trinken würde‹.«

»Ich stehe zu dieser Aussage«, sagte ich und umklammerte seinen Hals fester.

»Warum wiegst du dann jetzt mehr als bei deiner Einlieferung?«

»Hey! Das verbitte ich mir.« Ich schlug ihm auf den Arm. »Gib Morrie die Schuld. Er hat immer wieder diese ganzen Schweinefleischpasteten und belgischen Pralinen reingeschmuggelt.«

Morrie verbeugte sich. »Ich lebe, um zu dienen.«

»Das war nur ein Scherz.« Heathcliffs Lippen streiften meinen Hals. »Du bist schöner als je zuvor.«

Mein Herz schwoll an. Morrie eilte die Stufen hinauf, um die Tür aufzuhalten. Heathcliff trug mich über die Schwelle. Der Geruch von Papier, altem Leder, Staub und Katzenfell durchdrang meine Poren. *Nevermore Bookshop*. Es war so schön, wieder hier zu sein.

»Willkommen zu Hause«, lächelte Quoth. Es war jetzt in jeder Hinsicht mein Zuhause. Im Krankenhaus hatten mich die Jungs noch einmal gebeten, bei ihnen einzuziehen; genauer gesagt hatte Heathcliff es gefordert, Morrie hatte geschmeichelt, und Quoth hatte nichts gesagt, sondern nur ein kleines, hoffnungsvolles Lächeln aufgesetzt, so dass ich ihnen völlig ausgeliefert war. Und dieses Mal konnte ich nicht ablehnen. Jo war großartig, aber zwischen den Insekten und den Tatort-Nachstellungen und den Kühlschrank-Gift-Experimenten war es ein wahrer Albtraum, ihre Mitbewohnerin zu sein.

Zum ersten Mal zog ich, Mina Wilde, bei meinem Freund ein. *Meinen Freunden*. Das fühlte sich groß und beängstigend an, aber auch perfekt. Ich wusste nicht, was die Zukunft bringen würde, aber ich wusste, dass es mir egal war, was die Welt über mich und meine Beziehung dachte. Wir waren verliebt und stolz darauf, und wenn die Leute ein Problem damit hatten, konnten sie sich ihr Lesematerial woanders kaufen.

Bitte kauft euer Lesematerial nirgendwo anders.

»Wir wollen dir etwas zeigen«, sagte Morrie und sprang vor uns die Treppe hinauf. Quoth blieb an meiner Seite, als hätte ich mir die Beine verletzt und nicht nur die Kehle. Morrie zerrte mich in sein Zimmer und riss die Tür auf.

»Ich bin mir nicht sicher, ob jetzt der richtige Zeitpunkt ist für ...« Meine Worte blieben mir im Hals stecken.

Das Zimmer hatte sich komplett verändert. Die strahlend weißen Wände und die trendigen Industriemöbel waren verschwunden. Anstelle von Morries makellosem Eisenbett mit den Krankenhausecken, dem Kleiderständer mit Reihen

VON DER AUTORIN

Ich hoffe, euch hat dieser Krimi mit Mina und ihrem Harem gefallen. Ich habe viel Spaß beim Schreiben dieser Serie und beim Ausdenken neuer Morde.

Der nächste Krimi, *Prosa and Kontra*, ist jetzt erhältlich. Die Verzögerung tut mir leid, aber ich verspreche, dass es einen guten Grund dafür gab. Mein Mann und ich haben unsere zehnjährige Ehe gefeiert, indem wir nach Wacken zurückgekehrt sind, dem deutschen Heavy-Metal-Festival, auf dem wir unsere Flitterwochen verbracht haben (wir sind KEINE Leute, die am Strand entspannen), und uns auf ein eigenes Abenteuer durch Osteuropa begeben haben. Ich habe einige wichtige Recherchen für eine neue Serie durchgeführt, die bald erscheinen wird, und einige wichtige Orte besucht, die mit Minas Erzfeind, Graf Dracula, in Verbindung stehen.

Ich möchte mich bei meiner großartigen Familie von Autorenfreunden, auch bekannt als die »Professionellen Perversen«, dafür bedanken, dass sie mich bei Verstand gehalten haben, während ich dieses Buch vor meiner Reise fertiggestellt habe. Danke Bri, Katya, Elaina, Kit, Jamie und Emma für all die Lacher und die Liebe.

Tausend Dank an alle großartigen Kickstarter-Unterstützer, die diese Sonderausgaben möglich gemacht haben!

Und ein großes Dankeschön an meine Abenteuerkameraden: Gronk, Olya, Amy, Tony, Allan, Ian, Lee, Chrissy, Eli, Bree und meinen großartigen, mürrischen Schlagzeuger-Ehemann. Ich kann es kaum erwarten, mit euch weitere verrückte Sachen in Europa zu erleben!

Bis zum nächsten Mal!

Steffanie

Besucht den Nevermore Bookshop für Sonderausgaben, Merchandise und weitere tolle Sachen www.nevermore-bookshop.co.nz

Möchtest du signierte Sonderausgaben von Steffanie Holmes, Buchboxen, Merchandise, Kunstwerke und vieles mehr in die Finger bekommen?

Besuche den Nevermore Bookshop, um die Goodies zu erhalten: https://www.nevermorebookshop.co.nz/

Melde dich für die Shop-Mailingliste an, um 10 % Rabatt auf deine erste Bestellung zu erhalten.

LESEN SIE EINEN AUSZUG AUS POISON IVY

EIN BRANDNEUER DUNKLER LIEBESROMAN VON STEFFANIE HOLMES

Mein erstes Anzeichen dafür, dass wir nicht mehr in Kansas sind, ist, dass jemand die Autotür aufzieht und mir meine Kate Spade-Tasche aus den Armen reißt.

»Hey!«, schreie ich, denn niemand fasst meine Kate an und überlebt, um damit zu prahlen. Ich schwinge meine Faust, um dem Dieb eins auszuwischen, aber er ist zu schnell. Mein Schlag prallt an seinem Arm ab.

»*Ich* werde Ihre Sachen nehmen, Fräulein«, sagt der Dieb mit ernster Stimme. Wenigstens ist es ein höflicher Krimineller. Die Menschen in Emerald Beach werden wirklich anders erzogen.

»Danke, Seymour. Sie müssen meine Tochter entschuldigen. Sie weiß nicht, wie man sich unter Menschen verhält.« Papa klingt müde. In letzter Zeit hört er sich oft so an. Früher hatten wir eine Vater-Tochter-Beziehung wie aus einem Hallmark-Film. Wir hätten darüber gelacht, dass ich versucht habe, Seymour auszuschalten, wer auch immer dieser verdammte Seymour ist. Aber das war, bevor ich unser Leben zerstört habe. Jetzt ist alles, was ich tue, ein weiteres Ärgernis für ihn, denn es ist *völlig normal*, dass irgendwelche Leute ihre Hände in meinen Schoß stecken und mir meine Sachen wegnehmen.

Aber ich schätze, das ist jetzt unser neuer Alltag.

Unser neues Leben. Mit unserem Kofferträger namens Seymour.

Ich wünschte, ich hätte besser aufgepasst, als Papa mir von unserem Umzug nach Emerald Beach erzählt hat. Wahrscheinlich hat er Seymour erwähnt. Aber ich war ein bisschen damit beschäftigt, mein Körpergewicht in Marsriegeln zu essen und alles und jeden in Reichweite zu zerschmettern.

»Lassen Sie die Schlüssel bei mir, Sir«, sagt Seymour zu Papa. »Ich parke das Auto für Sie und bringe den Rest Ihrer Sachen rein. *Sie* wartet schon auf Sie.«

Seymour flüstert *Sie*, als wäre es ein Gebet, ein Flehen. Wer ist diese Frau, die nicht einmal einen Titel hat? Wer ist nicht Madame oder Lady oder Frau Dio für ihre Angestellten, sondern einfach nur *Sie*?

Ich steige aus dem Auto aus. Die Sonne trifft mich wie ein Güterzug aus Feuer. Ja, ich bin definitiv nicht mehr in Kansas. Und mit Kansas meine ich Witchwood Falls, Massachusetts. Oder Cedarwood Cove, Massachusetts – je nachdem, wer fragt. Ich bin weit weg von zu Hause.

Anders als Dorothy schlage ich nicht die Absätze meiner magischen Schuhe zusammen, die mich dorthin zurückbringen. Egal wie kochend heiß, basic oder albern Emerald Beach auch sein mag, es kann nicht so schlimm sein wie das, vor dem ich davonlaufe.

Dank mir haben wir kein Zuhause mehr, zu dem wir zurückkehren können.

Meine Schuhe knirschen auf den Kieselsteinen. Das Haus erhebt sich über mir – eine riesige Wand aus Marmor, Glas und Schrecken. Ich erinnere mich daran, wie Papa es mir beschrieben hat, also muss ich es nicht sehen, um zu wissen, dass es verdammt protzig ist, mit gebleichten weißen Säulen, die einen geschnitzten Säulengang stützen, übergroßen Eichentüren und wahrscheinlich einer schlecht geschnitzten Kopie von Michelangelos David in der Mitte des plätschernden Brunnens, und Gold; Gold, das überall glitzert. Die Häuser hier sind wahrscheinlich alle gleich, als hätten Paris Hilton und ein griechischer Tempel ein Baby gehabt.

Mein neues Zuhause.

Ohne meine Handtasche fühle ich mich nackt, also umklammere ich meinen Stock ein bisschen fester als sonst, während ich auf das sich abzeichnende Gebäude unseres neuen Lebens zusteuere. Die Türen öffnen sich knarrend und ich bin überrascht, eine dunkle Stimme zu hören.

»John. Du hast es noch rechtzeitig geschafft, wie ich sehe.«

Sie klingt nach heißem Kakao und Rasierklingen.

»Cali.« Papa sagt ihren Namen mit einem Hauch von Ehrfurcht in seiner Stimme. »Ich möchte dir meine Tochter vorstellen.«

»Hallo, Fergus.« Meine neue Stiefmutter sagt meinen Namen steif und testet seinen Klang auf ihrer Zunge.

»Fergie«, sage ich. »Alle nennen mich Fergie.«

Ja, mein Name ist Fergus und ich bin ein Mädchen. Es ist die lächerlichste Geschichte überhaupt. Vor Jahrhunderten, als meine Vorfahren noch ein Haufen schwertschwingender Clanmitglieder in Schottland waren, versprach ein reicher Gutsherr dem erstgeborenen Sohn jeder Generation, eine große Geldsumme, wenn er Fergus hieße. Und obwohl kein einziger Cent dieses Geldes jemals zustande kam, hat mein Clan nie die Gelegenheit für leicht verdientes Geld verstreichen lassen, also ist der Name geblieben. Ich sollte ein Junge sein, bis zu dem Moment, als ich aus meiner Mutter herausgeschossen kam, und so wurde ich Fergie.

»Hey, Fergalicious.« Papa benutzt seinen Kosenamen für mich, während er mich mit diesem müden Ton in der Stimme anstupst. »Ich freue mich so, dass du endlich Cali, deine neue Stiefmutter, kennenlernst.«

Juchhu.

Ich will keine verdammte Stiefmutter, schon gar nicht diese Frau. Aber wie bei allem, was seit dem Vorfall passiert ist, habe ich auch hier keine andere Wahl.

Eine Hand ergreift meine und schüttelt sie, der Griff ist fest und knapp – Cali macht mir klar, dass sie mir das Handgelenk brechen kann, wenn sie die Gelegenheit dazu hätte. Sie hat irgendeinen hochrangigen Job in der Fitnessbranche – ich habe Papa nie gefragt – und ich stelle mir vor, dass dies der Händedruck ist, den sie für alle Steroid-Typen verwenden muss.

Auch wenn ich Papa zuliebe nett sein will und auch wenn diese Frau alle möglichen Fäden für mich gezogen hat, obwohl sie mich nie getroffen hat, kann ich nicht anders.

Ich erwidere den Druck.

Ich werde nicht die Schwächere sein.

Ich lasse mich nicht über den Tisch ziehen oder zum Narren halten.

Nicht dieses Mal.

Calis Fingerknöchel knacken. Sie lässt meine Hand fallen.

»Endlich sind meine beiden Lieblingsfrauen zusammen«, sagt Papa mit gespielter Fröhlichkeit in der Stimme. »Ich bin überzeugt, dass ihr euch prächtig verstehen werdet.«

»Kommt rein.« Calis Tonfall wird steif und förmlich. Es ist die Stimme von jemandem, der nicht die Absicht hat, sich »blendend zu verstehen«. Sie hält mir die Tür auf, und ich folge Papa in das riesige Foyer. Mein Stock streicht über den Boden, die Kugelspitze rollt über kalten Marmor. Das Geräusch hallt durch drei Stockwerke und das Echo macht mich völlig wahnsinnig. Ich habe noch nie in einem so leeren Raum gestanden. Ich meine, in Einkaufszentren und Konzerthallen schon, aber die sind immer voll von wogenden Körpern, Lärm, Aufregung und Geschäftigkeit. Dieses Haus trieft vor bedrückender Stille.

Dies ist ein Haus der Geheimnisse.

Gut. Vielleicht wird es auch meins fest verschlossen in seinen Mauern halten.

Calis Absätze klacken auf dem Marmor. »Wir haben schon gegessen, aber ich kann Milo bitten, euch etwas aufzuwärmen. Ihr müsst nach der langen Fahrt hungrig sein.«

»Das wäre fantastisch. Du hast keine Ahnung, wie sehr ich Milos Essen vermisst habe. Fergie?«, fragt Papa mich.

»Ich bin nicht hungrig.«

Ich beiße mir auf die Lippe und fühle mich schlecht, weil meine Stimme so schnippisch klingt. Papa will so sehr, dass es klappt. Ich habe ihm in den letzten Monaten viel Mist zugemutet. Ich habe das Gefühl, dass ich bereits mit Cali auf falschem Fuß stehe, und wir sind kaum durch die Eingangstür. Aber dieses Haus, diese Frau, das ist einfach zu viel. Ich versuche, meine Stimme ruhig zu halten. »Kann ich mein Zimmer sehen?«

»Folge mir«, bellt Cali. Ihre Absätze *klick-klacken* auf der Treppe. Sie wartet nicht auf mich und hält mich auch nicht am Arm fest, was mich ihr gegenüber ein wenig erwärmt. Mein Stock stößt an die unterste Stufe und ich gehe weiter, bis ich den Handlauf erreiche. Ich drehe meinen Stock in der Hand, damit er mir die Tiefe und die Anzahl der Stufen anzeigt, und steige ihr nach. Papa schnauft hinter mir her. In dieser Leere aus Bohnerwachs und Bleichmittel kann ich die muffige Klimaanlage unseres Volvos und die Snackkrümel, die an uns beiden kleben, riechen.

Wir gehören nicht in ein Haus wie dieses, mit einer Frau wie Cali.

Vielleicht sieht Papa das bald ein.

Die Treppe führt immer höher und höher und höher und verwirrt mich. Ich bin verloren in einem Labyrinth, mit einem Minotaurus in der Mitte. Aber das ist nicht fair – das Monster ist nicht meine neue Stiefmutter.

Das *echte* Monster habe ich in Massachusetts zurückgelassen.

Cali führt uns einen breiten, großen Flur hinunter. Die Absätze meiner Stiefel sinken in den dicken, weichen Teppich. »Dein Vater und ich haben ein Zimmer im Ostflügel«, sagt sie schroff. »Luella, das Hausmädchen, wohnt außerhalb. Seymour und Milo wohnen im Anbau hinter dem Pool. Neben deinem Bett befindet sich ein Rufknopf, falls du sie brauchst. Du und Cassius wohnen in diesem Flügel. Ihr teilt euch ein Bad.«

Stimmt – ich muss Cassius noch kennenlernen. Meinen neuen Stiefbruder.

Ich weiß nichts über ihn. Ich habe nie gefragt. In den letzten Wochen war ich wie betäubt, weil mein Leben und meine Zukunft in einem von mir selbst verursachten Inferno untergegangen sind. Ich habe kaum daran gedacht, zu essen, geschweige denn, mich um das Kind zu kümmern, mit dem ich das Haus teilen werde. Er ist ungefähr zwölf Jahre alt oder so, riecht wahrscheinlich eklig, redet nur in Grunzlauten und wird einen unerträglichen Musikgeschmack haben. Ich erinnere mich, dass Papa gesagt hat, dass es noch einen Bruder gibt – er ist ein paar Jahre älter als ich, aber er wohnt nicht mehr hier.

Cali stößt eine Tür auf. »Ich nehme an, das ist ausreichend.«

»Es ist wunderbar, vielen Dank.« Papa drückt meine Hand. »Fergie, was denkst du?«

Ich kann gar nichts sagen. Meine Lippen sind wie zugeklebt.

Ich bleibe in der Tür stehen und begrüße die Leere meines neuen Zimmers mit eisigem Schweigen.

»Es ist ganz in Rot und Gold dekoriert«, sagt Papa. »Deine Stiefmutter hat einen guten Geschmack.«

»Ich pfeife auf Farbmuster und Kissen«, spottet Cali. »Livvie hat das gemacht.«

Ich weiß nicht, wer Livvie ist, aber Papa weiß es offensichtlich, denn er lacht, als hätte Cali etwas total Lustiges gesagt. Ich versuche, das Unwohlsein zu ignorieren, das sich in meinen Magen gräbt.

Papa hat schon ein ganzes Leben in Emerald Beach, mit Cali und Livvie. Er hat diese Welt, die völlig getrennt von mir ist.

Haben sie Livvie zu ihrer Hochzeit eingeladen? Denn mich haben sie nicht eingeladen.

Ich sollte nicht hier sein. Sie wollen mich nicht hier haben.

Ich schaffe es, mich nach vorne zu schleppen und gehe im Raum herum, wobei ich die Kanten der Möbel berühre. Es gibt nicht viel, was mir lieb werden könnte. Ein Bett mit einem Bettgestell aus Messing, ein zotteliger Teppich, der den gesamten Boden bedeckt, eine hohe Kommode, ein Schreibtisch und ein gepolsterter Sessel unter dem Fenster. Meine Füße stoßen auf ein paar seltsame Dellen im Teppich, Stellen, an denen etwas Schweres die Fasern zerdrückt hat. Ich frage mich, was es war, dass früher in der Mitte des Bodens gestanden hat.

Meine Taschen sind bereits neben der Tür zum begehbaren Kleiderschrank gestapelt. Seymours Werk, nehme ich an. Der ganze Raum ist größer als unser altes Haus.

»Wir lassen dich in Ruhe, damit du dich zurechtfindest.« Papa küsst mich auf den Scheitel. »Komm runter in die Küche, wenn du etwas essen willst. Sie ist hinten rechts im Haus, durch das Wohn- und Esszimmer.«

Sie gehen und schließen die Tür hinter sich. In dem Moment, in dem sie zufällt, lasse ich mich ins Bett sinken und gönne mir eine einzige Träne – ein salziges Tröpfchen für das verdammte Chaos, das ich in meinem Leben angerichtet habe.

Das ist alles, was ich verdiene.

Ich fahre mit den Fingern über den herrlichen, seidenen Stoff der Bettdecke. Diese Livvie mag Cali ein spöttisches Grinsen entlocken, aber sie hat Geschmack.

Das Zimmer riecht sogar gut, nach frischen Blumen. Ich wette, Seymour hat irgendwo ein Gesteck hinterlassen.

Ich hasse mich selbst.

Vor zwei Wochen stand ich auf einer Brücke und wollte runterspringen, um meinen Papa von der Last meiner Fehler zu befreien. Jetzt ertrinke ich in einer verdammten Villa in Seidenbettwäsche und Dienern und kann nicht einmal dankbar dafür sein. Als wir gegangen sind, habe ich die meisten meiner Besitztümer, sogar meinen Jiu-Jitsu-Gi, in den Müll geworfen. Ich kann es nicht ertragen, irgendwelche Erinnerungen daran zu haben, wie mein Leben eigentlich sein sollte.

Papa sagt, dass ich neue Klamotten bekommen werde, sobald wir uns eingelebt haben. »Das meiste von deinen Sachen wird in Emerald Beach nicht funktionieren, Fergie. Die sind da unten ganz anders.«

Er hat sich noch nie Gedanken darüber gemacht, ob ich irgendwo dazu passe.

Seit dem Vorfall hat sich alles verändert.

Du hast Glück gehabt, erinnere ich mich. *Dein Fehler wurde ausgelöscht. Du kannst neu anfangen. Neuer Name. Ein neues Leben. Wie viele andere Menschen haben diese Chance?*

Aber ich *will* weder einen neuen Namen noch ein neues Leben noch eine neue Mutter. Ich will mein altes Leben zurück. Ich will meine 1540 SAT-Punkte und meine Meisterschaftsgürtel und dass das schlimmste in meinem Leben der Stress ist, meinen Aufsatz für Harvard zu schreiben.

Die Luft bewegt sich.

Die Haare in meinem Nacken stehen mir zu Berge.

Ich höre ein Knarren, als die Tür zum angrenzenden Badezimmer aufschwingt.

Jemand ist in meinem Zimmer.

Jetzt lesen:
http://books2read.com/elite1deutsch

POISON IVY

Ich würde alles tun, um hineinzukommen. Ich würde sogar zu ihnen gehören.

Victor. Torsten. Cassius – der Sportler, der Künstler, der Stiefbruder.
Der Poison Ivy Club.
Rücksichtslos.
Verbunden.
Gewalttätig.
Unantastbar.

Sie regieren die Stonehurst Academy mit eiserner Faust.
Wenn du nach Harvard, Princeton oder Yale willst, werden sie dich dort reinbringen.
Garantiert.
Aber vorher wollen sie ihr Pfund Fleisch haben.
Ein Deal ist ein Deal – du gibst ihnen, was sie wollen, und sie lassen deine Träume wahr werden.

Und sie wollen mich.

In ihrem Bett.
In ihren Armen.
Als Teil ihrer Gang.

Ich würde alles tun, um auf eine Eliteuniversität zu kommen.
Ich würde lügen. Ich würde betrügen.
Ich würde auf die Knie gehen.
Ich würde töten.
Aber diese drei dunklen Prinzen werden niemals mein Herz
bekommen.

Dies ist ein zeitgenössischer, dunkler Liebesroman für
Erwachsene mit drei finsteren Kerlen und einem furchtlosen
Mädchen. Er ist für Leser ab 18 Jahren gedacht.

Jetzt lesen:
http://books2read.com/elite1deutsch

ÜBER DIE AUTORIN

Steffanie Holmes ist *USA Today*-Bestsellerautorin für paranormale, gothische, düstere und fantastische Bücher. In ihren Büchern geht es um kluge, witzige Heldinnen, Geheimbünde, gruselige alte Herrenhäuser und Alphamännchen, die *immer* bekommen, was sie wollen.

Steffanie ist von Geburt an blind und wurde 2017 mit dem Attitude Award for Artistic Achievement ausgezeichnet. Außerdem war sie Finalistin für den Women of Influence Award 2018.

Steff ist die Gründerin von *Rage Against the Manuscript* — einer Ressourcensammlung mit kostenlosen Inhalten, Büchern und Kursen, die Autor*innen dabei helfen, ihre Geschichte zu erzählen, ihre Leser*innen zu finden und eine erfolgreiche Schreibkarriere aufzubauen.

Steffanie lebt mit ihrem Mann, einer Horde streitsüchtiger Katzen und ihrer mittelalterlichen Schwertsammlung in Neuseeland.

Steffanie Holmes Newsletter

Hol dir ein Gratisexemplar von *Cabinet of Curiosities* — ein Steffanie Holmes-Kompendium mit Kurzgeschichten und Bonusszenen — wenn du dich für den Steffanie Holmes-Newsletter anmelden.

http://www.steffanieholmes.com/newsletterdeutsch

Tritt mit Steffanie in Kontakt

www.steffanieholmes.com
steff@steffanieholmes.com